LASS SIE NICHT LOS

WEITERE TITEL VON WILLOW ROSE

In deutscher Sprache

Detective Billie Ann Wilde-Reihe

Lass sie nicht los

In englischer Sprache

Detective Billie Ann Wilde-Reihe

Don't Let Her Go

WILLOW ROSE

LASS SIE NICHT LOS

bookouture

Die Originalausgabe erschien 2024 unter dem Titel
„Don't Let Her Go"
bei Storyfire Ltd. trading as Bookouture.

Deutsche Erstausgabe herausgegeben von Bookouture, 2024
1. Auflage Februar 2024

Ein Imprint von Storyfire Ltd.
Carmelite House
50 Victoria Embankment
London EC4Y 0DZ

deutschland.bookouture.com

Eine erste Übersetzung dieses Buches aus dem Englischen ins Deutsche wurde mit DeepL erstellt und der daraus resultierende Text von einer erfahrenen bilingualen Lektorin bearbeitet.

ISBN: 978-1-83525-390-8
eBook ISBN: 978-1-83525-389-2

PROLOG

COCOA BEACH, FLORIDA

Marissa Clemens lächelte, wie es nur eine Mutter tut, wenn sie ihr Kind ansieht. Ihre vierjährige Tochter Emma tanzte im Garten, während Marissa im Haus das Abendessen zubereitete und sie durch das Küchenfenster beobachtete.

»Guck mal, Mommy!«

Emma trug ein Tutu, das durch die Luft wirbelte, während sie sich drehte. Ihre Füße steckten in rosafarbenen Crocs, ihre kleinen Beine waren nackt. Dazu trug sie ihr Lieblingsshirt, das mit den glitzernden Einhörnern und Regenbögen darauf. Es war unschwer zu erkennen, dass ihre Tochter es oft trug, denn die meisten Glitzersteine waren bereits abgefallen. Marissa überlegte, ob sie es entsorgen sollte, aber das Mädchen liebte es so sehr, dass sie es nicht übers Herz brachte. Emmas rotblonde Locken waren zerzaust und fielen ihr immer wieder ins Gesicht. Ihr Lächeln war das schönste auf der ganzen Welt und konnte jede Strenge ihrer Mutter zum Schmelzen bringen.

»Guck mal, ich tanze!«

Emma ahmte ein YouTube-Video nach, in dem eine Gruppe junger Mädchen beim Twerking zu sehen war, und das brachte ihre Mutter zum Lachen, auch wenn es etwas unpassend war. Einer Vierjährigen dabei zuzusehen, war einfach zu niedlich.

Marissa sah auf die Kartoffeln hinunter, die sie schälte, und gönnte sich einen kurzen Moment des Glücks. Konnte sie sich endlich entspannen? Waren sie in Sicherheit?

Was, wenn alles von nun an gut würde?

Sie wagte nicht, es zu glauben. Marissa schüttelte den Kopf. Nein, es war einfach zu gefährlich, sich diese Art von Hoffnung zu machen.

»Mommy, Mommy, darf ich runter zum Wasser?«

Marissa sah auf und ihr Gesichtsausdruck veränderte sich drastisch. Ihr seliges Lächeln wurde zu einem Stirnrunzeln, sie hob den Zeigefinger und suchte Emmas Blickkontakt. Sie wollte sicherstellen, dass ihre Tochter sie ansah und verstand, was sie sagte.

»Nein. Ohne Mommy gehst du nicht zum See.«

»Bitte? Ich will die Fische sehen«, sagte Emma und machte diese großen bettelnden Augen. Normalerweise funktionierte diese Methode, wenn Emma etwas Süßes wollte, aber nicht, wenn es darum ging. Der künstlich angelegte See am Ende ihres Grundstücks war Marissas Albtraum. Sie hatte schon oft geträumt, sie in diesem Wasser treibend zu finden, und allein der Gedanke daran bereitete ihr Übelkeit. Sie hatte so viel geopfert, um sie dorthin zu bringen, wo sie jetzt waren. Sie wollte kein Risiko eingehen.

»Nein.«

Emma machte ein trauriges Gesicht, entdeckte dann aber ein Eichhörnchen, das über den Rasen flitzte, und beschloss, ihm hinterherzulaufen, wobei sie den See ganz schnell vergaß. Marissa beobachtete, wie sie auf das kleine Tier einredete, das sich auf die Spitze der Palme geflüchtet hatte.

»Mommy, das Eichhörnchen ist wieder da«, rief Emma.

Marissa sah ihr ein paar Sekunden lang zu, dann schälte sie die Kartoffeln zu Ende. Obwohl es schon Oktober war, war es draußen immer noch brütend heiß, und sie musste darauf achten, dass Emma genug Wasser trank, wenn sie draußen spielte. Sie gab die Kartoffeln in die gebutterte Auflaufform, streute Käse darüber und schob sie anschließend in den Ofen. Sie hörte, wie die Waschmaschine ihr nerviges Liedchen spielte, um ihr mitzuteilen, dass sie fertig war.

Marissa schaute auf die Uhr. Sie musste die Wäsche in den Trockner stecken, und dafür müsste sie in die Garage gehen. Sie zögerte. Sollte sie Emma bitten, mitzukommen? Nein, das wäre lächerlich. Sie hatte so viel Spaß und die frische Luft tat ihr gut.

Marissa ging in die Garage und öffnete die Klappe der Waschmaschine. Sie begann, die Wäsche herauszuholen und in den Trockner zu geben. Emma ging es gut. Außerdem würde es nur ein paar Minuten dauern, die Waschmaschine zu leeren und den Trockner einzuschalten. Höchstens fünf Minuten, sagte sie sich. Sie leerte die Waschmaschine und schloss die Klappe, während sie den drängenden Impuls unterdrückte, der ihr sagte, sie solle nach ihrer Tochter sehen. Sie knallte den Trockner zu und schaltete ihn ein, dann starrte sie auf den Rest der schmutzigen Wäsche im Korb. Sie müsste unbedingt noch eine weitere Maschine anmachen. Sie hatte doch noch Zeit, eine weitere Ladung anzustellen, oder? Schließlich würde es nur noch eine Minute dauern. Emma ging es gut. Natürlich ging es ihr gut.

Marissa warf die weiße Wäsche in die Maschine, fügte Waschmittel hinzu und drückte den Startknopf. Glücklich darüber, ihrem eigenen Zeitplan für heute voraus zu sein, eilte Marissa zurück in die Küche und spähte aus dem Fenster.

Aber Emma war nirgends zu sehen.

Es gibt keinen Grund zur Panik. Sie spielt wahrscheinlich nur irgendwo, wo ich sie nicht sehen kann. Es geht ihr gut. In einem eingezäunten Garten kann nichts passieren.

Mit klopfendem Herzen griff sie nach einer Flasche Wasser

aus dem Kühlschrank auf der Veranda. Eine Wand aus feuchter Luft empfing sie, wie es in Florida üblich war, wenn man aus der trockenen und klimatisierten Luft nach draußen ging. Sie atmete tief ein, um sich zu beruhigen, und spürte sofort, wie ihr der Schweiß auf die Stirn trat. Auch das war typisch für Florida. Man konnte schon in der kurzen Zeit, die man brauchte, um vom Haus zum Auto in der Einfahrt zu gelangen, völlig durchgeschwitzt sein.

»Emma?«, sagte sie. »Ich habe etwas Wasser für dich, du musst daran denken, genug zu trinken, um ...«

Marissa hielt inne. Sie schaute zur Palme, bei der sie ihre Tochter zuletzt mit dem Eichhörnchen hatte reden sehen. Aber sie war nicht dort. Sie war auch nicht bei den Büschen dahinter oder auf der Veranda. Dann drehte sie sich zu der kleinen Rasenfläche am Ende des Gartens um, wo Emma gern spielte und wo sie vorhin eine Teeparty für ihre imaginären Freunde veranstaltet hatte, aber auch dort war sie nicht.

»Emma?«

Sie konnte es an ihrer eigenen Stimme hören. Die Panik, die sich langsam ausbreitete und sie von innen aufzufressen begann, wie ein Krebsgeschwür.

»Emma?«

Sie stürzte die Treppe hinunter auf den Rasen, und ließ ihren Blick verzweifelt nach einem Zeichen des kleinen Mädchens umherwandern. Ihre Stimme war schrill, als sie ihren Namen wieder und wieder rief, und es fiel ihr beinahe schwer, das Wort über die Lippen zu bringen angesichts der Angst, die durch ihren schlanken Körper raste.

»Emma? Emma?«

Marissa lief bis zum Ende des Gartens und blieb am Zaun stehen. Sie sah zum Tor hinüber. Es war nach wie vor verschlossen.

Marissa drehte sich um und betrachtete ihr kleines Stadthaus. Emma könnte auf der anderen Seite des Hauses sein. Marissa beruhigte sich etwas. Natürlich, dort war sie.

Marissa rannte auf das Haus zu, umrundete es und eilte in den Vorgarten. Sie würde mit Emma schimpfen müssen, weil sie das getan hatte, obwohl sie wusste, dass sie es nicht durfte. Vielleicht würde sie ihr sogar eine Auszeit verpassen. Es war keine große Sache, aber unter den Umständen, unter denen sie lebten, konnte Marissa nicht vorsichtig genug sein. Sie durfte nicht riskieren, dass ein Auto auf der Straße vorbeifuhr und jemand das Kind sah.

Auszeit war angesagt. Nur für zehn Minuten. Vielleicht würde sie ihr nach dem Essen als Entschädigung ein Eis zum Nachtisch erlauben. Um sie wieder glücklich zu machen. Ja, das würde funktionieren. Marissa bestrafte ihr Kind nur ungern.

»Emma? Emma, komm sofort her. Du weißt, dass du nicht …«

Marissa bog um die Hausecke und blieb stehen.

Auch hier vorne war keine Spur von dem Mädchen.

Wo sonst könnte sie sein?

Vielleicht ist sie ins Haus gegangen? Vielleicht ist sie reingelaufen, als ich nach draußen gestürmt bin?

Es fiel Marissa immer schwerer, die Ruhe zu bewahren. Sie rannte ums Haus herum und die hintere Veranda hinauf, dann eilte sie ins Haus. Schweiß rann ihr jetzt von der Stirn und Oberlippe, und das nicht nur wegen der hohen Luftfeuchtigkeit und der Hitze. Es waren Schweißperlen der Angst.

»Emma? Versteck dich nicht vor mir.« Sie klang wütend, aber es war schwer, die Angst zu verbergen. »Bitte, Emma? Ich habe keine Zeit für so was, komm auf der Stelle her.«

Sie sah sich im Wohnzimmer um, dann in der Küche und schließlich rannte sie die Treppe hinauf. Sie stürmte in Emmas Zimmer, in der Hoffnung, sie würde dort spielen und hätte nichts von der Panikattacke ihrer Mutter mitbekommen. Dass sie auf dem Boden sitzen und sie mit diesen großen, schönen Augen ansehen würde, als könnte sie nicht verstehen, was so dringend war.

»Emma? Bist du hier drin?«

Sie stieß die Tür auf, aber da waren keine Augen, die sie anschauten. Kein süßes Lächeln oder rotblondes Haar, das ihrer Tochter in die Augen fiel.

Und da war keine Emma.

»Emma?«, schrie sie. »EMMA?«

Könnte es sein, dass sie ...? Wäre es möglich ...?

Einen Moment lang stützte sie ihr Gesicht in die Hände. *Denk nicht so. Das darfst du nicht.*

Sie hob den Kopf und konnte nicht verhindern, dass ihr Oberkörper zitterte. Sie versuchte, ihre Gedanken zu beruhigen.

Denk nach, Marissa. Denk nach!

Ein kleines, tiefes Knurren entrann sich ihrer Kehle, als sie aus dem Fenster sah und etwas auf dem Rasen entdeckte. Etwas Rosafarbenes, das am Zaun im hohen Gras lag, das schon längst hätte gemäht werden müssen. Marissa konnte kaum atmen und schlug sich eine Hand vor den Mund, als ihr klar wurde, was sie da sah.

Es waren ihre Schuhe. Emmas rosafarbene Schuhe.

EINS

BILLIE ANN

»Du bist eine Hochstaplerin. Eine Lügnerin.«

Ich flüsterte die Worte der Frau zu, die mich aus dem Spiegel anstarrte. Um ehrlich zu sein, wusste ich nicht mehr, wer sie überhaupt war.

Ich stand in meinem Badezimmer, nackt nach der Dusche, das Handtuch noch immer um meine Haare gewickelt, die endlich wieder zu ihrer alten Länge gewachsen waren. Ich starrte auf meine Brust und berührte die Narbe an der Stelle, an der früher einmal meine linke Brust gewesen war. Es fühlte sich seltsam an. Meine rechte Brust sah noch genauso aus wie früher, aber ich traute ihr nicht mehr. Dort konnte alles Mögliche wachsen. Das hatte ich auf die harte Tour gelernt.

Mittlerweile war es drei Jahre her, dass ich für geheilt erklärt worden war. Meine letzte Untersuchung hatte ergeben, dass der Krebs nicht zurückgekehrt war. Trotzdem hatte mich dieses Gefühl nie verlassen. Als man mir zum ersten Mal sagte, dass ich Krebs hatte, war das ein so großer Schock gewesen, dass ich mich nirgendwo mehr wirklich sicher fühlte. Kein Teil meines Körpers fühlte sich sicher an. Er hatte mich getäuscht.

Ich hatte geglaubt, ich sei gesund, aber mein verräterischer Körper hatte andere Pläne.

Er könnte zurückkommen. Er könnte jederzeit zurückkommen. Diese Bedrohung würde für immer über mir schweben. Ich lebte mit einem Verfallsdatum. So fühlte sich das an. Und das hatte mich dazu gebracht, etwas zu ändern.

Ich musste aufhören, nur zu überleben, und anfangen zu leben.

Ich griff in die Schublade unter dem Waschbecken und holte den Rasierapparat meines Mannes heraus. Ich nahm das Handtuch ab und warf es auf den Boden. Dann betrachtete ich die Hochstaplerin, deren langes, nasses Haar vom Kopf und ihr über die Schultern fiel.

Es war an der Zeit, sie loszuwerden.

Ich schaltete den Rasierer ein und setzte ihn oben an meinem Kopf an. Ich hatte das schon einmal getan, aber aus einem anderen Grund. Damals war es wegen des Krebses gewesen, weil ich auf dem Schlachtfeld, das mein Körper war, dem Tod in die Augen gesehen hatte. Jetzt war es, weil ich überlebt hatte. Ich hatte gewonnen.

Der Rasierer glitt durch meine Haare, als wären sie aus Butter. Es war ein so befriedigendes Gefühl, dass sich ein Lächeln auf meinem Gesicht formte, während ich zusah, wie meine blonden Locken in großen Büscheln ins Waschbecken fielen. Beim letzten Mal hatte mich der Anblick erschreckt. Damals hatte es bedeutet, dass ich die Kontrolle verlor. Jetzt holte ich sie mir zurück.

Und es fühlte sich großartig an. Nein, es war mehr als das. Es fühlte sich ermächtigend an.

Ich fuhr mir mit dem Rasierer über den gesamten Kopf und ließ überall nur einen Zentimeter Haar stehen. Ich wollte keine Glatze, nur einen Buzz Cut.

Als ich fertig war, starrte ich die Frau im Spiegel an und lächelte wieder. »Da bist du ja«, sagte ich zu ihr, dann reinigte ich den Rasierer und legte ihn zurück. Ich betrachtete mein Spiegelbild noch einmal und strich mir mit der Hand über den Kopf, wobei mir das kurze Haar in die Handfläche pikte.

Dann zog ich mich an. Ich fand meine schwarze Hose und mein blaues Hemd, und legte den Gürtel mit meiner Dienstmarke und meiner Waffe an, die ich aus dem Safe geholt hatte. Ich betrachtete mich in dem Ganzkörperspiegel im Schlafzimmer und fühlte mich gut.

Zum ersten Mal sah ich aus wie ich selbst.

Ich ging die Treppe hinunter, mit nervösen, aber entschlossenen Schritten. Ich konnte meinen Mann, Joe, und die Kinder in der Küche hören. Mein Herz setzte für eine Sekunde aus, als ich hereinkam und ihr Geschwätz verstummte.

»Wow«, sagte mein Sohn William. Er hatte gerade von seinem Pfannkuchen abgebissen und starrte mich mit weit aufgerissenem Mund an. William war dreizehn und sehr gutaussehend, aber in diesem Moment zeigte er sich nicht von seiner besten Seite.

Ich lächelte so beiläufig, wie ich konnte.

»Was hast du getan?«, fragte er weiter.

Ich berührte mein Haar, oder vielmehr das, was davon übrig war. »Das? Gefällt es euch?«

»Ich finde, es sieht krass aus«, sagte meine sechzehnjährige Tochter Charlene und nickte zustimmend. »Buzz Cuts sind heutzutage so in. Steht dir, Mom. Du siehst aus wie Kristen Stewart in dem Film, den wir gesehen haben, wo sie unter Wasser ist.«

»Mir gefällt's auch«, sagte mein neunjähriger Sohn Zack, ohne von seinem Handy aufzusehen. Er schnappte sich seine Müslischale und räumte sie in die Spülmaschine. Die beiden anderen hörten ebenfalls auf, mich anzustarren, als die Neuigkeiten über meine Haare uninteressant wurden, und verließen die Küche, um sich für die Schule fertig zu machen. Jetzt waren nur noch ich und Joe und unsere Golden Retriever Zelda in der

Küche. Joe starrte mich an und kämpfte mit den Tränen. Seine Oberlippe zitterte leicht.

Ich lächelte ihn mitfühlend an.

Er schüttelte den Kopf. »Warum? Warum hast du das getan?«

Ich zuckte mit den Schultern. »Ich dachte, es wäre Zeit für eine Veränderung.«

Er nickte und sah auf die Brotdosen hinunter, die er mit Erdnussbutter- und Marmeladen-Sandwiches gefüllt hatte. Ich biss mir auf die Lippe und spürte seine Traurigkeit im Raum. Ich ging zu ihm und legte ihm eine Hand auf die Schulter.

»Es wird alles wieder gut.«

Er hob den Blick, dann berührte er sanft meinen Kopf, Tränen stiegen ihm in die Augen. »Du hattest gerade erst all deine Haare wieder, nachdem ...«

Er hielt inne.

»Nach dem Krebs. Du kannst es sagen, weißt du?«

Er nickte. »Ich weiß. Aber warum hast du alles abrasiert?«

»Hör zu, Joe. Die Veränderung wird kommen. Für alle von uns.«

Er schluckte seine Tränen hinunter. Mein Magen verkrampfte sich. Ich hasste es, ihn so zu sehen. Ich verabscheute mich dafür, dass ich ihm das angetan hatte.

»Also ... du ziehst das wirklich durch?«, fragte er.

Ich atmete aus. Auch mir stiegen die Tränen in die Augen, aber ich kämpfte dagegen an. »Es wird nicht weggehen. So was verschwindet nicht.«

Er begann zu weinen. Es brach mir das Herz, und ich zog ihn in eine Umarmung. Zwischen den Schluchzern flüsterte er: »Ich will dich nicht verlieren.«

»Sch«, machte ich und hielt ihn fest. Seine knapp ein Meter neunzig und hundert Kilo zitterten in meinen Armen. »Das wirst du nicht, mein Schatz. Die Dinge werden sich ändern, ja, aber ich bin immer noch hier. Wir haben unsere gemeinsamen

Kinder. Wir sind seit achtzehn Jahren zusammen. Wir werden eine Lösung finden, okay? Es ist ein Prozess. Wir beide befinden uns hier in unbekannten Gewässern. Aber es muss doch einen Weg geben.«

Er nickte und löste sich aus meinen Armen. »Es tut mir leid. Das ist auch für dich nicht leicht. Das weiß ich. Ich ... ich verstehe es nur einfach nicht. Wir sind seit so vielen Jahren verheiratet, wir hatten ein tolles Leben zusammen, Kinder, die Arbeit. Ich frage mich nur immer wieder ... Wie konntest du nicht wissen, dass du lesbisch bist? War das, was wir hatten, nur eine Lüge?«

Ich seufzte. Das war alles, worauf Joe sich konzentrieren konnte. »Ich schätze, ich wollte es nicht wahrhaben«, sagte ich und wiederholte die Worte, die er mich bereits hatte sagen hören. »Tief im Inneren habe ich es immer gewusst. Aber ich wollte nicht, dass es wahr ist. Es war keine Lüge, oder vielleicht doch, irgendwie, aber ich habe mich auch selbst belogen. Deshalb ist es so schwer. Weil ich es nicht mehr ignorieren kann. Ich muss ausleben, wer ich bin. Authentisch sein. Das Leben ist zu kurz. Das ist nicht nur ein Klischee. Wir haben das in den letzten Jahren auf die harte Tour gelernt. Ich brauche das jetzt.«

Er nickte wieder. Ich hatte ihm das alles am Abend zuvor erzählt, als ich mich mit ihm beim Abendessen zu einem Gespräch zusammengesetzt hatte. Nur wir beide. Ich hatte vier Jahre gebraucht, um den Mut aufzubringen, ihm endlich dieses tiefe Geheimnis zu erzählen, das ich mein ganzes Leben lang vor allen gehütet hatte. Dass ich lesbisch war. Ich fühlte mich zu Frauen hingezogen, das war schon immer so gewesen. Aber da ich mit religiösen Eltern aufgewachsen war, kam das einfach nicht infrage. Ich musste einen Mann heiraten und Kinder kriegen. So war es nun mal. Und das tat ich dann auch. Ich heiratete einen wunderbaren Mann, der mir drei wundervolle Kinder schenkte. Aber ich war nicht glücklich.

Ich hatte das tiefe Gefühl, am falschen Ort zu sein. Irgendetwas fehlte. Ich wusste, dass ich ihm das Herz brach. Wir hatten uns gegenseitig versprochen, für immer zusammenzubleiben. Aber jetzt war ich mir nicht mehr sicher, ob ich noch eine Ewigkeit zu geben hatte. Die Zeit lief ab, zumindest fühlte es sich so an. Und ich wollte ich selbst sein. Ganz und gar ich. Auch, wenn das bedeutete, alles aufs Spiel zu setzen, was ich hatte.

Das brauchte ich.

Ich bin homosexuell. Ich bin eine Lesbe.

Es fiel mir immer noch schwer, diese Worte auszusprechen, auch mir selbst gegenüber.

Wenn man die Zahnpasta einmal aus der Tube gedrückt hat, bekommt man sie nicht mehr hinein. So einfach ist das.

Selbst, wenn es bedeutete, alles zu zerstören, was ich aufgebaut hatte. Meine Ehe, meine Familie, vielleicht sogar meine Karriere. Würde es schwieriger werden, aufzusteigen? Wie würden meine Kollegen reagieren? Würden sie sich vor mir und dem, was ich war, ekeln? Cocoa Beach war ein kleiner Strandort auf einer vorgelagerten Insel, wo jeder jeden kannte, und die Einheimischen nannten viele der Polizeibeamten beim Vornamen. Würde ich bei ihnen noch denselben Respekt genießen? Bei meinen Kollegen? Oder würde mein Coming-out all das zunichte machen?

Mein Therapeut hatte mir gesagt, ich solle Wörter wie »*ruinieren*« und »*zerstören*« nicht verwenden, weil sie negativ besetzt seien. Was ich tat, war positiv: Ich wurde endlich zu der Person, die ich sein sollte. Aber es fühlte sich an, als würde ich etwas zerstören. Ich hatte alles, und jetzt warf ich es weg.

Da war es wieder, eines der Wörter. *Wegwerfen.* Meinem Therapeuten zufolge gewann ich ein neues Leben. Darauf sollte ich mich konzentrieren. Aber das war so schwer. Ich fühlte mich egoistisch. Ich fühlte mich, als würde ich etwas falsch machen.

Doch nun, da ich es meinem Mann gesagt hatte, gab es kein Zurück mehr.

Joe beugte sich vor und küsste mich auf die Stirn. Ich sah, dass er die Tränen zurückhielt.

»Ich liebe dich so sehr, und ich möchte, dass du glücklich bist. Ich bin nur noch ein bisschen ... Ich kann es noch nicht so richtig fassen.«

Ich schluckte und versuchte, den riesigen Kloß in meinem Hals loszuwerden. Ich wollte schreien oder wegrennen oder beides gleichzeitig. Wir hatten die ganze Nacht kaum geschlafen. Er hatte sich hin und her gewälzt und war alle halbe Stunde aufgestanden, um auf- und abzulaufen. Ich wusste, dass es eine Bombe war, die ich am Abend zuvor hatte platzen lassen. Ich wusste, dass er noch unter Schock stand und Zeit brauchte, um es zu verarbeiten. Verdammt, das brauchte ich auch, auch wenn ich mich schon seit Jahren damit befasste. Es war immer noch Neuland für mich, und ich fragte mich ständig, ob es das wert war.

»Ich weiß«, sagte ich. »Es wird einige Zeit dauern, bis wir uns alle daran gewöhnt haben.«

»Ich ... ich verstehe es einfach nicht«, fuhr er fort und nippte an seinem Kaffee. Seine Haut war fahl aufgrund des Schlafmangels. Es war eine Qual, ihn so zu sehen. Er starrte ins Leere und wiederholte immer wieder dieselben Worte:

»*Ich verstehe es einfach nicht ...*«

Ich konnte es ihm nicht verdenken. Während ich Jahre gebraucht hatte, um an diesen Punkt zu gelangen, war sein ganzes Leben über Nacht aus den Fugen geraten.

Bisher hatten wir uns darauf geeinigt, unser normales Leben weiterzuführen und noch nicht mit den Kindern darüber zu sprechen. Nicht, bevor wir wussten, wie wir mit dieser Situation umgehen sollten. Nicht, bevor wir irgendwelche Entscheidungen getroffen hatten, die ihr Leben beeinflussen würden. Ich hatte Joe davon erzählt, wie oft ich Mädchen geküsst hatte, als ich jünger gewesen war und zu viel getrunken hatte. Und dass es auch später passiert war …

Joe reichte mir eine Tasse Kaffee, ohne mich anzuschauen. Er war seit achtzehn Jahren mein Partner und bester Freund. Sollte das jetzt ein Ende haben? Wir waren schon lange nicht mehr intim gewesen, aber wir waren ein Team. Wir waren beste Freunde. Ich würde alles tun, um ihn nicht gänzlich zu verlieren.

Die Kinder stürmten die Treppe hinunter, mit ihren Rucksäcken in der Hand, schnappten sich ihre Pausenbrote und zogen los, während sie sich über irgendetwas Lächerliches stritten. Ich sah ihnen vom Fenster aus nach, wie sie in Charlenes Toyota Pickup stiegen, den wir ihr zu ihrem sechzehnten Geburtstag geschenkt hatten, und losfuhren. Ich sah unsere Nachbarn, Trevor und Marge, die mit ihrem Goldendoodle auf dem Gehsteig vor dem Fenster spazieren gingen. Ihr Hund, Sonny, hielt an der großen Palme vor unserem Haus an, um zu pinkeln. Wir wohnten am Ende einer Sackgasse, wo unsere Kinder in einer sehr sicheren Umgebung aufwuchsen. Sie fuhren mit dem Fahrrad oder Skateboard herum, und ich brauchte mir nie Sorgen um sie zu machen. Sonny machte ein bisschen mehr als nur Pipi, und Trevor bückte sich, um es aufzusammeln. Sie waren ein älteres Ehepaar, das sein ganzes Leben in Cocoa Beach verbracht hatte und nie wegwollte. »Das hier ist das Paradies, aber sag es niemandem, denn dann wollen sie alle hierherkommen«, sagten sie immer.

Ich winkte ihnen zu. Sie grüßten mit einem breiten Lächeln aus gebräunten Gesichtern zurück. Sie waren beide sehr fit für ihr Alter. Marge machte jeden Morgen mit ihren Freundinnen Yoga am Strand, und Trevor war ein begeisterter Surfer. Unsere Straße lag nur zwei Blocks vom Strand entfernt, also stand er in aller Herrgottsfrühe auf, und manchmal sah ich ihn barfuß und nur mit Boardshorts bekleidet mit seinem Surfbrett unter dem Arm die Straße hinunterlaufen. Dann wusste ich immer, dass die Wellen gut waren und der Großteil der Stadt wahrscheinlich draußen im Line-up sein würde. Die meisten Nachbarn in unserer Straße, bestehend aus nur acht Häusern, surften oder machten Stand-up-Paddling auf dem Fluss, einige fuhren auch Kajak auf den Kanälen hinter unseren Häusern. Wir alle hatten Boote an unseren Anlegestellen in unseren Gärten, mit denen wir gelegentlich hinausfuhren. Es war allerdings schon eine Weile her, dass Joe und ich mit den Kindern das letzte Mal auf dem Wasser gewesen waren. Sie liebten es und stritten stets darum, wer an der Reihe war, sich im Schlauchboot hinterherziehen zu lassen. Oder wer Wakeboarden durfte. Das machte Spaß. Ich lachte angesichts der Erinnerungen, die wir geschaffen hatten, und verspürte dann ein schlechtes Gewissen gegenüber meinen Kindern. Sie hatten keine Ahnung, was mit ihnen passieren würde, dass ihre Welt zusammenbrechen würde, sobald sich ihre Eltern trennten.

Allein der Gedanke daran sorgte dafür, dass ich mich am liebsten übergeben hätte.

»Kannst du mit Zelda rausgehen?« fragte ich Joe, und er nickte, während ich auf die Uhr sah. »Ich bin spät dran für die morgendliche Besprechung.«

ZWEI

OLIVIA

Sie war ihrer angestrebten Zeit voraus. Olivia Thomsons Apple Watch sagte ihr das in ihren Air Pods an. Sie hatte den ersten Kilometer in weniger als fünf Minuten zurückgelegt, und das war eine gute Zeit für sie. Sie würde heute Morgen zehn Kilometer laufen, wie sie es dreimal pro Woche tat, um sich auf den Halbmarathon vorzubereiten, der in zwei Monaten stattfinden sollte. Heute fühlte sie sich so fit wie schon lange nicht mehr. Sie flog fast, als sie durch ihr Viertel lief, ihre Salomon-Laufschuhe knirschten auf dem Pflaster. In ihren Ohren erklang Pitbull, und die beschwingten Latino-Rhythmen ließen sie noch schneller werden. Normalerweise war sie kein Pitbull-Fan, aber sie hatte festgestellt, dass sie deutlich schneller lief, wenn sie seine Musik hörte.

Als sie zwei Kilometer hinter sich hatte, zeigte ihre Apple Watch an, dass sie den letzten Kilometer in vier Minuten und fünfundvierzig Sekunden gelaufen war. Das war ein neuer Rekord für sie, und jetzt konnte sie nicht mehr aufhören zu lächeln.

Olivia hatte mit dem Laufen begonnen, nachdem ihr

Freund nach sechs Jahren Beziehung mit ihr Schluss gemacht hatte. Eines Tages hatten sie auf der Couch gesessen und ferngesehen, als er den Film unterbrach und ihr ohne Umschweife mitteilte, dass er sie verlassen würde, um mit ihrer besten Freundin zusammen zu sein, mit der sie mehr als fünfzehn Jahre befreundet war.

Sie musste die Wut loswerden. Sie hatte sich in ihr aufgestaut. Olivia war nicht gut darin, Gefühle zu zeigen, vor allem keine Wut; stattdessen verinnerlichte sie sie, was laut ihrer Schwester nicht sehr gesund für sie war.

»Du musst ihn anschreien. Sei wütend. Sag ihm, was du wirklich fühlst«, hatte sie ihr immer und immer wieder eingebläut.

Aber Olivia konnte es einfach nicht. Sie hatte das Gefühl, es aus irgendeinem Grund nicht zu dürfen. Sie mochte es nicht, wenn die Leute sie verletzlich sahen. Sie wollte, dass man sie für stark hielt. Schließlich war sie eine Investmentbankerin, eine, die es in einer männerdominierten Welt zu etwas gebracht hatte. Sie durfte nicht die Fassung verlieren.

Außerdem wollte sie ihrem Ex nicht das Vergnügen bereiten, sie wütend oder gar traurig zu sehen. Stattdessen hatte sie zugesehen, wie er seine Sachen packte und ging, und beschlossen, nie wieder mit ihm oder Katie zu sprechen. Es war ja nicht so, dass sie sie brauchte oder so. Sie kam sehr gut allein zurecht.

Das Laufen gab ihr das Ventil, das sie brauchte. Wenn sie ihren Körper an seine Grenzen brachte, konnte sie alles rauslassen. Die Wut, die Tränen, der Frust. Alles kam auf einmal, und sie konnte sich durchkämpfen, bis ihr Körper so sehr schmerzte, dass sie kurz davor war, sich zu übergeben.

Das gab ihr ein gutes Gefühl.

Den dritten Kilometer lief sie laut ihrer Uhr in vier Minuten und fünfunddreißig Sekunden.

Olivia lächelte breit. Das war ein weiterer Rekord. Sie

konnte es nicht fassen. Normalerweise wurde sie auf dem dritten und vierten Kilometer langsamer und kämpfte auf dem fünften, bevor sie auf dem sechsten wieder an Tempo zulegte. Aber heute nicht.

Heute war sie Feuer und Flamme.

Olivia bog um die Ecke des rosafarbenen Hauses, das sie schon immer so niedlich gefunden hatte, dann in eine andere Straße ein und lief hinunter zum See. In der Mitte befand sich eine hübsche kleine Wasserfontäne, was der gesamten Nachbarschaft ein teures Aussehen verlieh. Die Gegend war wunderschön. Die Häuser, deren Grundstücke zum See hinausgingen, waren alt und prächtig. Olivia hielt stets Ausschau, ob eines dieser Häuser zum Verkauf stand, denn sie würde eines Tages gerne eines davon besitzen. Gott weiß, ob sie das Geld dafür hätte. Aber sie standen nur selten zum Verkauf.

»Das würde mir wirklich gefallen«, murmelte sie vor sich hin und zeigte auf ein kleines Haus mit einer umlaufenden Veranda und einem niedlichen kleinen eingezäunten Garten. Dieses Haus war ihr absoluter Favorit, weil es so schwer einsehbar war. Sie hatte oft versucht, einen Blick in den Garten zu werfen, wenn sie auf dem Weg zum See daran vorbeigekommen war, aber die hohen Büsche versperrten ihr die Sicht. Das gefiel ihr sehr gut.

»Privatsphäre ist das Wichtigste«, murmelte sie und setzte ihren Lauf fort. Jetzt, da sie so gut davor war, gab es kein Halten mehr. Sie würde den See umrunden und dann zurücklaufen. Sobald sie ihn halb umrundet hätte, würde sie die Fünf-Kilometer-Marke erreicht haben, und dann war die Hälfte geschafft. Olivia sog die frische Luft ein. Sie konnte das Meer und den Strand auf der anderen Seite der Atlantic Avenue riechen. Gelegentlich lief sie am Strand entlang, aber das ging so sehr auf die Knie, wenn nicht gerade Ebbe herrschte. Sie fürchtete, sich eine Verletzung zuzuziehen, und was würde dann aus ihr werden? Sie musste laufen. Sie war süchtig danach, hatte ihre Schwester gesagt. Und vielleicht hatte sie recht.

Es war nicht gerade das schlimmste Suchtmittel, oder?

Olivia schüttelte spöttisch den Kopf bei dem Gedanken an ihre Schwester, die ihr eigenes Leben nicht in den Griff bekam, aber es wagte, Olivias zu kritisieren. Was glaubte sie, wer sie war? Ihr zu sagen, sie müsse über ihren Verlust trauern und sich ihren Gefühlen stellen.

Das war alles Blödsinn.

Olivia hatte ihre eigene Art, mit so was umzugehen, und die Flucht war alles, was sie im Moment brauchte.

Sie lief den fünften Kilometer in vier Minuten vierzig. Langsamer als den vorherigen. Sie musste schneller werden, wenn sie ihre persönliche Bestzeit laufen wollte, für die sie trainierte. Sie hatte nicht vor, jetzt langsamer zu werden.

Olivia beschleunigte, brachte ihre Beine an die Grenze ihrer Leistungsfähigkeit, und ihr Herz hämmerte in ihrer Brust, als sie für einen Sprint um den See herum ansetzte. Sie wandte kurz den Blick, um die Fontäne in der Mitte zu betrachten und zu sehen, wie die Sonnenstrahlen sie trafen und ein so wunderschönes Licht erzeugten, als ihr etwas ins Auge fiel.

Zuerst dachte sie, es wäre ein Alligator. Sie hatte sie gelegentlich im See gesehen, was nicht weiter schlimm war, da sie in den meisten Gewässern in Florida von Zeit zu Zeit vorkamen. Aber diese schwimmende Masse hatte etwas an sich, das ihr seltsam vorkam.

Es dümpelte irgendwie unter der Oberfläche auf und ab.

War es ein Tier?

Olivia starrte es an, während sie sich der Stelle näherte, an der sich der Klumpen in den Mangrovenbüschen am Rande des Sees verfangen hatte. Sie bemerkte nicht einmal, dass sie langsamer geworden war, bis ihre Uhr plötzlich angab, dass sie weit unter ihrem Zieltempo lag.

Aber zu diesem Zeitpunkt hörte Olivia schon nicht mehr zu. Sie nahm ihre Air Pods heraus und hörte auf zu laufen. Sie starrte auf die kleine Gestalt im Wasser, vor allem auf das rosafarbene Shirt, das an der Oberfläche trieb.

Dann schrie sie auf.

DREI

BILLIE ANN

»Billie Ann Wilde, so wahr ich hier stehe. Was zum Teufel hast du mit deinen Haaren gemacht? Willst du zur Armee oder so?«

Big Tom hielt inne, und seine Miene wurde ernst. »Moment mal, du willst mir doch nicht sagen, dass er wieder da ist, oder? Ist der Krebs zurück?«

Ich hob die Hand, um meinen Kollegen daran zu hindern, etwas zu sagen, was ihm später peinlich wäre.

»Ich unterbreche dich genau an dieser Stelle. Er ist nicht zurück«, sagte ich. »Ich bin immer noch in Remission.«

Er starrte mich aus seinen braunen Augen an. Sein hübsches Gesicht lächelte vor Erleichterung. Tom war ein großer Kerl, daher der Spitzname, wenn auch weniger von der Länge her, sondern vielmehr im Volumen – und vom Charakter. Er nahm in jedem Raum eine Menge Platz ein. Er war äußerst muskulös und ging mehrmals die Woche ins Fitnessstudio, um mit dem anderen Typen aus unserer Abteilung, Scott, zu trainieren. Ich war vor Kurzem zur Leiterin der Mordkommission befördert worden, was im Grunde bedeutete, dass man mir die Verantwortung für diese beiden Tölpel überließ. Sie waren gute Leute und fleißige Arbeiter, und ich mochte sie sehr, aber sie waren auch jung und unausgebildet, während ich Erfahrung aus einer anderen Mordkommission, nicht weit von meiner Heimatstadt entfernt, mitbrachte.

Ich wuchs in Zentralflorida auf, draußen in den Sumpfgebieten, wo ich mit den Jungs aus meiner Stadt Wildschweine und Alligatoren im Green Swamp gejagt hatte. Wenn ich eine Schlange sah, wusste ich, dass ich nicht auf sie treten durfte, denn sie war mein Freund. Wenn sie sich in mein Haus schlich, wusste ich, wie ich sie am Hals packen musste, damit sie mich nicht beißen konnte, und wie ich sie nach draußen brachte, um sie loszuwerden. Mein Vater hatte mir beigebracht, wie man mit einem Gewehr schießt, sobald ich es halten konnte, und ich war ein besserer Schütze als meine beiden Brüder. Ich wusste, wie man mit Jungs wie Tom und Scott umging, denn das hatte ich mein ganzes Leben lang getan.

»Ha. Da hast du mich erwischt. Da hast du mich gut drangekriegt.«

»Das hatte ich nicht vor, aber danke«, sagte ich.

Ich setzte mich an meinen Schreibtisch, gegenüber von Tom, im neu gebauten Polizeirevier im Zentrum von Cocoa Beach. Es war ein hohes, hässliches, quadratisches, graues Gebäude und ein Schandfleck in dieser kleinen, malerischen Stadt mit all den vielen Strandhäusern und Bungalows aus den sechziger und siebziger Jahren. Damals florierte das Raumfahrtprogramm, und die Stadt war gewachsen, um die vielen Arbeiter des Kennedy Space Center unterzubringen.

Das alte Gebäude, das vor diesem hier gestanden hatte, hatte nach einem Hurrikan ein Leck im Dach gehabt, und an den Wänden und Böden hatte sich Schimmel gebildet. Bei einem großen Regenschauer, die es während der Regenzeit im Sommer oft gab, mindestens einmal am Tag, hatte es auch drinnen geregnet. Die Klimaanlage war alt gewesen und hatte kaum noch funktioniert, und an heißen Sommertagen hatten wir darin geschwitzt wie die Schweine. Es war also kein

Wunder, dass uns dieses neue moderne Gebäude gefiel, auch wenn es sehr hässlich war.

»Und was hat es dann mit den Haaren auf sich?«, fragte Tom und nippte an seinem großen Thermo-Becher, der, wie ich wusste, einen Eiweißshake enthielt, den ersten von mindestens vier, die er an einem Arbeitstag zu sich nahm.

»Ich meine damit nicht, dass du nicht flott aussiehst«, fügte er mit einem Augenzwinkern hinzu. »Das tust du immer.«

Ich zuckte mit den Schultern und berührte mein Haar. »Ich weiß es nicht. Ich mochte es irgendwie kurz und habe es vermisst, schätze ich. Außerdem ist es in Florida zu heiß für lange Haare.«

Ich lächelte unbeholfen und schalt mich insgeheim selbst. Das wäre die Gelegenheit für mich gewesen, ihm die Wahrheit zu sagen. Ich meine, irgendwann musste ich es doch tun, oder? Ich musste es ihnen allen sagen. Aber ich fürchtete so sehr, ihren Respekt vor mir zu verlieren. Es fühlte sich einfach nicht nach dem richtigen Zeitpunkt an.

Gab es jemals einen richtigen Zeitpunkt, um so etwas zu verkünden?

Bring es einfach hinter dich. Sag es!

Ich atmete tief ein und sah meine beiden Kollegen an. Tom starrte auf seinen Computerbildschirm, wahrscheinlich scrollte er vor der morgendlichen Besprechung durch seine E-Mails. Scott war am Telefon, seine weichen schwarzen Locken hüpften auf seiner Stirn auf und ab, während er sprach.

»Tom?«

»Mm-hm?«, sagte er, ohne den Blick von seinem Bildschirm abzuwenden.

»Es gibt ... es gibt etwas, das ich dir sagen muss.«

Er nippte an seinem großen Proteindrink und sah mich dann an. »Was ist los? Du siehst so ernst aus.«

»Ich bin ... ich wollte dir sagen, dass Joe und ich ... ich meine, ich bin ...«

Ich konnte ihn nicht einmal ansehen, während ich vor mich hin stotterte. Mein Gestammel ergab keinen Sinn, das wusste ich, aber ich hatte keine Ahnung, wie ich es formulieren sollte.

»Was ist mit dir und Joe?«, fragte er mit einem Stirnrunzeln.

Ich hob den Blick und begegnete seinem. Mein Herz wurde schwer, als ich seine Besorgnis sah. Tom mochte Joe. Verdammt, das tat Scott auch. Wir haben oft bei uns zu Hause gegrillt, und die Männer haben am Grill gesessen und sich unterhalten. Das würde auch ihm das Herz brechen. Vielleicht würde er es mir sogar übel nehmen?

»Ich bin nur ... Ich habe ...«

Ich kam nicht dazu, den Satz zu beenden, da unser Polizeichef, Chief Jake Doyle, aus seinem Büro und auf uns zukam. Er sah mich und Tom an.

»Ihr zwei werdet nicht an der Besprechung heute Morgen teilnehmen. Gerade wurde eine Leiche aus dem Auffangbecken an der South Brevard Avenue Ecke Tenth Street geborgen. Haltet euch fest: Die Rettungskräfte sagen, es ist ein Kind.«

VIER

Damals

Als sie ihm das erste Mal begegnet war, konnte sie nicht älter als zehn Jahre gewesen sein. Sie erinnerte sich nur noch daran, wie groß er war, als er auf sie zukam. Sie spielte im Vorgarten des Wohnwagens, in dem sie mit ihrer Mutter und ihrem Stiefvater Cole lebte. Sie beachtete ihn nicht, bis seine Schuhe direkt vor ihr im Gras standen. Seine schwarzen, glänzenden Schuhe waren so lang wie ihr gesamter Arm.

»Hallo, Kleine«, sagte er und ging vor ihr in die Hocke.

Sie blickte auf und sah in seine großen blauen Augen. In seiner Hand hielt er eine Barbiepuppe in einem Hochzeitskleid. Es war die neue Serie, Braut-Barbie. Sie war hinreißend. Kitty wünschte sich eine, seit sie sie im Spielzeugladen gesehen hatte, aber ihre Mutter sagte, sie könne sie sich nicht leisten. Dann hatte ihre Freundin Patricia eine zum Geburtstag bekommen, und Kitty war so neidisch, dass sie beinahe darüber nachdachte, sie ihr zu stehlen.

Die Puppe bewegte sich in seiner Hand, und Kittys Augen folgten ihr aufmerksam.

»Gehört die vielleicht dir?«, fragte der Mann mit den schwarzen Schuhen.

Kitty schüttelte den Kopf. Sie starrte die Puppe an. Sie wollte sie so sehr, sie wollte Ja sagen, aber sie konnte nicht. Immerhin trug der Kerl eine Uniform. Er war Polizist, und die Polizei log man nicht an.

»N-nein.«

Er lächelte und sah die Puppe an. »Bist du sicher?»

»J-ja, Sir.«

Er verengte die Augen und sah sie an. »Das kann ich nur schwer glauben, denn sie hat mir gerade erzählt, dass sie sich verlaufen hat und dass sie dem hübschesten kleinen Mädchen der ganzen Nachbarschaft gehört. Und das kannst nur du sein, so wie ich das sehe, denn du bist das hübscheste kleine Ding, das ich je gesehen habe.«

Das brachte Kitty zum Glucksen. Sie schlug verlegen die Hand vor den Mund. Sie konnte nicht verhindern, dass sie rot wurde. Noch nie hatte ihr jemand gesagt, dass sie hübsch sei. Ihr Stiefvater sagte immer, sie sei wie das hässliche Entlein, nur dass sie sich nie in einen Schwan verwandeln würde, nicht bei der Mutter, von der sie abstammte.

»Bist du sicher, dass es nicht deine Puppe ist?«, fragte der Mann erneut.

»Ist es nicht ... Sir«, sagte sie.

»Nun, ich denke, schon. Hier, für dich.«

Er streckte ihr die Puppe entgegen, und sie sah mit großen Augen zu ihm auf. Er war von der Polizei, und der musste man gehorchen, hatte sie in der Schule gelernt.

»Ich ...«

»Nimm sie.«

Sie nahm sie. Mit zitternden Händen ergriff sie die Puppe und zog sie an sich. Sie umarmte die kleine Barbie und konnte nicht aufhören zu lächeln. Der Polizist kicherte. Er wuschelte ihr durchs Haar.

»So ist es besser. Also … was sagst du?«

Sie schluckte und war so glücklich, dass sie es kaum zurückhalten konnte. »Ich danke Ihnen! Ich danke Ihnen, Officer.«

Er lachte. »Nenn mich Damian, Kleine.«

»Okay, danke, Officer Damian. Ich danke Ihnen so sehr. Ich liebe sie.«

»Das habe ich mir schon gedacht«, sagte er und strich mit seinem Finger sanft über ihre Wange, bevor er sich aufrichtete.

»Nun, ich gehe jetzt besser«, sagte er. »Pass gut auf die Puppe auf, hörst du?«

»Das werde ich, Officer Damian, ich verspreche es. Ich werde jede Nacht mit ihr einschlafen und sie nie aus den Augen lassen.«

Er formte eine imaginäre Waffe mit seinem Finger und zwinkerte ihr zu, dann drehte er sich um und ging zu dem Polizeiauto, das er am Straßenrand geparkt hatte. Er stieg ein und winkte ihr noch einmal zu, bevor er losfuhr.

Kitty starrte dem netten Mann in dem feinen Auto hinterher und lief dann zu ihrer Mutter, um ihr die neue Puppe zu zeigen.

FÜNF

BILLIE ANN

Wir schwiegen während der Autofahrt. Tom und ich hatten nichts mehr zueinander gesagt, seit der Chief gesprochen hatte. Nur diese vier berüchtigten Worte:

Es ist ein Kind.

Als ich den Wagen auf der South Brevard Avenue in Richtung Kreuzung Tenth Street lenkte, gab Tom endlich das erste Geräusch von sich, das die Stille durchbrach.

Ein tiefer Seufzer.

Wir hatten nicht oft Fälle, in denen Kinder involviert waren, aber von Zeit zu Zeit kam es in Florida zu Ertrinkungsunfällen. Meistens waren es Touristen, die hier Urlaub machten und in Pools in Schwierigkeiten gerieten oder von einer reißenden Strömung im Meer erfasst wurden. Selten kam es zu Haiangriffen, die aber in der Regel glimpflich ausgingen.

Chief Doyle sagte, das Mädchen sei bereits tot gewesen, als es aus dem Wasser gezogen wurde. Da ich selbst Kinder hatte, wurde mir bei dem Gedanken ganz schlecht. Der Rechtsmediziner hatte sie für tot erklärt, und irgendetwas an ihrer Leiche war verdächtig. Sonst wären wir nicht gerufen worden. Wir wurden gebraucht, weil es sich wahrscheinlich um Mord handelte.

Ich stellte den Motor ab und sah Tom an. »Bist du bereit?«

Er schluckte. Hinter all den Witzen und dem Sarkasmus hatte Tom ein großes Herz. Oft glaubte ich, dass er nur versuchte, witzig zu sein, um zu verbergen, wie weich er wirklich war. Ihn einen sanften Riesen zu nennen, wäre ein Klischee, aber hey, wem der Schuh passt – und das tat er.

»Ich denke, ich bin so bereit, wie man es nur sein kann.« Eine Sekunde lang wünschte ich, ich hätte Scott gebeten, mitzukommen, aber er hatte einen anderen Fall, für den er gerade seinen Bericht fertigstellte. Ich hätte ihn hier gebrauchen können. Er war gut darin, in solchen Situationen einen kühlen Kopf zu bewahren.

Ich atmete aus. »Wir werden heute Abend etwas trinken gehen müssen.«

Wir stiegen aus und gingen auf die Absperrung zu. Die Kriminaltechniker waren in ihren weißen Lieferwagen vor Ort, und es wimmelte nur so von Leuten in blauen Schutzanzügen. Jemand reichte uns Schuhüberzieher und Handschuhe aus Plastik, die wir anziehen sollten, nachdem wir ihm unsere Dienstmarken gezeigt hatten.

Ich entdeckte meinen Kollegen von der Rechtsmedizin, Dr. Phillips. Er war gerade in einem Gespräch mit einem jungen Polizeibeamten vertieft, als ich mich ihm näherte.

»Tom und Billie Ann. Genau das Duo, das ich mir erhofft hatte.«

»Was haben wir?«, fragte ich. Ich warf einen Blick auf die Leiche am Ufer. Sie war mit einem weißen Leichentuch bedeckt.

Dr. Phillips schob seine Brille zurück auf die Nase und setzte sich in Bewegung. Ich folgte ihm. Tom blieb zurück und bedeutete mir, er würde sich mit dem zuständigen Beamten unterhalten. Ich wusste, wie schwer es ihm fiel, Leichen zu sehen, und es machte mir nichts aus, dass er nicht mitkam. Auch, wenn ich wusste, dass ich noch sehr lange Albträume haben würde, gab es keinen Grund, dass wir beide darunter leiden sollten. Außerdem war ich die weitaus Erfahrenere von uns beiden.

Dr. Phillips kniete sich hin und zog das Laken weg, damit ich das Gesicht des Mädchens sehen konnte. Ich schluckte die Tränen hinunter, als ich ihre Augen sah, die ausdruckslos in die Luft starrten.

»Ach du meine Güte«, sagte ich.

»Wie Sie sehen, haben wir es hier mit einer weiblichen Leiche zu tun. Sie hat die ganze Nacht im Wasser gelegen, wahrscheinlich länger, aber nicht mehr als vierundzwanzig Stunden, würde ich sagen.«

Ich schluckte und versuchte, die Fassung zu wahren. Ich starrte das Mädchen an und dachte dann an meine eigene Tochter Charlene.

»Gibt es irgendetwas, um sie zu identifizieren?«

Er schüttelte den Kopf. »Sie hat kaum etwas an.«

»Ist sie ertrunken?«, fragte ich.

»Das dachte ich zuerst auch.«

Oh-oh. Das hörte sich nicht gut an.

»Aber …?«

Er seufzte und zeigte dann auf den Hals des Mädchens. Als ich sah, was er meinte, schloss ich kurz die Augen, um mich zu beruhigen. Ich kannte solche blauen Flecken.

»Tod durch Erstickung«, sagte ich. »Sie wurde erdrosselt.«

Er nickte. »Das wäre mein erstes Urteil, ja. Aber natürlich haben wir erst nach der Autopsie Gewissheit. Ich muss sie aufschneiden und sehen, ob sie Wasser in der Lunge hat, um festzustellen, ob sie schon tot war, bevor sie hineinfiel.«

»Jemand hat ihr wehgetan«, sagte ich, »unabhängig davon, ob das nun der Grund für ihren Tod war oder nicht.«

Er atmete aus. »Ja, und die blauen Flecken stammen

höchstwahrscheinlich von einem Seil oder einer Schnur, die von hinten um ihre Kehle gewickelt wurde.«

Ich rieb mir den Bereich zwischen meinen Augen. Es war immer furchtbarer, wenn Kinder betroffen waren. »Also gut. Ich brauche die Autopsie so schnell wie möglich«, sagte ich zu Dr. Phillips. Dann stand ich auf. Bis dahin war es meine Aufgabe, herauszufinden, wer dieses arme Mädchen war.

SECHS
MARISSA

Marissa konnte ihren eigenen Herzschlag hören. Er pochte in ihren Ohren und machte es ihr unmöglich, etwas anderes zu hören. Sie versuchte, sich auf das Geplapper der Schaulustigen zu konzentrieren, während sie sich durch die Menge drängte. Sie nahm Worte wie »*Leiche*« und »*Kind*« wahr, und das machte ihr Angst. Sie wollte näher an den See herankommen, damit sie etwas sehen konnte.

»Entschuldigen Sie«, sagte sie und drängte sich an einem Mann vorbei. Er brummte ihr wütend etwas zu, machte aber einen Schritt zur Seite.

»Entschuldigen Sie mich. Entschuldigen Sie mich.«

Sie ging weiter, bis sie die Absperrung und den Polizisten, der sie bewachte, sehen konnte. Dann blieb sie stehen. Sie wollte nicht so nah herangehen, dass man sie in der Menge ausmachen könnte. Stattdessen stellte sie sich auf die Zehenspitzen und sah, dass sich dort Menschen in blauen Schutzanzügen drängten. Es reichte, um zu wissen, dass es eine Leiche geben musste.

Ihr Herz blieb stehen.

Könnte es ihre Emma sein?

Sie hatte im ganzen Haus und sogar auf dem Dachboden nachgesehen. Dann war sie mit dem Fahrrad die Nachbarschaft abgefahren und hatte überall nach ihr gesucht, auch am See. Aber sie hatte sie nirgends gefunden. Den ganzen Tag und die ganze Nacht lang hatte sie überall nach ihr gesucht. Nach ihrer Rückkehr nach Hause war sie sofort eingeschlafen, ehe sie von Sirenen geweckt wurde und ein Polizeiauto nach dem anderen sowie ein Rettungswagen vorbeigefahren waren.

Sie hatte sie vom Haus aus beobachtet, mit pochendem Herzen, wie gelähmt, bis sie den Mut aufbrachte, sich der Menschenmenge anzuschließen.

»Entschuldigen Sie, ich stand dort«, hörte sie eine Stimme hinter ihr. »Und jetzt versperren Sie mir die Sicht.«

Marissa drehte sich um und sah die Frau an. Sie war klein und gedrungen und trug ein rotes T-Shirt mit der Aufschrift:

WENN DU DENKST, ICH SEI KLEIN, SOLLTEST DU MAL MEINE GEDULD SEHEN.

Marissa starrte sie verwirrt an. »Das ... das tut mir leid.«

Sie machte einen Schritt zur Seite und fand eine andere Stelle, von der aus sie etwas sehen konnte. Der Bereich, in dem sie die Leiche vermutete, war von einer Trennwand verdeckt, sodass sie sich an den Rand kauern musste, wo sich ein kleiner Spalt befand. Die Menschenmenge um den See nahm zügig zu, da sich die Nachricht über den Fund einer Leiche schnell verbreitete. Es passierte nicht jeden Tag etwas Derartiges in ihrer malerischen Kleinstadt. Darüber würden die Nachbarn noch jahrelang sprechen. Meistens ging es um den Anblick eines Kojoten oder um das eine Mal, als jemand behauptet hatte, einen schwarzen Panther am Strand gesehen zu haben. Die meisten glaubten zwar, dass es sich nur um eine große schwarze Hauskatze gehandelt hatte, aber es war trotzdem ein

Thema, über das sie von Zeit zu Zeit sprachen. Davon – und von den Raketenstarts.

Bitte sagen Sie mir, dass es nicht meine Tochter ist.

Marissa konnte kaum atmen, als sie sah, wie eine Polizistin auf die Leiche zuging und ein Mann das Laken wegzog. Es war schwer, etwas durch den Spalt zu erkennen. Sie wappnete sich dafür, sagte sich, dass es wahrscheinlich ihre Tochter war, und bereitete sich auf den Schock vor, den es bedeuten würde, die größte Liebe ihres Lebens zu verlieren.

Marissa keuchte, als sie die Haarfarbe des Mädchens erkennen konnte. Sie versuchte, sich zu bewegen, aber sie konnte immer noch nicht viel sehen. Es fühlte sich an, als würde jemand auf ihrer Brust sitzen, aber als das Laken vollständig entfernt war, wurde ihr langsam klar, dass dies nicht ihr schlimmster Albtraum war.

Es war nicht Emma.

Verblüfft stand Marissa wieder auf, wich aus der Menge zurück und eilte nach Hause, wo sie die Tür schloss und weinend auf die Knie fiel.

Dies war vielleicht nicht ihr Albtraum, aber sie hatte das Gefühl, dass es sich zu etwas weitaus Schlimmerem entwickeln würde.

SIEBEN

BILLIE ANN

Ich suchte nach Tom und fand ihn noch immer im Gespräch mit dem Beamten. Ich ging auf ihn zu und fragte mich, wie wir unser Opfer identifizieren sollten. Dr. Phillips hatte mir gesagt, dass er ihr Alter auf vierzehn bis fünfzehn Jahre schätzte, aber das war alles, was wir bis jetzt wussten. Würden wir auf die Spurensicherung warten müssen, um einen Blick auf ihre Zähne zu werfen? Würden wir die Vermisstendateien durchkämmen müssen? Soweit mir bekannt war, wurden aktuell keine Kinder vermisst – weder gestern noch vorgestern hatte jemand etwas gemeldet.

»Was hast du erfahren?«, fragte ich.

»Officer Steele hier war als Erster am Tatort«, sagte Tom. »Er erhielt den Anruf um sieben Uhr einundvierzig über sein Funkgerät, während er in der Nähe auf Verkehrskontrolle war. Eine Läuferin hat die Leiche während ihrer morgendlichen Joggingrunde im See entdeckt. Ich habe mit ihr gesprochen und ihre Aussage aufgenommen, aber sie konnte uns nicht wirklich weiterhelfen. Sie war sehr geschockt und konnte mir nur sagen, dass sie die Leiche an der Wasseroberfläche treiben sah und dann den Notruf gewählt hat.

»Okay, wir behalten ihren Namen erst mal auf der Liste«, sagte ich, »und konzentrieren uns darauf, herauszufinden, wer das Mädchen ist. Hat jemand eine Jugendliche in der Stadt als vermisst gemeldet? Ich habe nichts davon gehört, und normalerweise erfahren wir sofort, wenn so etwas passiert. Es gab keine Meldungen, oder? Keine Suchtrupps?«

Tom schüttelte den Kopf. »Nein. Ich habe den Chief angerufen, nur um sicherzugehen, und er sagte, sie hätten nichts gehört.«

»Kennt jemand dieses Mädchen?«, fragte ich.

»Ja, ich.«

Ich drehte mich um, um zu sehen, wer da hinter mir aufgetaucht war.

»Officer Craig«, sagte ich.

Er war einer der Jüngeren in unserer kleinen Polizeitruppe, frisch aus der Ausbildung. Er war erst seit ein paar Monaten bei uns. Er und Officer Hansson dienten als Schulpolizisten. Ihre Aufgabe war es, während der Schulzeit an der Highschool und der Grundschule Streife zu fahren. Zu ihren Aufgaben gehörte es auch, nach Schulschluss den Verkehr zu kontrollieren und dafür zu sorgen, dass er reibungslos verlief. Aber sie waren auch diejenigen, die eine enge Beziehung zu den Schülern unterhielten, und ein Teil ihrer Aufgabe bestand darin, das eine Kind aufzuspüren, das versuchen könnte, eine Waffe mitzubringen, und eine der Katastrophen zu vermeiden, die wir alle so sehr fürchteten.

»Sie geht auf die Highschool«, sagte er. »Ihr Name ist Cassandra. Ich kenne ihren Nachnamen nicht, aber ich habe sie in der Schule gesehen. Sie kommt immer mit dem Fahrrad, also kann sie nicht weit weg wohnen. Ich würde sagen, irgendwo auf der Minutemen.«

Ich nickte. Die meisten Schüler wohnten an der Hauptstraße der Stadt und fuhren jeden Tag mit dem Fahrrad oder Skateboard. Viele von ihnen benutzten inzwischen Elektrofahrräder, sehr zu meinem Ärgernis. Meine Kinder hatten sich alle eins gewünscht, bevor Charlene ihren Führerschein gemacht hatte, und ich hatte Nein gesagt. Kinder brauchten Bewegung.

Ich schrieb Cassandras Namen auf meinen Notizblock, nahm dann mein Handy und rief die Schule an. So viele Mädchen mit diesem Namen konnte es dort nicht geben. Ich behielt recht. Es gab nur eine Cassandra. Sie war im ersten Jahr und fünfzehn Jahre alt, wie Diana aus dem Sekretariat mir mitteilte. Und sie war heute nicht in der Schule erschienen. Ich sagte ihr nicht, worum es ging, denn ich wusste, dass sie mit jedem einzelnen Elternteil sprach, der hereinkam, und ich musste vorsichtig sein. Ich durfte nicht zulassen, dass Cassandras Eltern durch jemand anderen als mich über den Tod ihrer Tochter erfuhren.

»Cassandra Perez«, sagte ich und blickte auf meinen Notizblock, auf den ich den Namen und die Adresse notiert hatte.

Tom erschien mit einem tiefen Seufzer an meiner Seite.

»Ich schätze, wir sind dabei, den Tag von Mr und Mrs Perez zu ruinieren.«

»Du meinst ihr Leben«, sagte ich und versuchte, den Kloß in meinem Hals herunterzuschlucken, während wir zurück zum Auto gingen.

Da ich selbst Mutter war, wusste ich, dass es mehr als hart werden würde. Es würde herzzerreißend sein.

ACHT

Damals

Ein paar Wochen später kam er eines Sonntags vorbei, als er dienstfrei hatte. Der nette Polizist mit den glänzenden schwarzen Schuhen fuhr in ihrer Einfahrt vor, ging zur Tür und klopfte an. Die Art und Weise, wie er klopfte, war so speziell, dass Kitty sie in den kommenden Monaten stets wiedererkennen sollte.

Und sie war jedes Mal aufgeregt.

Wie sich herausstellte, war Officer Damian ein guter Freund ihres Stiefvaters, und als er hereinkam, nachdem ihr Stiefvater ihm die Tür geöffnet hatte, stürmte Kitty auf ihn zu, wobei die Vorfreude in ihr brodelte.

»Hi, Officer Damian«, sagte sie.

»Hi, Kitty«, antwortete er. »Wie läuft es mit der Puppe?«

Sie lief rot an. Wie immer hielt sie die Puppe in der Hand. Sie nahm sie mit ins Bett, ging mit ihr zusammen baden und spielte bei jeder Gelegenheit mit ihr. Sie nahm sie in ihrem Rucksack mit in die Schule, auch wenn die Kinder kein Spielzeug mehr mitbringen durften, weil ihre Klassenlehrerin Miss Taylor es nicht erlaubte. Nicht mehr, seit Barbara und dieser Junge Aiden sich wegen eines Lastwagens gestritten hatten, den er mit in die Schule gebracht hatte. Miss Taylor ließ das nicht mehr zu.

»Ihr seid sowieso viel zu alt, um Spielzeug in die Schule mitzubringen.«

Und das war's. Aber Kitty bewahrte ihre Barbie in ihrem Rucksack auf und holte sie nur ab und zu heraus, um sie unter dem Tisch zu betrachten, wenn niemand hinsah.

Sie liebte sie so sehr.

»Sehr gut«, sagte sie mit einem Lächeln, während sie auf die Puppe in ihrer Hand hinunterblickte.

»Hmm«, sagte Officer Damian und legte den Kopf schief. »Ich finde, sie sieht ein bisschen einsam aus. Findest du nicht auch?«

Sie sah zu ihm auf. Was meinte er damit?

Er lächelte breit. Er hatte ein freundliches Lächeln.

»Lass mich einen Blick auf sie werfen.«

Er nahm ihr die Puppe aus der Hand, und Kitty keuchte, aus Angst, dass er sie ihr wegnehmen würde. Schließlich war er derjenige, der sie ihr gegeben hatte, also konnte er sie ihr auch wieder wegnehmen.

Officer Damian betrachtete das Gesicht der Puppe.

»Ich finde, sie sieht wirklich ein wenig einsam aus«, wiederholte er. »Vielleicht braucht sie etwas Gesellschaft.«

»Sie hat mich«, sagte Kitty und richtete sich auf. Sie streckte den Arm nach der Puppe aus, bereit, sie ihm aus den Händen zu reißen, sobald er sie losließ. Er würde ihr die Puppe nicht wieder wegnehmen. Das würde sie nicht zulassen. »Ich bin ihre Freundin.«

»Oh, das bezweifle ich nicht«, sagte er und gab ihr die Puppe zurück.

Kitty schnappte sie sich eilig und drückte sie fest an sich, wobei sie sich schwor, dass sie sie nie wieder loslassen würde. Egal, was auch passierte.

In diesem Moment holte er etwas hinter seinem Rücken hervor. »Vielleicht möchte sie einen Freund haben?«

Kitty starrte auf das Paket in seinen Händen. Sie konnte es nicht glauben. Da war sie. Die Ken-Puppe, von der alle in der Schule sprachen. Der Bräutigam-Ken vom Hochzeitstag. Nicht einmal Patricia hatte so eine.

Kitty fiel die Kinnlade herunter.

»Ich glaube, deine Puppe wäre gerne mit ihrem Freund zusammen, meinst du nicht?«, fragte Damian.

Kitty nickte mit offenem Mund. War die wirklich für sie? Wollte er ihr eine weitere Puppe schenken? Wenn ja, dann wäre sie das beliebteste Mädchen in ihrer Klasse.

Sie starrte die Ken-Puppe an, als der Mann sie ihr reichte.

»Bitte sehr, hübsches Mädchen. Jetzt ist sie nicht mehr einsam.«

Kitty nahm die Puppe entgegen, hielt sie, als würde sie in Flammen stehen, und wagte kaum, sie zu berühren, aus Angst, sie schmutzig zu machen. Ken war so perfekt, und jetzt konnte sie mit ihnen Familie spielen. Sie könnten heiraten und in einem Haus leben, das sie aus einem Pappkarton basteln und mit Buntstiften anmalen würde. Sie könnte ihnen sogar einen Garten bauen. Sie würden so glücklich sein.

Officer Damian beugte sich hinunter und berührte ihre Locken. »Jeder sollte einen besonderen Menschen in seinem Leben haben, findest du nicht auch?«

Ihr Stiefvater forderte ihn auf, auf die Veranda zu kommen und ein Bier zu trinken. Er sagte ihm, er solle *aufhören, mit dem Mädchen zu spielen*.

Officer Damian strich Kitty sanft mit dem Finger über die Wange und zwinkerte ihr zu, bevor er verschwand.

NEUN

BILLIE ANN

Die haselnussbraunen Augen von Mrs Perez starrten mich an. Zuerst sah sie verwirrt aus, dann besorgt. Sie war eine kleine Frau, aber mit ausgeprägten Gesichtszügen. Im Türrahmen ihres Hauses wirkte ihr Körper winzig, aber sie war nicht dünn. Ihre Muskeln traten unter ihrem Tanktop hervor. Sie hatte ihr braunes Haar zu einem engen Pferdeschwanz hochgebunden, und ihr Pony musste gestutzt werden. Er fiel ihr in die Augen, und sie strich ihn zur Seite.

»Ja?«

Ich zeigte ihr meine Dienstmarke. Mein Herz raste, und ich hatte immer noch einen riesigen Kloß im Hals. Ich erkannte sie sofort, hatte sie schon bei Aufführungen und anderen Veranstaltungen in der Schule gesehen. Einen Moment lang fragte ich mich, ob Charlene oder William Cassandra kannten. Vermutlich. Es war eine kleine Highschool. Und eine kleine Stadt. Das würde alle hier schwer treffen.

Ihr besorgter Blick wurde zu Entsetzen, als sie meine Marke musterte, und ich sah, wie sie alle Szenarien in ihrem Kopf durchspielte. Sie stellte sich alles Mögliche vor.

»Können wir reinkommen?«, fragte ich.

»Ja, ja, natürlich«, sagte sie und trat zur Seite. Tom folgte mir und nickte ihr höflich zu, als er mit einem leisen »Ma'am« an ihr vorbeiging.

Sie schloss die Tür hinter uns.

»Wir können in die Küche gehen«, sagte sie.

Wir setzten uns auf ihre weißen Küchenstühle, und sie sah mich nervös an.

»Ist Mr Perez zu Hause?«, fragte ich.

Sie schüttelte den Kopf. »Er ist als Handelsvertreter für Q-Fib unterwegs, ein Unternehmen, das Lasergeräte für die Schönheitschirurgie verkauft. Er ist im Moment in Chicago. W-worum geht es?«

»Es geht um Ihre Tochter«, sagte ich und faltete meine Hände auf dem Holztisch.

»Cassandra?« Ihre Stimme wurde schrill, als sie den Namen aussprach.

Ich nickte. »Ja.«

»W-was ist mit ihr? Steckt sie in Schwierigkeiten?«

»Mrs Perez ... es ... tut mir sehr leid, Ihnen mitteilen zu müssen, dass wir heute Morgen die Leiche eines Mädchens in der Gegend der South Brevard Avenue und der Tenth Street gefunden haben. Wir glauben, dass es sich um Cassandra handelt, da ein Officer vor Ort sie identifizieren konnte, aber wir brauchen Ihre Identifizierung, um sicher zu sein.«

Sie sah verwirrt aus. »Cassandra? Aber ... aber sie ist in der Schule. Nein, nein. Sie müssen sich irren.«

Ihre Finger fummelten am Handy in ihrer Hand herum.

»Mrs Perez, wann haben Sie Ihre Tochter zuletzt gesehen oder von ihr gehört?«, fragte ich. »Ein Anruf oder eine Nachricht?«

Sie schluckte. »Nun, ich ... ich habe nur ... erst heute Morgen, sehen Sie?«

Sie öffnete ihre Textnachrichten und zeigte sie mir.

Guten Morgen, mein Schatz. Ich hoffe, du hast einen schönen Tag. Vergiss nicht, dass du heute Nachmittag einen Leichtathletikwettkampf hast. Hab dich lieb, Mom.

»Ich sehe, dass Sie ihr eine Nachricht geschickt haben, aber sie hat nicht geantwortet«, sagte ich. »Wann haben Sie sie das letzte Mal gesehen?«

Sie schien verwirrt. Der Schock machte sich breit. Man wusste nie, wie die engsten Angehörigen beim Überbringen einer Todesnachricht reagierten. Manche wurden aggressiv, andere waren wie gelähmt. Ich musste einmal eine Mutter in die Notaufnahme bringen, um sie wegen eines Schocks behandeln zu lassen.

»Ich ... ich habe sie gestern Nachmittag gesehen«, sagte sie mit zittriger Stimme. »Ich habe sie auf die Wange geküsst, und sie ist gegangen.«

»Um wie viel Uhr war das?«

»Um kurz vor drei.«

Ich notierte die Uhrzeit auf meinem Notizblock. »Haben Sie später am Tag von ihr gehört?«

»Sie ... sie hatte einen Babysitter-Job und sagte, dass sie erst spät nach Hause kommen würde. Also, nein. Ich habe ihr gegen zehn eine Gute-Nacht-Nachricht geschickt und bin ins Bett gegangen.«

»Für wen hat sie babygesittet?«, fragte ich.

»Sie hat mehrere Familien, denen sie hilft.«

»Wissen Sie, bei wem sie gestern war?«

Sie sah verwirrt aus. »Ich glaube, bei einer Dame, die mein Mann kürzlich mit ihr bekanntgemacht hat. Ich kenne sie selbst nicht, aber ich kann ihren Namen und ihre Nummer von Pete erfahren, sobald ich mit ihm gesprochen habe.«

»Okay, und wir brauchen auch eine Liste ihrer besten Freunde und deren Handynummern. Sie könnten mehr über ihren Aufenthaltsort vor ihrem Tod wissen.«

Mrs Perez starrte mich schockiert an, während das Wort in der Luft hing. *Tod.*

»Ja, ja, natürlich.«

Ich warf einen Blick auf meinen Notizblock.

»Hat sie ihnen gestern Abend geantwortet?«

Mrs Perez scrollte durch ihre Nachrichten. »Nein. Ich vermute ...« Sie hielt inne. »Hat sie nicht. Aber ich habe ihr keine Frage gestellt, sondern nur geschrieben: *Gute Nacht, schlaf gut.* So seltsam war das nicht für mich.«

»Und heute Morgen?«, fragte Tom. »Ist Ihnen nicht aufgefallen, dass sie nicht in ihrem Zimmer war?«

Mrs Perez sah zu uns auf und schüttelte dann den Kopf. »Ich ... ich glaube nicht. Normalerweise steht sie in aller Herrgottsfrühe auf, um zur Schule zu gehen. Sie macht Leichtathletik, und sie trainieren um sechs Uhr morgens, bevor es draußen heiß wird. Ich hatte einfach angenommen, dass sie bereits los ist.»

Mrs Perez starrte ausdruckslos in die Luft. »Ich habe mich schon gewundert, warum sie gestern Abend nicht geantwortet hat, aber ich dachte, sie ist einfach nur ein Teenager, wissen Sie?« Sie sprach jetzt schneller, und ich konnte fast spüren, wie sich die Panik in ihrem Körper aufbaute. Sie atmete schwer und fasste sich an die Brust, als hätte sie Schmerzen, aber ich wusste, dass es nur die Erkenntnis war, die sich einzustellen begann.

Ich nickte. Ja, ich wusste nur zu gut, wie es war, Teenager zu haben.

»Also, was genau wollen Sie mir sagen?«, fragte Mrs Perez mit einem leichten Wimmern.

Ich griff über den Tisch und berührte sanft ihre Hand. »Sie müssen mit uns kommen, um die Leiche zu identifizieren.«

Tom beugte sich vor. »Haben Sie jemanden, einen Verwandten oder eine enge Freundin, die wir anrufen können und die Sie begleiten kann?«

Sie schien so verloren, dass es mir das Herz brach. Eine

Träne entrann ihrem Auge, und sie wischte sie weg, aber es folgten weitere, und bald fiel es ihr schwer, sie zurückzuhalten. Ihre Hände zitterten, und ihr Atem ging rasend schnell.

»Es ist okay zu weinen«, sagte ich.

Sie schniefte und wischte sich über die Wangen, dann blickte sie kurz zur Decke, während sie die Tränen hinunterschluckte.

»Ich habe eine Schwester. Sie arbeitet in der Stadt im Café Surfnista. Sie kann mitkommen.«

»Okay, geben Sie mir ihre Nummer und ich rufe sie an, damit sie sich mit uns trifft«, sagte Tom. »Sie sollten das nicht allein machen müssen.«

Mrs Perez nickte. Ihre Augen füllten sich, aber sie kämpfte offensichtlich gegen die Tränen an. Ich bezweifelte, dass ich an ihrer Stelle in der Lage gewesen wäre, sie zu unterdrücken.

»Und dann wollen Sie vielleicht Ihren Mann anrufen«, sagte Tom.

»Wir können ihn für Sie anrufen, wenn Sie das möchten«, bot ich an.

Sie schüttelte den Kopf. »N-nein. Ich werde es tun.«

Sie atmete tief ein, um sich zu beruhigen, und sah dann zu mir auf. Man hatte uns beigebracht, dass es in Ordnung war, bei der Überbringung von Todesnachrichten Gefühle zu zeigen, aber ich wusste, wenn ich das täte, könnte ich wahrscheinlich nicht mehr aufhören.

»Was ist mit ihr passiert?«, fragte Mrs Perez.

»Sie wurde im Auffangbecken gefunden. Wir wissen im Moment noch nicht viel, aber die Autopsie wird ...«

»Autopsie ... Sie glauben also, dass sie ermordet wurde?«, sagte sie mit einem leisen Keuchen.

»Das wissen wir noch nicht, aber ja, wir vermuten ein Fremdeinwirken«, sagte Tom.

»Nach der Autopsie wissen wir mehr«, wiederholte ich.

Mrs Perez schüttelte langsam den Kopf. »Ich kann einfach

nicht … Sind Sie sicher, dass sie nicht in der Schule ist? Sie geht immer zur Schule. Vielleicht haben Sie sich geirrt …«

Ich schüttelte den Kopf. »Wir haben dort angerufen. Sie ist heute nicht aufgetaucht.«

»Sie war also schon gestern tot? Das verstehe ich nicht.«

»Wir wissen noch nicht, wann der Tod eingetreten ist, aber wir können Ihnen bald mehr sagen. Fürs Erste bitten wir Sie, mit uns in die Leichenhalle zu kommen.«

ZEHN

BILLIE ANN

Zurück auf dem Revier war ich gerade dabei, meinen Bericht zu schreiben, als der Polizeichef an meinen Schreibtisch trat. Es war später Nachmittag, und Tom und ich waren gerade zurückgekommen. Ich war erschöpft. Mrs Perez hatte ihre Tochter im Leichenschauhaus identifiziert, und das mitanzusehen, war nicht leicht gewesen. Es waren Seelsorger vor Ort, die sich im Anschluss um sie kümmerten, während wir zurückfuhren, um den Fall zu eröffnen. Aber um ehrlich zu sein, ging es mir nicht gut.

»Ich brauche Ihre Hilfe«, sagte er.

»Klar, Chief, was gibt's?«

Er saß an der Ecke meines Schreibtischs. »Es ist ein bisschen heikel.«

»Okay?«

»Da ist eine Frau. Sie kam vor ein paar Stunden, um ihr Kind als vermisst zu melden. Ich selbst hatte noch keine Zeit, mit ihr zu sprechen, aber Steele hat vorhin mit ihr gesprochen.«

Jetzt hatte er meine volle Aufmerksamkeit. »Ein vermisstes Kind?«

»Ja, aber das Problem ist, dass … nun, wir denken, dass sie

ein wenig« – er malte mit dem Finger Kreise an seiner Schläfe – »ein wenig verrückt ist.«

»Warum? Wenn ein Kind vermisst wird, warum sind wir da nicht schon längst dran?«

Er atmete aus. »Nun, die Sache ist die ... Wir können nichts über dieses Kind herausfinden.«

Ich runzelte die Stirn. Das ergab keinen Sinn. »Was meinen Sie?«

»Angeblich hat sie eine vierjährige Tochter namens Emma. Aber sie verfügt über keinerlei Informationen, die belegen, dass das Mädchen überhaupt existiert. Und das ist nicht alles: Die Frau verfügt weder über einen Führerschein noch über irgendeine Form von Ausweis, also können wir ihren Hintergrund nicht überprüfen.«

»Das klingt in der Tat etwas seltsam.«

»Ja. Das Kind ist nirgends registriert, es geht in keine Vorschule, die Frau hat keine Geburtsurkunde, ja, sie hat nicht einmal ein Foto des Kindes auf ihrem Handy, das sie uns zeigen könnte. Ich habe Officer Steele gebeten, sie zu ihrem Haus zu begleiten und sich in der Nachbarschaft umzusehen, aber als er mit den Nachbarn sprach, hatte niemand das Kind je gehört oder gesehen. Ich weiß nicht, wie ich mit ihr verfahren soll. Ich kann sie nicht einfach abweisen. Aber ich kann auch keine Vermisstenanzeige aufgeben, weil ich keine Beweise für ihre Existenz habe und nicht einmal ein Foto, das ich verschicken könnte. Sie will, dass wir eine Suchaktion starten, aber wie soll ich das anstellen?«

»Sie glauben also, sie lügt? Sie glauben, dass sie gar kein Kind hat?«, fragte ich verwirrt. Das klang für mich alles sehr merkwürdig.

»Ich glaube, sie ist ein bisschen ... ähm ... verwirrt, wenn Sie verstehen, was ich meine«, sagte er und rollte mit den Augen.

»Sie denken, sie hat ein Kind erfunden und kann es jetzt nicht finden, also denkt sie, es sei verschwunden?«

Er atmete erneut aus. »Wie ich schon sagte. Es ist eine heikle Angelegenheit. Eine, die ich gerne aus der Welt schaffen würde. Wir haben hier heute eine Menge zu tun.«

»Und Sie glauben, es könnte helfen, wenn ich mit ihr rede?«

»Ich weiß nicht, wie ich mit ihr umgehen soll. Sie behauptet inständig, sie habe ein Kind und es sei entführt worden, und niemand weiß, wie man ihr helfen kann. Sie sind eine Frau, können Sie nicht …?«

Er machte ein Geräusch mit seinen Wangen, als wäre ich ein Pferd, das er vorwärts treiben musste. Das machte mich wütend. Aber er war mein Chef, also sagte ich nichts. Ich schätzte Doyle sehr und arbeitete seit drei Jahren mit ihm als meinen Vorgesetzten zusammen.

»Mit ihr reden?«, fragte ich. »Von Frau zu Frau?«

»Ja, tun Sie das. Was auch immer es braucht«, sagte er. »Wenn Sie stichhaltige Beweise dafür finden, dass es wirklich ein vermisstes Kind gibt, müssen wir es ernst nehmen. Wenn nicht, dann sollten wir sie vielleicht zur Untersuchung in die psychiatrische Notaufnahme einweisen. Ich neige mehr und mehr zu dieser Lösung.«

»Natürlich, Chief. Ich sehe es mir mal an.«

Mit einem Lächeln stand er auf. Er gab mir einen freundlichen Klaps auf die Schulter. »Großartig. Ich wusste, dass ich mich auf Sie verlassen kann. Sie ist unten in der Lobby.«

ELF

MARISSA

Marissa starrte auf ihre Finger. Nervös trommelte sie auf ihr Bein. Die Frau hinter dem Tresen in dem geblümten Oberteil lächelte sie wieder an. Es war eines dieser falschen Lächeln, das Mitgefühl ausdrücken sollte, aber eigentlich nichts bedeutete.

Marissa stand auf und ging erneut auf sie zu. Sie erkannte an ihrem Gesichtsausdruck, dass die Frau verärgert über sie war und darüber, dass sie – schon wieder – zu ihr kam, um mit ihr zu sprechen, aber sie tat es trotzdem.

»Gibt es etwas Neues?«, fragte Marissa, während sie ängstlich an ihren Nägeln kaute.

Die Frau schüttelte den Kopf. »Sie werden bald jemanden schicken.«

»Das haben Sie schon vor einer Stunde gesagt«, sagte Marissa. »Mein Kind ist verschwunden. Bitte schicken Sie jemanden, der mir hilft.«

»Ich versichere Ihnen, dass wir tun, was wir können, aber es ist viel los«, sagte die Frau.

Marissa nickte. Das hatte sie auch schon vor einer Stunde gesagt. Ein Officer betrat den Eingang und lief an ihr vorbei. Ihr Herz schlug schneller. Sie hätte nie gedacht, dass sie zur Polizei gehen würde. Sie traute ihnen nicht, glaubte nicht, dass ihr jemand helfen könnte. Aber es ging um Emma, sie musste handeln, sie musste Hilfe holen.

»Bitte nehmen Sie Platz, Ma'am«, sagte die Frau. »Es wird sich gleich jemand um Sie kümmern.«

Das Telefon klingelte und sie nahm ab, während Marissa sich wieder auf den schwarzen Plastikstuhl setzte.

»Polizei Cocoa Beach«, zwitscherte sie, wie sie es an diesem Tag schon Tausende Male getan hatte, während Marissa wartete.

Sie werden dir nicht helfen.

Marissa versuchte, sich zu beruhigen. Tatsache war, dass sie nicht wusste, was sie sonst tun sollte. Wie sie damit umgehen sollte.

Sie werden dir nicht glauben.

Marissa atmete tief aus und beschloss dann, dass es keinen Sinn hatte. Es wäre besser, wenn sie selbst versuchen würde, ihre Tochter zu finden.

Sie war gerade aufgestanden und auf dem Weg zur Tür, als der Aufzug hinter ihr klingelte und sich die Türen öffneten. Eine Frau betrat die Lobby. Sie war klein, schlank und sah mit ihrem Buzz Cut aus, als würde sie der Armee angehören. Sie hatte wunderschöne bernsteinfarbene Augen, eine einzigartige Mischung aus Gelb und Orange, und ein gebräuntes Gesicht.

»Marissa Clemens?«, fragte sie und sah sie an.

Marissa hielt inne. Sie ließ den Türgriff los und drehte sich zu der Frau um. »D-das bin ich.«

»Wollen wir uns kurz unterhalten?«, fragte die Frau. »Wir haben hier hinten ein kleines Büro, wo wir uns setzen können.«

Marissa nickte. Sie verspürte immer noch den Drang, wegzulaufen, aber die Tatsache, dass es eine Frau war, gab ihr ein besseres Gefühl.

»O-okay.«

»Ich bin Detective Billie Ann Wilde«, sagte sie und schüttelte Marissas Hand, während sie sich setzten. Billie Ann sah sich die Papiere vor ihr an. »Ich habe gehört, dass Ihre Tochter vermisst wird?«

»Ja, Emma, sie ist vier Jahre alt.«

Billie Ann nickte. »Und wo war Emma, als sie verschwunden ist?«

»Sie hat im Garten hinter dem Haus gespielt. Ich war für ein paar Minuten weg, um mich um die Wäsche zu kümmern, und dann war sie weg. Ich weiß, Sie brauchen ein Foto von ihr und eine Geburtsurkunde, aber die habe ich nicht. Ich brauche nur Ihre Hilfe. Bitte, ja? Sie müssen mir glauben. Bitte lassen Sie nach ihr suchen. Sie hat rotblonde Haare und trägt ein rosafarbenes T-Shirt mit glitzernden Einhörnern darauf. Und ein Tutu. Ein blaues Tutu.«

Billie Ann blickte auf das Formular vor ihr, das Marissa ausgefüllt hatte. »Und Ihr Haus befindet sich in der South Brevard Avenue, ist das korrekt?«

Sie hielt inne. Billie Ann starrte ein paar Sekunden lang auf die Adresse und schüttelte dann den Kopf. Sie schloss die Akte.

»Wissen Sie was? Was halten Sie davon, wenn Sie mich zu Ihrem Haus mitnehmen und mir zeigen, von wo genau sie verschwunden ist?«

ZWÖLF

BILLIE ANN

Es war weit hergeholt. Das wusste ich. Aber ich hatte Mitleid mit der armen Frau vor mir. Ein Teil von mir wollte wirklich glauben, dass sie die Wahrheit sagte. Die ganze Situation hatte etwas Merkwürdiges an sich, und als mir klar wurde, dass sie in der Nähe von Cassandra Perez wohnte, genau genommen in derselben Straße, gingen bei mir die Alarmglocken an. Mein Bauchgefühl sagte mir, dass das kein Zufall war.

Ich brachte sie mit meinem Dienstfahrzeug zu ihrem Haus zurück und parkte davor. Als ich die Auffahrt hinaufging, konnte ich sehen, dass die Techniker immer noch am Tatort hinter ihrem Haus, unten am See, zugange waren.

»Danke, dass Sie mich ernst nehmen«, sagte Marissa, als sie die Tür öffnete und mich ins Haus ließ.

»Sie sagten, sie sei gestern verschwunden, richtig?«, fragte ich und trat ein. Ich schloss die Tür hinter mir.

»Ja, sie hat hier hinten gespielt, und da war ein Eichhörnchen und dann ... Ich weiß nicht, was sie danach gemacht hat. Ich hatte schon Angst, dass sie irgendwie zum See gelaufen sein könnte ...«

Als wir durch das Wohnzimmer in Richtung Küche gingen,

blieb sie stehen. Ich musterte den Raum. Der Boden war mit einem schönen hellbeigen Teppich ausgelegt. Keine verschüttete Schokoladenmilch oder Saft. Es gab einen Fernseher, zwei Lehnstühle und einen Spiegel an der Wand. Auf einem Schild stand: *Willkommen am Strand.* Ein Paar Hausschuhe für Erwachsene lag auf den Fliesen neben der Tür, daneben ein Paar Flip-Flops, ebenfalls für Erwachsene.

Aber keine Kinderschuhe.

Es gab keine Kuscheltiere oder Puppen, die bei einer Teeparty neben dem Fernseher liegen gelassen wurden. Keine herumstehenden Trinkbecher oder Buntstifte auf dem Esszimmertisch. Als wir die Küche betraten, bemerkte ich, dass am Kühlschrank weder Kinderfotos noch gemalte Bilder hingen. Nichts als rostfreie Edelstahloberflächen, alles poliert und sauber. Es gab keine kleinen fettigen Fingerabdrücke auf den Arbeitsflächen. Auch nicht auf Fenstern oder Spiegeln.

»Sie war draußen, und ich habe sie durchs Fenster beobachtet, während ich Kartoffeln geschält habe, und dann ...«

»Warum haben Sie so lange gewartet?«, fragte ich.

»Was?« Sie warf mir einen verwirrten und zugleich verzweifelten Blick zu.

»Warum sind Sie nicht gestern zu uns gekommen, nachdem Sie bemerkt haben, dass Ihre Tochter weg ist?«, fragte ich und begann zu glauben, dass der Chief recht haben könnte. Hier lebte definitiv kein Kind. Mit dieser Frau stimmte definitiv etwas nicht. Anders konnte ich es mir nicht erklären.

»Ich ... ich ...« Sie schien nach einer Antwort zu suchen. »Ich wollte warten und sehen, ob ich sie selbst finden kann oder ob sie nach Hause kommt, und dann ... dann haben sie Cassandra aus dem Wasser unten an der Straße gezogen, und ich dachte eine Sekunde lang, es sei Emma. Aber dann ... nun, ich schätze, mir wurde klar, dass sie nicht zurückkommt, und ...«

»Sie kannten Cassandra?«, fragte ich.

Marissa schaute auf ihre Finger. »Sie müssen mir glauben. Meine Tochter ist verschwunden. Ich weiß nicht, was ich tun soll. Ich fürchte, dass ihr etwas Schreckliches zugestoßen ist.«

War sie nicht bei Sinnen? Oft lockten Mordfälle solche Menschen aus ihren Verstecken. Ich weiß nicht, wie oft jemand schon einen Mord gestanden hatte, den er nicht begangen hatte. Oft glaubten sie ihre eigene Geschichte wirklich, dachten ernsthaft, sie hätten es getan. Manchmal war es schwer, sie vom Gegenteil zu überzeugen.

Ich legte ihr sanft eine Hand auf die Schulter. »Marissa? Vielleicht sollten wir in die psychiatrische Notaufnahme fahren, hm? Dort kann man Ihnen helfen.«

Sie starrte mich an. Ihre Augen weiteten sich vor Schreck. »Sie denken, ich bin verrückt? Dass ich lüge?«

Ich biss mir auf die Lippe. Mir war klar, dass sie wahrscheinlich von ihrer eigenen Geschichte überzeugt war, und vielleicht hatte sie sogar einmal ein Kind gehabt und es dann verloren. Aber sie war nicht zurechnungsfähig, das war eindeutig.

»Ich glaube, Sie brauchen Hilfe«, sagte ich. Ich hatte meinen Satz kaum beendet, da entdeckte ich ein Paar kleine rosafarbene Crocs auf dem Rasen.

»Was ist das?«, fragte ich.

Marissa schluckte. »Ihre Schuhe. Das ist alles, was von ihr übrig geblieben ist, als sie verschwunden ist. Und um Ihre Frage von vorhin zu beantworten, ja, ich kannte Cassandra. Sie war unsere Babysitterin.«

DREIZEHN

BILLIE ANN

Kaum zurück auf dem Revier telefonierte ich sämtliche Freunde von Cassandra und deren Eltern ab. Nachdem ich sie über ihren Tod informiert hatte, fragte ich sie nach ihrem Verbleib in den letzten Tagen vor Cassandras Ermordung.

In der Zwischenzeit kümmerten sich Scott und Tom darum, mit den beiden anderen Familien zu sprechen, für die Cassandra babygesittet hatte. Nachdem sie eine von ihnen besucht hatten, kam Tom zurück zum Revier und setzte sich mir gegenüber. Ich hob den Blick von meinem Computerbildschirm.

»Ich habe das Gefühl, du hast etwas herausgefunden«, sagte ich.

Er atmete aus und lehnte sich in seinem Stuhl zurück. »Ich habe gerade mit Mrs Cornwell gesprochen, bei der Cassandra zweimal im Monat babygesittet hat, und es war tatsächlich recht aufschlussreich.«

Ich nickte. »Fahr fort.«

Er rieb sich das Kinn. »Sie hat mir erzählt, dass Cassandra seit etwa sechs Monaten auf ihre siebenjährige Tochter aufgepasst hat und sie sie sehr mochte. Sie war vertrauenswürdig, das

Kind immer pünktlich im Bett, und sie hatten eine besondere Bindung.«

»Aber?«

»Aber ... als ich anfing, etwas tiefer nachzubohren, fing Mrs Cornwell zu weinen an.«

»War sie traurig wegen Cassandra?«, fragte ich, denn das wäre nur verständlich.

»Ja, das auch, aber da war noch etwas anderes.«

»Was denn?«, fragte ich und wurde neugierig.

»Sie sagte, sie habe sich oft Sorgen gemacht, weil ihr Mann, Eric, übermäßig vertraut mit Cassandra war. Er fuhr sie immer nach Hause, wenn sie mit dem Babysitten fertig war, und hatte dies auch am Samstagabend getan, bevor sie am Sonntag verschwunden ist.«

»Was meinte sie mit übermäßig vertraut?«

»Das habe ich sie auch gefragt, und sie meinte, dass sie spüren konnte, dass ihr Mann sie mochte, dass er gestrahlt hätte, wenn er sie sah, und dass sie sich viel miteinander unterhalten hätten. Sie hatte sich eingeredet, dass sie sich das nur einbildete, aber nun, da Cassandra tot ist, macht sie sich Sorgen, dass sie vielleicht recht gehabt haben könnte. Sie verdächtigt ihren Mann, eine Affäre gehabt zu haben.«

»Mit Cassandra?«, fragte ich entsetzt.

»Sie wollte es nicht aussprechen, aber sie sagte, sie mache sich Sorgen darüber«, sagte er.

»Hast du mit dem Ehemann gesprochen?«

»Noch nicht.«

»Wir müssen so schnell wie möglich mit ihm sprechen.«

Tom nickte. »Ja, auf jeden Fall. Ich werde versuchen, ihn so schnell wie möglich zu erreichen.«

Ich nickte und lächelte. »Gut gemacht, Tom.«

Er lächelte zurück und ging zu seinem eigenen Schreibtisch. »Danke, Chefin.«

Wir saßen ein paar Minuten schweigend da, als Scott ein Geräusch von sich gab. »Eh, Chefin?«

»Ja?«

»Marissa ist tot«, sagte er und kam direkt zur Sache.

Er sah von seinem Bildschirm auf, und sein Blick traf meinen am anderen Ende des Raumes.

»Sag das noch mal.«

»Marissa Clemens starb vor neun Jahren.«

»Wie bitte?«

»Sie ist tot. Sie existiert nicht. Oder besser gesagt, sie hat existiert. Marissa Clemens war zweiundsiebzig Jahre alt, als sie starb.«

Ich starrte ihn an. »Könnte es sich um eine andere Marissa Clemens handeln?«

»Nicht in Cocoa Beach«, sagte er. »Oder gar in Brevard County.«

Er schwieg, als wartete er darauf, dass ich etwas sagte. Aber ich konnte nicht. Eine tiefe Falte bildete sich zwischen meinen Augen.

»Ist das dein Ernst?«

»So ernst wie ein Herzinfarkt.«

»Aber das ergibt doch keinen Sinn«, sagte ich. »Sie existiert nicht und ihr Kind auch nicht? Wie ist das möglich?«

»Ich bin mir nicht sicher«, antwortete er. »Erinnerst du dich noch, als wir herausgefunden haben, dass sie weder ein Auto noch einen Führerschein besitzt? Und jetzt hör dir das an: Ich habe das Krankenhaus in Cape Canaveral angerufen, wo sie angeblich arbeitet. Sie arbeitet dort nicht. Dann habe ich alle umliegenden Krankenhäuser angerufen, und die haben auch noch nie was von ihr gehört.«

»Sie arbeitet also nicht als Krankenpflegerin? Und sie ist nirgends registriert? Wie verdient sie ihr Geld? Arbeitet sie überhaupt?«

In diesem Moment öffnete der Chief die Tür zu seinem

Büro, trat heraus und schlug sie gegen die Wand. Er starrte mich an, und ich wusste sofort, dass er schlecht gelaunt war.

»Wilde, kommen Sie sofort her.«

Tom und Scott warfen mir einen aufmunternden Blick zu, als ich von meinem Schreibtisch aufstand und am Chief vorbei in sein Büro eilte. Er schloss die Tür hinter sich. Seine Bewegungen waren aggressiv.

»Setzen Sie sich.«

Das tat ich. Ich hatte das Gefühl, als wüsste ich, worum es ging.

»Hören Sie, Chief …«

»Sie starten eine Suche nach einem Kind, das es nicht gibt?«, sagte er und setzte sich. »Glauben Sie nicht, dass wir schon genug Fälle haben? Wollen Sie auch noch nach Geistern suchen?«

»Hören Sie, Chief, ich bin zu dem Haus der Frau gefahren, und Sie haben recht, auf den ersten Blick sah es nicht so aus, als hätte sie ein Kind, aber ich glaube ihr. Da lagen diese rosafarbenen Crocs in ihrem Garten.«

»Oh, das erklärt natürlich alles«, sagte er und rollte mit den Augen.

Ich biss mir auf die Lippe, um mich zu beruhigen und nicht etwas zu sagen, was ich später vielleicht bereute. Der Chief hatte die Angewohnheit, mir gegenüber sehr herablassend zu sein, wann immer er die Gelegenheit dazu hatte, und das ärgerte mich. Er verhielt sich auch anderen gegenüber so, aber nicht so oft wie bei mir.

Ich war immer die *Süße*, sein *Liebling* und das *hübsche kleine Ding*.

Ich schaute aus dem Fenster seines Büros, und mein Blick traf den von Scott. Er zeigte mir einen ermutigenden Daumen nach oben und ein Lächeln. Ich lächelte zurück und fühlte mich gut, weil ich wusste, dass mein Team hinter mir stand. Dem war ich mir sicher.

Ich saß da und versuchte, die Fassung zu bewahren. Ich wollte nicht zulassen, dass jemand meine Instinkte infrage stellte. Ich musste dieser Frau helfen. Ich hatte einfach so ein Gefühl.

Er fuhr fort: »Ich meine, ist es undenkbar, dass diese Frau diese Schuhe gekauft hat, auch wenn sie kein Kind hat, oder dass sie sie vielleicht sogar irgendwo gestohlen hat? Haben Sie mal darüber nachgedacht, Wilde? Manche Leute gehen sehr weit, um einen zu überzeugen, dass sie die Wahrheit sagen. Ich sag's Ihnen. Ich habe in meinem Leben schon viele verrückte Sachen gesehen. Das werden Sie auch, wenn Sie erst mal so lange dabei sind wie ich.«

Ich schüttelte den Kopf. Nein. So durfte ich nicht denken. So zynisch konnte ich nicht sein. Als ich diese Crocs sah, wusste ich sofort, dass es ein Mädchen gab, das sie kürzlich getragen hatte. Und dieses Mädchen war nirgends zu finden. Natürlich war vieles merkwürdig rund um diese Mutter und die Tatsache, dass sie keinen Ausweis, keine Fotos oder irgendwelche Spielsachen herumliegen hatte. Aber ich musste in diesem Fall meinem Bauchgefühl folgen. Ich hatte das starke Gefühl, dass diese Sache wichtig war. Das Leben eines kleinen Mädchens stand auf dem Spiel. Das konnte ich nicht auf die leichte Schulter nehmen. Das wollte ich einfach nicht.

»Chief, ich weiß, es mag weit hergeholt erscheinen, aber was ist, wenn wir uns irren?«, sagte ich. »Was ist, wenn es wirklich ein Kind gibt, das in Gefahr ist? Könnten Sie sich selbst im Spiegel ansehen, wenn ihr etwas zustoßen würde? Ich könnte es nicht.«

Er stieß einen Seufzer aus und lehnte sich in seinem Stuhl zurück, sein Blick durchbohrte mich. Er schnalzte mit der Zunge und schien zu überlegen. Ärger stieg in mir auf. Wir verschwendeten wertvolle Zeit, indem wir einfach nur dasaßen und nichts taten. Wir debattierten darüber, ob wir Ressourcen für diese Sache verwenden sollten oder nicht.

Ein vermisstes Kind, um Himmels willen!

Was gab es da zu besprechen?

»Und was ist mit dem Fall Cassandra Perez?«, fragte er und tippte mit dem Finger auf seinen hölzernen Schreibtisch. »Ich denke, das sollte jetzt unsere Priorität sein. Jemand hat das Mädchen getötet und in den See geworfen. Sie wurde erdrosselt und wie Abfall entsorgt. Das ist nicht richtig. Das macht mich so wütend. So etwas sollte in meiner Stadt nicht passieren. Nicht in *meiner* Stadt. Ich will, dass das aufgeklärt wird und der Mörder nicht länger frei herumläuft. Sobald das rauskommt, wird es unsere kleine Gemeinde in Angst und Schrecken versetzen. Ich will, dass der Mörder gefasst wird, bevor hier Panik ausbricht. Das ist Ihr Job. Nicht die Suche nach vermissten Kleinkindern, die nur in der Vorstellung einer verrückten Frau existieren.«

»Ich kann beides.«

Er sah mich an, als würde er mir nicht ganz glauben. Ich gab nicht auf. Ich wusste, dass ich ihn überzeugen konnte.

»Ich glaube, die Fälle hängen zusammen«, fügte ich hinzu. »Die Mutter behauptet, Cassandra sei ihre Babysitterin gewesen. Sie ist irgendwie darin verwickelt, und ich würde es mir nie verzeihen, wenn ein kleines Mädchen wirklich vermisst würde und ich nichts täte, um es zu finden. Das würden Sie auch nicht.«

Er entspannte sich. Ich schien seine Aufmerksamkeit mit dieser neuen Information geweckt zu haben. Sein Telefon klingelte, und ich merkte, dass er wollte, dass ich den Raum verließ, damit er den Anruf entgegennehmen konnte.

Er grunzte verärgert. »Gut. Sie haben bis Ende der Woche. Mehr Zeit kann ich Ihnen nicht geben.«

Ich ballte die Faust. Endlich hatte er nachgegeben. »Danke, Chief. Sie haben die richtige Entscheidung getroffen.«

»Aber länger nicht. Wenn Sie bis dahin nichts gefunden haben, möchte ich, dass Sie die Sache fallen lassen und sich auf

Ihre anderen Fälle konzentrieren. Und der Fall Perez wird nicht vernachlässigt, haben Sie verstanden? Der hat im Moment oberste Priorität. Absolute Priorität. Nichts steht über ihm.«

»Verstanden, Chief. Ich will auch, dass dieser Mörder gefasst wird. Das können Sie mir glauben.«

»Dann machen Sie sich an die Arbeit.«

Ich nickte, dankbar für diese Gelegenheit. Als ich aufstand, um zu gehen, hob der Chief die Hand und hielt mich auf. Er hatte nach seinem Telefon gegriffen, den Anruf aber noch nicht angenommen. Es klingelte immer noch in seiner Hand.

»Wilde, eine Sache noch.«

»Ja?«

Er musterte mich über seine Brille hinweg. »Wenn Sie sich in der Sache irren und es sich als Sackgasse herausstellt, will ich keine Ausreden hören. Ist das klar? Sie tragen die Konsequenzen. Ich hoffe, das ist Ihnen bewusst.«

»Ja, Chief.«

Damit verließ ich sein Büro, fest entschlossen, ihm das Gegenteil zu beweisen. Als ich an Toms und Scotts Schreibtisch vorbeiging, warfen sie mir unterstützende Blicke zu, aber ich konnte sehen, dass sie sich Sorgen um mich machten. Ich ging ein großes Risiko ein, und wenn es sich nicht auszahlte, konnte das meine gesamte Karriere gefährden. Doch so besorgt war ich nicht. Zumindest nicht meinetwegen.

Ich sorgte mich vielmehr um Emma.

VIERZEHN

Damals

Officer Damian wurde schnell zu einem regelmäßigen Hausgast. Alle freuten sich über seine Besuche, sogar Kittys Mutter, die ihn mindestens einmal in der Woche zum Abendessen einlud, meistens an den Wochenenden, damit sie die ganze Nacht im Wohnzimmer ihres Wohnwagens Bier trinken konnten.

Kitty liebte es, wenn er zu Besuch kam. Sie durfte dann lange aufbleiben, und es war, als würden sich alle in seiner Nähe verändern. Ihre Mutter und ihr Stiefvater waren besser gelaunt, und sie schrien sie nicht mehr so oft an, oder sich gegenseitig.

Im Laufe der Monate freute sich Kitty immer mehr auf die Besuche von Officer Damian. Sie stand am Fenster und beobachtete, wie er in die Einfahrt fuhr, spürte, wie die Aufregung durch ihren Körper schoss, während sie sein Gesicht näherkommen sah. Er brachte immer Geschenke mit – ein neues Buch, das sie lesen sollte, einen süßen rosafarbenen Teddybären, den er auf dem Weg im Supermarkt gekauft hatte und der

»ihn angestarrt und angefleht hatte, ihn zu dem hübschesten Mädchen der Gegend zu bringen«, und jede Menge Bier für ihre Mutter und ihren Stiefvater. Sie fand es toll, dass er immer genau zu wissen schien, was er mitbringen musste.

Eines Abends, als sie im Wohnzimmer saßen und *American Idol* schauten, beugte sich Officer Damian vor und flüsterte Kitty etwas ins Ohr.

»Hey, ich habe eine Überraschung für dich, hübsches Mädchen«, sagte er. »Ich habe ein paar Disney-World-Tickets für dieses Wochenende ergattert. Wie wär's, wenn du und ich am Samstag zusammen dort hinfahren?«

Kittys Herz setzte einen Schlag lang aus. Sie war noch nie in einem Vergnügungspark gewesen, auch wenn sie in der Nähe vieler Parks wohnten, aber das war ihrer Mutter viel zu teuer. Und Disney war der Park, den sie am liebsten ausprobieren wollte. Alle Kinder aus ihrer Klasse waren schon dort gewesen, und einige gingen sogar ein- oder zweimal im Jahr dorthin. Bei der Vorstellung, den Tag mit Officer Damian zu verbringen, wurde ihr ganz schwindelig vor Aufregung.

»Ja, bitte!«, rief sie aus.

»Aber wir müssen sicher sein, dass deine Mommy damit einverstanden ist«, sagte er und sah sie an, die neben Cole auf der Couch saß.

Kitty starrte ihre Mutter an, ihre Augen weiteten sich vor Erwartung. Würde sie zustimmen?

»Bitte, Mommy, darf ich mit? Bitte!«

Ihre Mutter sah sie mit glasigen Augen an, das Bier immer noch in der Hand. Dann lächelte sie. Ihre Stimme war undeutlich, aber Kitty hörte die Worte laut und deutlich: »Natürlich. Geh. Viel Spaß.«

Kitty sprang auf. »Juchhu! Hast du das gehört, Officer Damian? Ich darf mit.«

Er lächelte angesichts ihrer Aufregung. »Ich hab's gehört. Ich freu mich sehr.«

Sie klatschte in die Hände. »Ich kann es nicht erwarten. Ich kann es gar nicht glauben. Wir fahren Achterbahn und essen Zuckerwatte und ... und ... Süßigkeiten und ...«

»Bedank dich ordentlich bei ihm dafür, dass er so nett ist«, sagte Cole. »Setz dich auf seinen Schoß, Kleine.«

Das Gesicht von Officer Damian hellte sich auf. Er gab ihr ein Zeichen, näherzukommen. Kitty zögerte. Sie war sich nicht sicher, ob sie sich das traute.

»Ist schon gut, Kleine«, sagte ihr Stiefvater und führte sie weiter. »Vergiss nicht, er ist Polizist, du solltest besser tun, was er sagt.«

Das stimmte. Er war von der Polizei und man musste tun, was sie sagten. Das war so. Das hatte man ihr in der Schule beigebracht.

»Du willst doch nicht mit dem Gesetz in Konflikt geraten, oder?«, fügte er hinzu und zwinkerte seinem Freund zu. »Nur zu.«

Kitty schluckte und biss sich auf die Innenseite ihrer Wange. Sie war nervös. Sie mochte Officer Damian wirklich gern und wollte nichts falsch machen.

»Komm, hübsches Mädchen«, sagte er und streckte seine Arme aus. »Komm näher.«

Kitty schaute kurz zu ihrer Mutter, als wollte sie sich vergewissern, dass sie damit einverstanden war. Sie wollte nichts tun, was sie nicht guthieß. Sie wollte nicht, dass sie böse auf sie wurde. Aber ihre Mutter war eingedöst. Ihre Augen waren geschlossen, sie atmete schwer und hatte ihren Kopf an die Rückenlehne des Sofas gelehnt.

Cole lachte, als sich Officer Damian nach ihr ausstreckte und Kitty auf seinen Schoß zog. Dort saß sie, nervös, aber auch glücklich. Er mochte sie wirklich, nicht wahr? Sie mochte ihn auch. Sehr sogar.

FÜNFZEHN

BILLIE ANN

»Ich kann Ihnen nicht helfen, wenn Sie mir nicht helfen.«

Ich sah Marissa an, die vor mir stand. Ich hatte sie gebeten, mit aufs Revier zu kommen, damit ich mehr über Emma erfahren und hoffentlich die Wahrheit über sie und ihre Identität herausfinden konnte. Aber bis jetzt hatten wir uns eine halbe Stunde lang unterhalten und ich wusste immer noch nicht mehr. Wir saßen an meinem Schreibtisch, und sie starrte immer wieder auf die Wand hinter mir mit all den Bildern aus der Geschichte unserer Polizeibehörde und den Chefs, die wir seit ihrer Gründung im Jahr 1947 gehabt hatten. Es war, als würde sie meinem Blick absichtlich ausweichen, und ich hatte das Gefühl, dass sie mich anlog oder zumindest nicht bereit war, die Wahrheit zu sagen. Ich wusste nicht, wie ich ihr helfen konnte.

»Ich weiß nicht, was ich Ihnen sagen soll«, sagte sie.

»Okay, versuchen wir's noch mal.«

Ich kniff mir in den Nasenrücken und fühlte mich müde, auch wenn ich gerade meine dritte Tasse Kaffee getrunken hatte. Joe und ich waren fast die ganze Nacht wach gewesen und hatten uns gestritten. Nachdem sich die ersten Erkenntnisse gesetzt hatten, war er nun wütend auf mich; er wollte lediglich wissen, »ob alles eine Lüge war«. Egal, wie oft ich ihm sagte, dass ich ihn liebte, er glaubte mir nicht mehr. Und dann fing er an zu beteuern, dass er immer noch jeden Tag dafür betete, dass ich zu ihm zurückkommen würde. Er betete, dass es nur eine Phase sei und dass ich das erkannte.

Das traf mich noch härter als die Wut und Frustration. Er bat mich im Grunde, nicht mehr ich selbst zu sein. Er bat Gott, mich zu ändern.

»Es wird nicht weggehen«, antwortete ich ihm. Und jetzt war ich an der Reihe, wütend zu sein. Es war nicht seine Schuld, dass ich nicht in der Lage gewesen war, mir das einzugestehen. Dass ich diese Seite von mir so viele Jahre lang unterdrückt hatte, um zu überleben. Natürlich war es das nicht. Aber es war auch nicht meine Schuld. Und er gab mir das Gefühl, dass dem so war. Als hätte ich ihn betrogen.

»Ich verstehe immer noch nicht, warum Sie keine Fotos von Ihrem Kind oder eine Geburtsurkunde besitzen«, sagte ich zu Marissa.

»Ich habe die Geburtsurkunde verloren, als wir hierhergezogen sind.«

»Und wie lange ist das her?«

»Ich weiß es nicht mehr. Drei Jahre, glaube ich.«

»Und von wo aus sind Sie umgezogen? Wo wurde Emma geboren?«

»Im Norden, irgendwo in Florida.«

Ich seufzte. Wieder gab sie mir nur vage Antworten. Das war alles, was ich von ihr bekam, und ich hatte langsam das Gefühl, dass sie nicht einmal wollte, dass ich ihr half. Jedes Mal, wenn ich versuchte, tiefer zu graben, wich sie der Frage aus und gab mir eine lächerliche Antwort, mit der ich nichts anfangen konnte. Ich wusste immer noch so wenig über sie. Aber was ich wusste, war, dass sie mich angelogen hatte – und das bereitete mir Sorgen. Verschwendete sie nur meine Zeit? Existierte Emma überhaupt?

»Und der Vater?«

Sie schüttelte den Kopf. »Er ist nicht wichtig.«

»Er könnte es aber sein. Könnte er Emma entführt haben? Normalerweise werden Kinder von ihren eigenen Eltern entführt.«

Nervös berührte sie ihre Wasserflasche. Sie zupfte an dem Etikett, riss es ab und hinterließ kleine Papierfetzen auf dem Tisch. Mied meinen Blick. Es gab etwas, das sie mir verschwieg, aber warum? Das war es, was ich nicht verstand.

»Haben Sie irgendwelche Feinde? Gibt es jemanden, der Ihnen schaden will, indem er Ihnen Ihr Kind wegnimmt?«, fragte ich.

Sie schüttelte den Kopf. »Keiner wusste, dass Emma existiert.«

»Und das verstehe ich nicht«, sagte ich und wurde immer frustrierter über diese Frau. »Warum haben Sie sie geheim gehalten? Warum können wir Sie nirgends finden? Haben Sie Angst vor jemandem?«

Sie sah zu Boden. Es war offensichtlich, dass sie sich unwohl fühlte. Trotzdem antwortete sie nicht auf meine Fragen.

Ich atmete aus und fuhr fort: »Cassandra war also Emmas Babysitterin. Wie war Ihre Beziehung zu ihr? Zu ihren Eltern?«

Immer noch keine Antwort.

»Cassandra wurde wahrscheinlich am selben Tag getötet, an dem Emma verschwunden ist. Haben Sie irgendwelche ...«

Mit einem lauten Geräusch schob Marissa ihren Stuhl zurück. Sie schüttelte den Kopf und stand abrupt auf.

»Kann ich jetzt gehen? Ich muss zur Arbeit.«

Enttäuscht lehnte ich mich in meinem Stuhl zurück. »Es steht Ihnen frei, zu gehen, wann immer Sie wollen. Aber Sie machen mir die Arbeit nicht leichter, wenn Sie mir nicht alles erzählen.«

Sie entfernte sich und erreichte, sich selbst umarmend, die Tür. Dann blieb sie stehen. Sie drehte sich um und sah mich an.

»Ich habe sie geheim gehalten, weil ich Angst hatte, dass jemand sie mir wegnehmen könnte. Das ist der Grund.«

Ich setzte mich aufrecht hin. »Wer? Wer würde sie Ihnen wegnehmen?«

Sie sah mir in die Augen. Ich erkannte in ihren eine tiefe Angst, die mich fast erschreckte. Diese Frau war verängstigt. Ich konnte nur nicht herausfinden, wovor sie solche Angst hatte und warum sie es mir nicht erzählte.

»Ich bin hier, um zu helfen, Marissa. Können Sie es mir nicht einfach sagen?«

Sie schien einige Sekunden lang darüber nachzudenken, und ich dachte schon, sie würde sich mir öffnen, aber dann zog ein dunkler Schatten über ihr Gesicht, und sie machte dicht.

Sie schüttelte den Kopf und sagte: »Es war alles ein Irrtum. Es tut mir leid. Ich hätte gar nicht erst zu Ihnen kommen dürfen. Es war dumm von mir zu glauben, die Polizei könnte mir helfen. Vergessen Sie es einfach.«

Und damit war sie weg.

SECHZEHN

ASHLEY

Der Abend verlief besser als erwartet. Ashley Wittman war vor ihrem Date mit Bryan etwas nervös gewesen. Nicht, weil Online-Dating neu für sie war; sie hatte schon seit Jahren versucht, über das Internet die Liebe zu finden, ohne Erfolg. Nein, sie war nervös, weil sie schon seit einigen Wochen mit diesem Mann in Kontakt war und sie bereits wusste, dass er ihr gefiel. Sie mochte seine Persönlichkeit, er war gebildet und sah obendrein unheimlich gut aus. Zumindest auf dem Foto. Sie hatte auch über FaceTime mit ihm telefoniert, viele Male, und wusste, dass er im wirklichen Leben nicht so gut aussah wie auf dem Profilbild, aber es war nah dran.

Er könnte der Richtige sein. Das könnte endlich der Mann sein, auf den ich gewartet habe.

Sie betrachtete sich ein letztes Mal im Spiegel, bevor sie ihre Wohnung verließ. Die Vorstellung war erheiternd. Aber sie machte ihr auch Angst. Sie fürchtete sich davor, zu hoffen, davor, wieder einmal so zu denken, weil sie schon so oft enttäuscht worden war.

Doch im Laufe des Abends fühlte sich Ashley immer mehr zu Bryan hingezogen. Sie unterhielten sich über alles Mögliche, und sie ertappte sich dabei, dass sie so viel lachte und lächelte wie schon lange nicht mehr. Das Restaurant, das sie sich ausgesucht hatten, war gemütlich und stimmungsvoll, und das Kerzenlicht flackerte auf Bryans Gesicht auf eine Weise, die ihr Herz höherschlagen ließ.

Als sie nach einem herrlichen Abendessen zu ihrem Auto gingen, nahm Bryan ihre Hand in seine und drückte sie sanft.

»Das war ein wirklich schöner Abend mit dir«, sagte er leise.

Ashley lächelte ihn an und errötete leicht. Warum fühlte sie sich plötzlich wie ein Highschool-Mädchen?

»Fand ich auch«, antwortete sie.

Bryan kam näher und strich ihr eine Haarsträhne aus dem Gesicht. Seine Augen suchten in den ihren nach einer Antwort, bevor er langsam die Lücke zwischen ihnen schloss. Ihr Herz hüpfte vor Erregung, als sich ihre Lippen zum ersten Mal trafen. Sie verschmolz mit ihm und es fühlte sich an, als würde ein elektrischer Funke durch ihre Adern fahren, als seine Hände ihren Weg zu ihren Hüften fanden. Er vertiefte den Kuss, seine Zunge erforschte ihren Mund, während er sie näher an sich zog. Ashley stöhnte leise auf und wünschte sich, dass dieser Moment ewig andauern würde.

Sie lösten sich voneinander, beide atemlos. Bryan beugte sich vor und flüsterte ihr ins Ohr: »Lass uns zu mir nach Hause fahren.«

Ashley zögerte einen Moment lang. Es war zu früh, aber irgendetwas an Bryan gab ihr das Gefühl, dass dies der Beginn von etwas Besonderem war. Sie nickte, und Bryan nahm noch einmal ihre Hand und führte sie zu seinem Auto.

Die Fahrt zu seiner Wohnung war voller Vorfreude, und Ashley konnte nicht anders, als Bryan während der Fahrt immer wieder anzusehen. Lag es nur an ihr, oder sah er jetzt noch besser aus als zu Beginn des Abends? Er hatte etwas

Besonderes an sich, und sein selbstbewusstes Auftreten trug nur noch mehr zu seiner Anziehungskraft bei.

Es wurde immer schwieriger, die Hoffnung zu unterdrücken.

Immer mit der Ruhe. Er könnte irgendein komischer Kauz sein, der noch bei seiner Mutter wohnt. Oder vielleicht sammelt er Puppenköpfe.

Bei seiner Wohnung angekommen, führte Bryan sie hinein und zog sie sofort in einen leidenschaftlichen Kuss. Es gab keine Mutter und keine verzierten Puppenköpfe in den Regalen oder hinter Glasscheiben unter Scheinwerfern ausgestellt. Ashley beschloss, dass sie vielleicht zu paranoid gewesen war. Das war es – das war der Zeitpunkt, sich voll und ganz darauf einzulassen, sich nicht länger zurückzuhalten. Sie beschloss, sich ausnahmsweise einmal ganz hinzugeben.

Entweder jetzt oder nie.

Ashley stöhnte in seinen Mund, presste sich an ihn, während er sie hochhob und in Richtung Schlafzimmer trug. Die Art, wie er sie trug, gab ihr das Gefühl, leicht wie eine Feder zu sein.

Sobald sie das Zimmer betreten hatten, waren Bryans Hände überall, zogen am Stoff ihres Kleides und er hinterließ eine Spur von Küssen an ihrem Hals. Ashleys Finger verfingen sich in seinen Haaren, während er sie auszog, und bald waren sie beide splitterfasernackt und in die Laken gewickelt.

Bryans Berührungen waren elektrisch und entfachten ein Feuer in Ashley, das sie noch nie zuvor erlebt hatte. Nicht einmal mit Alex, mit dem sie mehr als drei Jahre lang zusammen gewesen war. Das hier war anders. Viel intensiver. Er wusste genau, wie er sie berühren und wo er sie küssen musste, um sie vor Lust aufstöhnen zu lassen. Die Art, wie er sie ansah, mit purem Verlangen und voller Leidenschaft, gab ihr das Gefühl, wunderschön und begehrt zu sein, wie sie es noch nie zuvor empfunden hatte.

Während sie sich gegenseitig erkundeten, kam Ashley nicht umhin, zu glauben, dass es sich um mehr als nur um ein Techtelmechtel handelte. Da war eine Verbindung zwischen ihnen, die sie nicht genau benennen konnte, aber sie war unbestreitbar. Bryan spürte es auch, das merkte sie an der Art, wie er sie küsste und festhielt.

Als wollte er sie nie wieder loslassen.

Die Stunden vergingen, in denen sie sich liebten und die Welt außerhalb des Schlafzimmers vergaßen. Sie verloren sich ineinander, in der Lust und im Augenblick. Als sie schließlich verschwitzt und erschöpft in den Armen des jeweils anderen zusammenbrachen, wusste Ashley, dass dies erst der Anfang war. Es würde noch viele weitere Nächte wie diese geben. Erschöpfende und aufregende Nächte.

Wenig später öffnete Ashley die Augen, in der Erwartung, ihn neben sich liegen zu sehen und dass der Anblick seines schlafenden, hübschen Gesichts sie zum Lächeln bringen würde.

Aber er war nicht da. Seine Seite des Bettes war leer.

Sie schaute sich im Raum um und suchte nach einer Spur von Bryan. Hatte sie etwas falsch gemacht? Ihre Gedanken überschlugen sich mit Fragen, von denen eine schrecklicher war als die andere.

In diesem Moment hörte sie das Geräusch von fließendem Wasser aus dem Badezimmer. Erleichterung durchströmte sie, als sie begriff, dass er gerade duschte. Sie legte sich wieder hin, ihr Herz klopfte immer noch, während sie versuchte, sich zu beruhigen.

Du benimmst dich wie immer albern, Ashley. Einfach albern.

Doch je mehr Zeit verging, desto größer wurde Ashleys Unruhe. Bryan war schon furchtbar lange unter der Dusche. Sie wurde das Gefühl nicht los, dass etwas nicht stimmte.

Schließlich, als sie es nicht mehr aushielt, stand Ashley aus dem Bett auf, zog Bryans T-Shirt über, das er auf den Boden geworfen hatte, und ging zum Bad. Sie zögerte einen Moment, bevor sie leise an die Tür klopfte.

»Bryan?«, rief sie zaghaft. »Alles okay?«

Es kam keine Antwort, kein Geräusch außer dem laufenden Wasser aus dem Inneren des Badezimmers. Ashley rutschte das Herz in die Hose, als sie die Tür langsam aufdrückte.

Der Anblick, der sich ihr bot, ließ sie vor Schreck nach Luft ringen.

SIEBZEHN

BILLIE ANN

In dem Wissen, dass uns die Zeit und Mittel davonliefen, versuchten wir verzweifelt herauszufinden, wo sich Cassandra vor ihrer Ermordung aufgehalten hatte. Überall, wo ich hinkam, gab es Leute, die sie am Tag zuvor gesehen hatten, aber niemandem war etwas aufgefallen. Der Letzte, der sie am Samstagabend gesehen hatte, war Mr Cornwell, und bis jetzt hatten wir nichts aus ihm herausbekommen. Tom hatte ihn befragt, aber er war an diesem Tag im Publix bei der Arbeit gewesen, und mehrere Mitarbeiter gaben ihm ein Alibi, ebenso wie die Überwachungskameras, die ihn an diesem Tag im Laden zeigten. Aber seine Schicht hatte um halb drei geendet, und für die Zeit danach konnte er kein Alibi vorweisen, denn er behauptete, am Strand spazieren gegangen zu sein, bevor er um halb fünf nach Hause zurückgekehrt sei. Daher blieb er für mich weiterhin von Interesse.

Scott und Tom hatten Cassandras übliche Aufenthaltsorte wie das örtliche Einkaufszentrum, die Arkaden, die Bibliothek und den Park aufgesucht, mit den Leuten vor Ort gesprochen und ihnen Fragen über sie gestellt. Ich war sogar in der Highschool gewesen, aber die Direktorin sagte, sie habe nichts Ungewöhnliches bemerkt. Cassandra war eine Musterschülerin, die immer zur Schule kam und dafür bekannt war, mit allen gut befreundet zu sein. Nichts schien ungewöhnlich. Die einzige Person, mit der ich noch nicht gesprochen hatte, war Cassandras Vater.

Bei ihrem Haus angekommen, öffnete die Schwester von Mrs Perez die Tür. Sie führte mich ins Wohnzimmer. Dort bot sich mir ein herzzerreißender Anblick: Cassandras Mutter saß leise schluchzend in einer Ecke des Raumes, während ein Mann, von dem ich annahm, dass er Cassandras Vater war, regungslos wie eine Statue dastand, sein Blick war emotionslos.

Ich räusperte mich, aber sie sahen mich nicht an. Ich ging auf den Vater zu und streckte die Hand aus.

»Ich bin Detective Billie Ann Wilde«, sagte ich.

Er schüttelte mir nicht die Hand und drehte sich auch nicht zu mir um.

»Haben Sie irgendwelche Neuigkeiten für uns?«, fragte er schlicht.

Ich atmete aus. Das fühlte sich nicht gut an. Ich wollte ihnen so gerne dabei helfen, einen Abschluss zu finden und zu erfahren, was mit ihrer geliebten Tochter geschehen war. Aber ich war immer noch nicht weitergekommen. Ich brauchte mehr Informationen.

»Noch nicht, aber ich kann Ihnen versichern, dass wir sehr hart daran arbeiten ...«

Er hob eine Hand, um mich zu unterbrechen. »Ersparen Sie mir Ihre Beschwichtigungen. Wir wollen Ergebnisse sehen. Unsere Tochter wurde uns brutal entrissen, und wir wollen, dass der Gerechtigkeit Genüge getan wird. Ist das zu viel verlangt?«

Ich schüttelte den Kopf. »Nein, natürlich nicht. Deshalb bin ich ja hier. Ich habe mich gefragt, ob Cassandra noch weitere Freunde hatte, mit denen sie rumgehangen haben könnte?«

»Sie war viel mit ihrem Leichtathletik-Team unterwegs«, antwortete die Mutter leise. »Sie hatten jeden Morgen Training und nachmittags manchmal Wettkämpfe. An den Wochenenden fuhren sie gemeinsam zu Wettkämpfen, manchmal auch außerhalb der Gegend.«

»Könnten Sie mir vielleicht ein paar Namen ihrer engsten Freunde aus dem Team nennen?«, fragte ich.

Die Mutter nickte. Sie schrieb drei Namen auf einen Klebezettel und reichte ihn mir.

»Danke«, sagte ich. »Es gibt noch etwas.«

»Ja?«, sagte Mrs Perez.

»Das Mädchen, auf das Cassandra an dem Abend, an dem sie ermordet wurde, aufpassen sollte. Wie gut kennen Sie sie und ihre Mutter?«

Mrs Perez sah verwirrt aus. »Ich habe sie nie kennengelernt. Wie ich schon sagte, Pete hat ihr den Job besorgt.«

»Kennen Sie sie gut?«, fragte ich an Mr Perez gewandt.

Der Vater drehte sich um und sah mich an, seine Augen waren voller Kummer. Er schüttelte den Kopf. »Sie wohnt die Straße runter, am See. Um ehrlich zu sein, hat keiner von uns das Kind je gesehen, aber ich habe mit der Mutter gesprochen, und sie erzählte mir, dass sie einen Babysitter sucht, und ich habe Cassandra vorgeschlagen. Ich habe sie gebeten, dorthin zu gehen und mit der Frau zu sprechen, und so hat sie den Job bekommen.«

»Warum fragen Sie nach ihr?«, erkundigte sich Mrs Perez. »Denken Sie, dass diese Frau unserer Tochter etwas angetan haben könnte?«

»Ich weiß nicht, wer Cassandra etwas angetan hat, aber Sie verstehen sicher, dass ich allen Möglichkeiten nachgehen muss.«

»Es tut mir leid, aber wir kennen sie nicht wirklich«, sagte Mrs Perez.

»Okay«, sagte ich. »Ich gebe Ihnen Bescheid, sobald sich etwas Neues ergibt.«

Ich wandte mich zum Gehen, doch da hielt Pete Perez mich auf.

»Bitte, finden Sie den, der ihr das angetan hat«, flehte er leise und mit trauervoller Stimme. Ich sah ihm an, dass sein Herz gebrochen war.

Ich nickte und trat hinaus in die Nacht, fest entschlossen, dieser zerstörten Familie dabei zu helfen, einen Schlussstrich zu ziehen, und wie aufs Stichwort rief mich Dr. Phillips zur Autopsie.

Ich hatte keine Ahnung, was er mir berichten würde, aber ich verbrachte die Fahrt zum Büro des Rechtsmediziners damit, über all die Spuren nachzudenken, die bereits in eine Sackgasse geführt hatten. Wir hatten die Anwohner in der Umgebung befragt, Leute, die mit ihren Hunden in der Nähe spazieren gingen oder regelmäßig am See vorbeikamen, ob sie etwas mitbekommen hatten, was Cassandra betraf. Aber niemand hatte etwas gesehen. Die Leute waren sehr freundlich und hilfsbereit, und die meisten hatten von dem Fund von Cassandras Leiche gehört und waren entsetzt darüber. Doch niemand will sie auf dem Weg zu ihrem Babysitter-Job gesehen haben.

Ich erhielt ein paar Tipps von Einheimischen, denen Tom und Scott nachgingen. Sie sagten, sie hätten Cassandra auf ihrem Fahrrad in der Stadt gesehen, aber das war am Tag vor ihrem Tod gewesen.

Es war schon seltsam, dass Emma am selben Tag verschwunden war, an dem Cassandra starb, und dass sie in derselben Straße wohnten. Sie war ihre Babysitterin, und Mrs und Mr Perez hatten mir erzählt, dass sie am Abend jenes Tages, an dem das kleine Mädchen verschwand, auf Emma hätte aufpassen sollen.

Ich hatte alle Unterlagen durchforstet, die ich auftreiben konnte, um Beweise dafür zu finden, dass Emma tatsächlich existierte. Aber keiner der Nachbarn hatte sie jemals gesehen, und das gab mir ein Rätsel auf. Sogar die Perezes behaupteten, das Kind noch nie gesehen zu haben. Wie war das möglich? Der Garten war eingezäunt und von sehr hohen Büschen umgeben, aber das Mädchen musste doch ab und zu das Haus verlassen haben, oder? In den Park und auf den Spielplatz gegangen sein? Irgendjemand musste sie doch gesehen haben. Laut ihrer Mutter war sie noch nie beim Arzt gewesen, was ich sehr seltsam fand. Als meine Kinder in diesem Alter waren, bin ich gefühlt einmal pro Woche zum Arzt gerannt. Sie waren die ganze Zeit über krank.

»Was ist mit Impfungen?«, hatte ich sie gefragt. »Wer hat ihr die verabreicht?«

»Ich glaube nicht daran«, hatte Marissa geantwortet. »Sie machen Kinder krank. Sie sind nicht gut für sie.«

Ich kannte Eltern, die so dachten, also konnte ich nicht wirklich dagegen argumentieren, aber es verwunderte mich trotzdem, dass sie mit dem Kind nicht einmal einen Kinderarzt aufgesucht hatte.

»Sie war nie krank«, lautete ihre Antwort auf meine Bedenken, als ich sie bei unserem ersten Gespräch danach fragte. »Es gab keinen Grund.«

Ich hatte mit dem Personal des nächstgelegenen Krankenhauses in Cape Canaveral gesprochen, für den Fall, dass Emma irgendwie dort gelandet war, oder um sie zumindest wissen zu lassen, dass sie nach ihr Ausschau halten sollten, falls jemand sie dort hinbringen würde. Ich durchforstete die sozialen Medien nach Hinweisen. Postete in lokalen Facebook-Gruppen, dass man die Augen offen halten sollte. Ich ließ sogar von einem Spezialisten eine Zeichnung anfertigen, die auf Marissas Beschreibung und Erinnerung an ihre Tochter basierte, schickte sie an die lokalen Medien und postete sie in den örtlichen Social-Media-Gruppen, in der Hoffnung, etwas zu erfahren.

Aber alles blieb ohne Ergebnis.

Die Worte von Chief Doyle klangen mir in den Ohren. Ich wusste, dass die weitere Suche nach einem Geist sehr riskant war und mich teuer zu stehen kommen konnte. Dennoch konnte ich nicht aufgeben.

Ich wurde das Gefühl nicht los, dass hinter diesem Fall eindeutig mehr steckte, als man auf den ersten Blick vermutete.

Ich dachte an Cassandras Familie, die auf Antworten wartete, während ich zum Büro des Rechtsmediziners fuhr. Ich spürte ein starkes Verantwortungsgefühl, denn ich wusste, dass es meine Aufgabe war, Neuigkeiten zu überbringen, egal, was in dem Bericht stand. Ich krallte meine Hände ums Lenkrad und machte mich auf alles gefasst, was auf mich zukommen sollte.

Ich stieg aus dem Auto und ein Schauer lief mir über den Rücken. Die Luft war dick und schwer und verströmte einen ekelerregenden Geruch, der mich an Tod und Verwesung erinnerte. Als ich mich auf den Weg zum Eingang der Leichenhalle machte, knirschte der Kies unter meinen Schuhen.

Die Tür öffnete sich knarrend, und als ich eintrat, spürte ich, wie die Luft kühl wurde. Im Inneren befand sich ein kleiner Raum mit kalten Metalltischen und Leuchtstoffröhren an der Decke. Es herrschte eine seltsame Stille, die mir fast unheimlich vorkam. Vielleicht lag es nur an der Situation.

Ich ging weiter in den Raum hinein, meine Schritte hallten von den Wänden wider. In der Ecke trat eine Gestalt aus dem Schatten, eingehüllt in einen weißen Kittel. Es war Dr. Phillips.

Er bedeutete mir, näher zu kommen, und reichte mir ein vergilbtes Blatt Papier. Es war der Autopsiebericht. Ich würde auch eine digitale Kopie erhalten, aber das musste vorerst genügen. Ich folgte ihm in den Autopsieraum. Der Geruch von Antiseptika erfüllte die Luft, und ich spürte, wie mein Unbehagen wuchs. Ich sah mich in dem Raum um. Die Wände waren in einem tristen Weiß gehalten, die Luft war von einer bedrückenden Stille erfüllt. Wir bewegten uns im Gänsemarsch vorwärts, meine Schritte hallten auf dem gefliesten Boden wider. Als wir uns dem Autopsietisch näherten, sah ich sie.

Cassandra Perez.

Ihr Körper war so klein, dass er kaum die Tischkanten zu erreichen schien. Ihre Haut war blass, und sie hatte einen friedlichen Gesichtsausdruck, als würde sie schlafen.

Dr. Phillips kam auf mich zu, seine Hände waren in Handschuhe gehüllt. Er berührte ihren Hals und drehte sich dann zu mir um, sein Gesicht war ein Ausdruck der Trauer.

»Sie wurde erwürgt«, sagte er leise.

Ich spürte, wie sich meine Kehle zusammenzog und mir die Tränen in die Augen stiegen. Ich konnte nicht glauben, dass dieses junge Leben so grausam geraubt worden war. Es war einfach nicht richtig.

Die Stimme von Dr. Phillips war ein Flüstern, als er mir die Einzelheiten ihres Todes erzählte. Ich konnte nur schweigend nicken, denn mein Herz brach für diese Familie, die ihre Tochter verloren hatte. Alles, woran ich dachte, war, dass es auch mich hätte treffen können. Ich hätte diejenige sein können, die erfuhr, dass sie ihre Tochter nie wieder in die Arme würde schließen können.

»Es gab keine Anzeichen für eine Vergewaltigung«, sagte er.

»Es handelt sich also nicht um ein sexuelles Motiv. Das ist zumindest eine Erleichterung«, sagte ich.

»Sie ist definitiv den Erstickungstod gestorben«, sagte er. »Aber nicht mithilfe von Händen oder eines Seils. Ich glaube, es wurde ein Gürtel benutzt. Er wurde ihr um den Hals gelegt und dann festgezogen. Es gibt Druckstellen, blaue Flecken, die denen einer Gürtelschnalle ähneln, einer großen.«

»Oh, wow«, sagte ich. »Das ist brutal. Ertrinken ist also definitiv ausgeschlossen?«

»Sie war zweifellos tot, als sie ins Wasser fiel, denn sie hatte nur wenig Wasser in der Lunge«, sagte er.

»Zeitpunkt des Todes?«, fragte ich.

»Der Tod trat zwischen fünfzehn und sechzehn Uhr am Vortag ihres Auffindens ein«, sagte er.

»Genau zu der Zeit, als sie bei Marissa hätte ankommen sollen, damit Marissa ihre Schicht antreten konnte«, sagte ich.

Dr. Phillips seufzte. Es fühlte sich schwer an. Er war ein renommierter Rechtsmediziner, der im Laufe der Jahre viele solcher Fälle bearbeitet hatte. Aber dieser Fall machte ihm sichtlich zu schaffen. Das merkte ich daran, dass sich tiefe Falten in seinem wettergegerbten Gesicht bildeten.

»Ich frage mich manchmal ... was aus dieser Welt geworden ist, wenn jeder so etwas tun kann«, sagte er und atmete kaum hörbar aus. Er schüttelte bedauernd den Kopf.

Die Kälte schien mir bis in die Knochen zu dringen, als ich ihn und das Leichenschauhaus verließ. Ich ging zurück zu meinem Auto und war froh, diesen Ort verlassen zu können, aber ich fragte mich, was es mit diesem Fall auf sich hatte.

Wer auch immer Cassandra getötet hatte, hatte dies wahrscheinlich getan, als sie auf dem Weg zu ihrem Babysitterjob gewesen war. Aber warum? Und war es dieselbe Person, die Emma entführt hatte? Das war höchst plausibel. Ich musste das Mädchen finden, bevor es zu spät war. Ich fragte mich, ob Marissa eine Verdächtige sein könnte.

Am nächsten Tag erhielt ich einen Anruf.

ACHTZEHN

BILLIE ANN

Am anderen Ende der Leitung war Rose vom Empfangstresen des Reviers. »Ich habe eine Frau für Sie in der Leitung. Ich denke, Sie sollten rangehen. Es klingt dringend.«

»Okay, stellen Sie sie durch.«

»H-hallo?«

»Hallo, hier ist Detective Billie Ann Wilde, mit wem spreche ich?«

Auf ein Schniefen folgte ein Husten. »Ich weiß nicht, an wen ich mich wenden soll, aber ich weiß, dass Sie alle nach einem kleinen Kind suchen, stimmt das?«

»Das ist richtig. Haben Sie sie gesehen?«, fragte ich.

Es folgte Schweigen, und ich fragte mich für einen Moment, ob es sich um einen weiteren Scherzanruf handelte. Davon erhielten wir in letzter Zeit eine ganze Menge.

»Ich glaube schon«, sagte sie. »Sie sah ihr sehr ähnlich, wenn Sie mich fragen.«

Jetzt hatte sie meine Aufmerksamkeit. »Was meinen Sie? Wo?«

»Ich ... ich habe einen Mann mit einem Kind gesehen, das

auf die Beschreibung in den Medien passt«, sagte sie. »Er hat sie gegen ihren Willen mitgeschleppt. Sie schien überhaupt nicht mit ihm mitgehen zu wollen.«

»Wie hat der Mann gewirkt?«, fragte ich.

»Aufgewühlt und nervös.«

»Und wo war das?«

»Ich habe gesehen, wie er sie am Arm zu einem Haus in der Ninth Street gezerrt hat. Ich weiß nicht, ob sie es ist, aber das Bild im Fernsehen hat meine Aufmerksamkeit erregt und ich dachte, ich gebe Ihnen besser Bescheid. Es hat mich seitdem nicht mehr losgelassen.«

»Ich danke Ihnen vielmals. Ich bin sehr froh, dass Sie das getan haben«, sagte ich und legte auf. Ich starrte auf die Adresse, die sie mir genannt hatte. Sie lag ganz in der Nähe von dort, wo Cassandra und Emma wohnten. Es lohnte sich, der Sache nachzugehen.

Ich fuhr die Atlantic Avenue hinunter und hielt an der Ninth Street an, an der Ecke, von der die Frau gesprochen hatte. Dort angekommen, lenkte ich den Wagen in eine Parklücke und stellte den Motor ab. Es waren drei Häuser, alles kleine Strandbungalows, die normalerweise als Ein- oder Zweizimmerwohnungen vermietet wurden, oft an Surfer, die nur die Straße überqueren mussten, um an den Strand und zu den verlockenden Wellen zu gelangen.

Während ich so dasaß und an meine eigenen Kinder dachte, als sie in Emmas Alter waren, und daran, wie niedlich sie gewesen waren, aber auch wie anstrengend, öffnete sich das Garagentor und ein Auto fuhr rückwärts heraus. Es war ein schwarzer Geländewagen, und auf dem Fahrersitz saß ein Mann, auf den die Beschreibung passte, die die Frau mir gegeben hatte. Er trug sein langes blondes Haar zu einem Pferdeschwanz gebunden und war groß und schlaksig.

Aber es war kein Kind auf dem Rücksitz.

Nachdem ich zugesehen hatte, wie er weggefahren war, stieg ich aus meinem Auto aus und näherte mich. Ich starrte auf das Haus, als ich das unverwechselbare Geräusch eines weinenden Kindes hörte.

Es drang aus dem Inneren der Garage.

NEUNZEHN

Damals

Endlich war der Samstagmorgen da, und Kitty wachte früh auf und zog sich ihr Lieblings-Sommerkleid und ihre Turnschuhe an. Sie konnte es kaum erwarten, mit Officer Damian nach Disney World zu fahren. Sie war so aufgeregt, dass sie kaum geschlafen hatte. Nachdem sie gefrühstückt hatte, stand sie am Fenster, starrte auf die Straße hinaus und sprang bei jedem vorbeifahrenden Auto auf, weil sie dachte, es sei er.

Als er endlich vorfuhr, konnte sie es kaum erwarten. Sie öffnete die Tür und rannte auf ihn zu. Er zog sie in eine tiefe Umarmung.

»Bist du bereit?«, fragte er und lächelte sie an. »Nun, es sieht so aus. Was für ein schönes Kleid, fast so schön wie das Mädchen, das es trägt.«

Kitty nickte eifrig, wurde rot und folgte Officer Damian zu seinem Auto. Während sie zum Vergnügungspark fuhren, unterhielten sie sich über all die Fahrgeschäfte, mit denen sie fahren würden, und über das Essen, das sie essen würden. Kitty hatte noch nie Zuckerwatte oder Karamelläpfel gehabt, aber sie hatte davon gehört und wollte sie schon immer mal probieren. Damian versprach, dass er ihr alles besorgen würde.

»Und Softeis«, sagte er. »Du solltest auch eine große Portion Softeis kriegen.«

»Und ich möchte Mickey und Minnie und – oh – Daisy und alle Prinzessinnen kennenlernen. Belle ist meine Lieblingsprinzessin«, rief sie aus.

Da musste er laut lachen. »Natürlich ist sie das. Denn Belle bedeutet schön, und das bist du ja auch. Ich würde sagen, du bist sogar noch hübscher als sie. Ich hoffe, du weißt das.«

Kittys Augen wurden groß. Sie konnte nicht glauben, dass er das gesagt hatte. Das war sehr nett von ihm, und sie wusste nicht recht, was sie darauf antworten sollte. Niemand war hübscher als Belle. Sie wurde rot und schaute aus dem Fenster, während die Schmetterlinge in ihrem Bauch flatterten. Sie fühlte sich selbst wie eine Prinzessin. Sie wünschte sich, dieser Tag würde nie enden. Sie wollte nie wieder zurück in die Wohnwagensiedlung und zu ihren Eltern, die sie immer nur anschrien.

Als sie ankamen, weiteten sich Kittys Augen vor Ehrfurcht. Der Park war riesig, mit Achterbahnen, Wasserrutschen und vielem mehr. Er war wirklich so magisch, wie sie es sich vorgestellt hatte. Überall wurden sie von berühmten Figuren begrüßt. Sie traf Donald Duck, Goofy und durfte sogar Daisy umarmen. Später kam Cinderella die Straße hinuntergetanzt, und Kitty rannte zu ihr und bekam eine weitere Umarmung, und Damian machte ein Foto von ihnen zusammen. Sie besuchte Mickeys Haus, wo sowohl er als auch Minnie waren. Sie fuhr mit dem Zug durch den Park. Sie aß zum ersten Mal Zuckerwatte und einen Karamellapfel, alles zur selben Zeit.

Kitty hüpfte förmlich vor Aufregung. Sie rannten zur größten Achterbahn, die sie finden konnten, und Officer Damian hielt ihre Hand fest, während sie durch die Loopings und Kurven fuhren. Kitty schrie vor Vergnügen, und Officer Damian lachte.

Nach ein paar Stunden voller Fahrgeschäfte und Junkfood beschloss Officer Damian, eine Pause einzulegen und sich mit Kitty auf eine Bank zu setzen. Während sie sich ausruhten, nahm er ihre Hand in seine, ohne ein Wort zu sagen. Er hielt sie einfach fest, und Kitty lächelte.

Es fühlte sich schön an. Sehr, sehr schön. Officer Damian war so ein netter Mann, und Kitty wünschte sich, *er* wäre ihr Stiefvater und nicht Cole.

Sie sah ihn liebevoll an, und er lächelte. »In Ordnung, Kleine. Noch eine Runde, dann müssen wir zurück.«

»Oh«, sagte sie und sah ihn flehend an.

Er warf ihr einen Blick zu. »Nein, ich habe versprochen, dich am späten Nachmittag zurückzubringen.«

»Können wir bitte noch ein bisschen bleiben?«

Er verengte die Augen und sah sie an. »Was soll ich nur mit dir machen? Okay, ich sag's dir.«

Sie spürte wieder die Aufregung, weil sie sicher war, ihn überredet zu bekommen. Sie wusste, dass sie es konnte.

»Was?«

»Ich könnte deine Eltern anrufen und ihnen sagen, dass wir uns wegen des *schrecklichen* Verkehrs verspäten, und dann können wir noch *zwei* Achterbahnfahrten machen, wie wäre das? Und vielleicht können wir im Schloss der Bestie vorbeischauen und sehen, ob Belle da ist? Ein hübsches Mädchen wie du sollte doch wenigstens ihre Lieblingsprinzessin treffen, oder?«

Sie hüpfte förmlich vor Freude. »Ja, bitte, oh bitte, ja, danke, danke.«

Sie wollte schon losrennen, zur Achterbahn laufen, bevor er es sich anders überlegen konnte, als er sie aufhielt und nach ihrer Hand griff.

»Mm-mh«, sagte er und zeigte auf seine Lippen.

Sie hielt inne. Sein Griff war fest um ihr Handgelenk. Was wollte er?

»Ich verdiene ein ordentliches Dankeschön, meinst du nicht?«, sagte er.

Sie lächelte nervös. Sie starrte auf seine Lippen unter dem Schnurrbart. An der Unterseite klebte ein Stückchen rosafarbene Zuckerwatte.

»Nur ein kleiner Kuss«, sagte er grinsend.

Sie starrte wieder auf seine Lippen, dann beugte sie sich vor und küsste ihn, schloss die Augen und spürte, wie ihr Herz in ihrer kleinen Brust raste.

ZWANZIG

BILLIE ANN

Ich betätigte zuerst die Klingel und klopfte dann kräftig an die Haustür, als niemand antwortete.

»Polizei Cocoa Beach, machen Sie auf!«

Ich hörte das Kind weinen, und das machte mich verrückt. Ich wartete, aber es kam immer noch keine Antwort. Ich sah mich auf der Veranda um und versuchte, die Eingangstür aufzudrücken. Die Tür war verschlossen, also holte ich mein Dietrich-Set heraus und machte mich an die Arbeit. Während ich das Schloss zu knacken versuchte, hörte ich, wie das Geschrei des Kindes immer lauter wurde, und mein Herz raste vor Dringlichkeit.

Komm schon, Billie Ann, komm schon!

Schließlich hörte ich ein zufriedenstellendes Klicken, und ich stieß die Tür auf. Im Haus war es dunkel und still, bis auf die Schreie des Kindes. Ich zog meine Waffe und rief erneut: »Polizei Cocoa Beach, ist hier jemand? Hallo?«

Plötzlich hörte ich Schritte auf der Treppe, und eine Frau tauchte vor mir auf, die Augen vor Angst geweitet. Sie sah die Waffe und hielt leicht keuchend inne. Sie trug das schreiende

Kind auf dem Arm, und ich sah blaue Flecken in seinem Gesicht.

»Was ist hier los?«, fragte ich mit strenger Stimme.

Die Frau schluchzte. »Er hat sie wieder geschlagen. Er schlägt sie schon seit Tagen. Ich wusste nicht, was ich tun sollte. Ich hatte zu viel Angst, die Polizei zu rufen.«

Ich holte tief Luft und versuchte, meine Wut zu zügeln. Ich sah die Frau und das Kind an, denen die Tränen über das Gesicht liefen, während sie sich aneinanderklammerten. Das erinnerte mich daran, warum ich überhaupt zur Polizei gegangen war: um diejenigen zu schützen, die sich nicht selbst schützen konnten. Häusliche Gewalt kam häufig vor, und wenn ich nicht aufpasste, würde meine Einmischung die Situation für diese Frau noch verschlimmern.

»Ist er Ihr Mann?«

»J-ja.«

»Wo ist er gerade?«, fragte ich.

»Er ist eben erst weg«, flüsterte sie, »aber er kommt bald zurück. Er holt nur kurz Zigaretten.«

Ich nickte und gab ihr ein Zeichen, sich nicht zu bewegen.

»Bitte nehmen Sie mir nicht meine Kinder weg.«

»Kinder? Sie haben mehr als eins?«

Mein Herz schmerzte, als ich die Verzweiflung in den Augen der Frau sah. Ich senkte die Waffe und versuchte, ihre Furcht zu lindern.

»Ich bin hier, um Ihnen und Ihren Kindern zu helfen. Sagen Sie mir, wo das andere Kind ist?«

Sie warf einen Blick auf die Tür, die zur Garage führte.

»Da drin?«

Sie nickte und stieß ein kurzes Wimmern aus. »Sie ist jetzt seit zwei Tagen da drin.«

Ach du lieber Gott.

Ich näherte mich der Garagentür und hielt meine Waffe bereit.

Ich hörte das leise Weinen dahinter. Ich holte tief Luft und machte mich auf alles gefasst. Ich betätigte den Türgriff, aber die Tür war verschlossen. Ich holte noch einmal mein Dietrich-Set heraus und knackte das Schloss erfolgreich. Die Tür öffnete sich knarrend, und ein muffiger Geruch schlug mir entgegen. Drinnen war es glühend heiß und es bot sich mir ein Anblick, bei dem ich vor Wut am liebsten geschrien hätte. In der Ecke einer Hundebox saß zusammengekauert ein kleines Mädchen, nicht älter als vier Jahre alt. Die Kiste war mit einem Schloss verriegelt. Ich sah, dass sie in ihren eigenen Ausscheidungen saß. Der ganze Raum roch so schlimm, dass ich durch den Mund atmen musste. Ich war den Tränen nahe, als ich vor ihr niederkniete. Sie weinte leise, Tränen liefen ihr über das Gesicht. Langsam näherte ich mich ihr und versuchte, sie nicht zu erschrecken. Sie sah mich aus angstvollen Augen an.

»Hallo«, sagte ich leise. »Ist ja gut. Ich bin hier, um dir zu helfen.«

Das kleine Mädchen schaute mich mit großen, verängstigten Augen an. Sie sagte nichts, und ich konnte sehen, dass sie mir nicht vertraute. Wer könnte ihr das verdenken? Erwachsene waren für sie nicht sicher.

»Ich helfe dir da raus, okay? Ich werde dir nicht wehtun. Ich hatte selbst mal ein kleines Mädchen wie dich, aber jetzt ist sie schon groß«, sagte ich und knackte das Schloss am Käfig. Ich merkte, dass das Geräusch sie erschreckte. Es war wahrscheinlich das Geräusch, das bedeutete, dass er zurück war und ihr wieder wehtun würde. Ich biss mir auf die Lippe, um meine Tränen zurückzudrängen. Wer war so grausam gegenüber einem armen Kind?

Das Schloss sprang auf, und ich zog es ab, dann öffnete ich die Klappe. Das Mädchen kam zunächst nicht heraus, aber dann erschien ihre Mutter an der Tür, noch immer die kleine Schwester des Mädchens auf dem Arm, und als sie sie sah, setzte sie sich in Bewegung.

»Es ist okay«, flüsterte ihre Mutter. »Du kannst rauskommen. Er ist nicht da.«

Ich streckte ihr meine Hand entgegen, und sie ergriff sie. Ich spürte Erleichterung, als ich sie zusammen mit ihrer Mutter und ihrer Schwester zurück ins Haus führte. Sie alle sahen mich mit einer Mischung aus Angst und Hoffnung an.

»Alles wird gut«, sagte ich. »Ich werde Sie von hier wegbringen an einen sicheren Ort.«

Tränen liefen über das Gesicht der Mutter. Sie zögerte. »Ich habe Angst. Er wird uns finden. Ich weiß, dass er das tut. Er ist so schlau.«

»Das werde ich nicht zulassen«, sagte ich. »Bitte kommen Sie mit mir. Tun Sie es für Ihre Kinder.«

Sie hielt inne, überlegte noch, während sich die Angst in ihrem Gesicht ausbreitete. Ich wusste, wie sie sich fühlte. Ich erinnerte mich daran, wie es war, wenn einem die Freiheit genommen wurde. Wenn man gezwungen wurde, etwas zu tun, von dem man wusste, dass es falsch war. Wenn man sich schämte. Ich hatte selbst einmal erlebt, wie jemand, der mich beschützen sollte, das Gegenteil tat …

»Ich bringe Sie zu einem Frauenhaus«, sagte ich. »Es gibt eines in Rockledge, etwa eine halbe Stunde entfernt, von dem ich weiß, dass es gut ist. Dort wird man Sie versorgen und Ihnen helfen, neu anzufangen. Dort wird er nicht an Sie herankommen können. Einverstanden?«

Sie nickte, ihr Blick war noch unsicher. »O-okay.«

Gerade, als wir die Haustür erreicht hatten, hörten wir, wie sich ein Auto dem Haus näherte. Die Frau keuchte auf, und ich wusste, dass wir schnell handeln mussten. Er würde draußen parken und durch die Vordertür hereinkommen.

»Gehen Sie auf die hintere Veranda und verstecken Sie sich mit Ihren Kindern. Ich kümmere mich um ihn«, sagte ich, meine Stimme fest und bestimmt. Ich durfte ihnen nicht zeigen, wie sehr mein Herz in diesem Moment raste und all meine eigenen Erinnerungen an Missbrauch und Gewalt durch mich hindurch rauschten, meinen Körper daran erinnerten, was passiert war, wie schwierig es für mich gewesen war, mich zu wehren, auch wenn ich immer gedacht hatte, ich sei stark.

Weil ich erstarrt war. Vor Schreck.

Man hatte mir Selbstverteidigung beigebracht – ich wusste, wie man gefährliche Kriminelle zur Strecke brachte, aber als es darum ging, mich vor dem Mann zu schützen, dem ich glaubte, vertrauen zu können, dem Mann, der wie ein Vater für mich gewesen war, war ich erstarrt. Ich hatte einfach nichts von dem anwenden können, was ich vor all den Jahren gelernt hatte.

Und es verfolgte mich bis heute.

Warum habe ich mich nicht gewehrt?

Das war die Frage, die mir immer wieder durch den Kopf ging. *Warum nicht?*

Ich hatte keine Antwort. Ich erinnerte mich nur, dass ich Nein gesagt hatte. Als er sich zu mir hinunterbeugte, kurz bevor er eine Hand auf meinen Mund legte, hatte ich das Wort »Nein« gesagt.

Ich hatte es nicht kommen sehen. Ich hatte nie gedacht, dass er mir so etwas antun würde. Wir waren Partner, Freunde, fast so etwas wie eine Familie. Joe und ich waren bei ihm zu Hause zum Essen gewesen, mit seiner Frau. Er hatte mich unter seine Fittiche genommen und versprochen, mich auszubilden.

Ich glaube, der Schock hat mich gelähmt.

Wenn ich die Zeit nur zurückdrehen könnte. Was ich mit seinem Gesicht machen würde.

Die Frau starrte mich entsetzt an, Tränen liefen ihr übers Gesicht. Ich holte tief Luft und wappnete mich für das, was nun kommen würde. Der Mann kam durch die Tür. Er starrte mich an, offensichtlich überrascht, als er die Dienstmarke sah, die ich hochhielt.

»Was zum Teufel ist hier los?«, knurrte er.

Der Klang seiner Stimme ließ mich erschaudern. Denselben Tonfall hatte mein ehemaliger Partner gehabt, als er erfuhr, dass ich unserem Chief erzählt hatte, was passiert war. Er hatte mich auf dem Flur angegriffen und angeschrien. Es war dieselbe Wut, die ich jetzt bei diesem Mann vor mir hörte, und das machte mir Angst.

Ich antwortete nicht, hielt stattdessen meine Waffe hoch, bereit, mich im Notfall zu verteidigen.

Die Augen des Mannes wanderten zur offenen Tür und er machte einen Schritt darauf zu. »Wo ist meine Familie?«, knurrte er.

Ich hob die Waffe höher und richtete sie nun direkt auf ihn.

»Bleiben Sie zurück«, warnte ich. »Ihre Familie ist in Sicherheit. Sie müssen mit mir kommen.«

Der Mann grinste. »Mit Ihnen gehe ich nirgendwo hin. Was glauben Sie, wer Sie sind? Sie haben kein Recht, sich in meine Familienangelegenheiten einzumischen.«

Aber er hatte unrecht. Ich hatte jedes Recht, mich einzumischen, denn er hatte seine Familie misshandelt. Niemand hatte das Recht, das zu tun, und es war meine Pflicht, sie zu schützen.

»Nehmen Sie die Hände hoch«, befahl ich. »Sie sind verhaftet.«

Die Augen des Mannes weiteten sich vor Überraschung und dann vor Angst. Er wusste, dass er erwischt worden war. Langsam hob er die Hände, aber dann stürzte er sich plötzlich auf mich und versuchte, mir die Waffe aus der Hand zu schlagen. Ich reagierte schnell, wich seinem Angriff aus und packte ihn am Arm. Mit geübter Leichtigkeit drehte ich ihm den Arm auf den Rücken und drückte ihn zu Boden. Er wehrte sich, aber ich hielt ihn fest im Griff. Diesmal war ich nicht erstarrt. Ich ließ mich von ihm nicht einschüchtern. Endlich war ich in der Lage zu reagieren, das Richtige zu tun in einer Situation wie dieser.

»Hören Sie auf«, befahl ich. »Es ist aus. Sie wandern ins Gefängnis.«

Ich legte ihm Handschellen an und stand auf, hielt meine

Waffe auf ihn gerichtet und verlas ihm sein Recht auf Verweigerung der Aussage, bis Verstärkung eintraf.

Als sie ihn wegbrachten, drehte ich mich zu der Frau und ihren Kindern um. Sie kauerten dicht zusammen und sahen mich mit großen Augen an. Langsam ging ich auf sie zu und versuchte, ihnen die Ängste zu nehmen.

»Jetzt ist alles vorbei«, sagte ich leise und war erleichtert und ein wenig stolz auf mich. »Sie sind in Sicherheit.«

Als ich später am Abend, nach Beendigung meines Berichts, auf dem Heimweg war, konnte ich die Tränen nicht länger zurückhalten. Ich ließ sie laufen, und bald darauf weinte ich heftig im Auto. Ich bog in unsere Straße ein und parkte in der Einfahrt, dann beugte ich mich über das Lenkrad und ließ alles raus, all die Ängste, die Sorgen und die Wut über diese Welt und die Ungerechtigkeiten, denen ich jeden Tag ausgesetzt war.

Und ich hatte Emma immer noch nicht gefunden. Oder Cassandras Mörder hinter Gitter gebracht.

EINUNDZWANZIG

ASHLEY

Ashley starrte die Leiche am Boden an. Das Wasser in der Dusche lief noch. Er lag mit weit aufgerissenen Augen auf den weißen Fliesen, sein Körper auf unnatürliche Art verdreht. Ashleys Herz raste, als sie zu verarbeiten versuchte, was sie da sah. Langsam trat sie an die Leiche heran, ihr Blick auf die fast violetten Blutergüsse rund um seinen Hals gerichtet.

Sie wusste sofort, dass er erdrosselt worden war. Sie hatte genug Krimis gesehen, um zu wissen, wie so etwas aussah. Ihre Gedanken überschlugen sich, als sie herauszufinden versuchte, wie es dazu gekommen sein konnte.

Wie ist das passiert? War jemand hier, während ich schlief? Wer hat das getan?

Der Schock lähmte sie. Sie starrte den Mann an, den sie noch Stunden zuvor geküsst, gehalten und geliebt hatte. Er war fort. Der Schrecken darüber ließ sie in sofortigen Schweiß ausbrechen.

Ruf die Polizei. Schnapp dir das Handy und wähl den Notruf.

Sie wollte sich gerade umdrehen und zurück ins Zimmer gehen, um ihr Handy zu holen, als sie innehielt.

Sie werden denken, dass ich es war. Sie werden denken, ich hätte ihn ermordet.

Während Ashley dort stand und in Panik geriet, bemerkte sie etwas Seltsames. Das Fenster stand offen, trotz der heißen Nachtluft draußen. Sie fröstelte, als ihr klar wurde, dass der Mörder noch in der Wohnung sein könnte.

Raus hier. Sofort raus hier.

Sie wich langsam von der Leiche zurück, als sie hinter sich ein Rascheln hörte. Sie drehte sich um und sah sich Auge in Auge mit jemandem, der eine Skimaske trug.

In seiner Hand hielt er einen Gürtel mit einer großen, glänzenden Schnalle.

ZWEIUNDZWANZIG

BILLIE ANN

Joe hatte einen seltsamen Gesichtsausdruck, als er nach Hause kam. Ich hatte Abendessen gekocht und mit den Kindern gegessen, während ich mich fragte, was ihn bei der Arbeit aufgehalten hatte.

Wenn er überhaupt noch bei der Arbeit war.

Joe war im Baugewerbe tätig und hatte seine eigene Firma, was normalerweise bedeutete, dass er kommen und gehen konnte, wie er wollte. Das war eine große Hilfe für uns, denn ich wusste nie, wie mein Tag aussah, und er konnte die Kinder abholen und bei Bedarf woanders hinbringen. Im Moment arbeitete seine Firma am Bau eines neuen Hotels am Strand, und es war ein großer Auftrag, aber normalerweise war er zumindest zum Abendessen stets zu Hause.

Nur nicht heute.

»Oh, hi«, sagte er, fast so, als wäre er überrascht, mich zu Hause zu sehen, während er die Tür hinter sich schloss. »Wir trinken neuerdings unter der Woche Wein?«

»Ich hatte einfach einen harten Tag«, sagte ich und nippte an meinem Weinglas.

Joe kam näher und sagte dann spöttisch: »Wenn du das sagst.«

Ich runzelte die Stirn. Joes Tonfall war abweisend, und ich konnte hören, dass er verärgert war. Er wich meinem Blick aus, und ich spürte, wie die Spannung im Raum zunahm.

»Was soll das heißen?«

»Egal.«

Er verließ den Raum. Ich folgte ihm. »Hey, was sollte das? Können wir nicht einmal mehr miteinander reden?«

»Das hast du dir so ausgesucht, nicht ich«, sagte er mit einem Schniefen. »Du bist diejenige, die beschlossen hat, eine sehr gut funktionierende Familie zu ruinieren.«

»Gut funktionierend? Vielleicht hat es für mich nicht so gut funktioniert«, sagte ich.

»Oh, wow«, sagte er.

Ich biss mir auf die Lippe. Ich war jetzt wirklich nicht in der Stimmung für so etwas. Er sah mich an. Ich erkannte tiefe Verachtung in seinen Augen, und das tat weh.

»Hast du mit einer Frau geschlafen? Hast du mich betrogen?«

Ich war verblüfft.

»Nein!«, sagte ich schnell und senkte dabei die Stimme.

Er fuhr sich mit der Hand durch die Haare. »Es ist nur wirklich schwer, mir dich mit jemand anderem vorzustellen.«

Ich atmete aus. »Ich weiß. Aber das hab ich nicht getan.«

»Aber du würdest gerne. Und du wirst es tun.«

Er bekam feuchte Augen, und es brach mir das Herz. Meine Stimme versagte, als ich zu sprechen begann.

»Hör zu, Joe. Das alles tut mir leid. Das tut es wirklich.«

Er hielt inne und schluckte die Tränen hinunter. »Es ist nicht fair. Wir haben zusammen Krebs durchgemacht, ich hatte Angst, du würdest sterben, ich habe während der Chemo deine Hand gehalten und dein Haar zurückgehalten, als du dich übergeben musstest, während ich Angst hatte, dich zu verlieren.

Ich habe gesehen, wie du dein wunderschönes Haar verloren hast, und alles, woran ich denken konnte, war, dass du sterben könntest. Und doch habe ich gelogen. Habe dir süße kleine Lügen darüber erzählt, dass dein Haar nicht wichtig ist. Dass ich dich nicht wegen deiner Haare liebe und dass es mir egal ist. Natürlich war es mir nicht egal. Dass du deine Haare verloren hast, hat mich jeden Tag daran erinnert, dass du sterben könntest, dass ich dich verlieren könnte. Aber du bist nicht gestorben. Du hast überlebt. Und jetzt verliere ich dich trotzdem? Das ist nicht fair.«

Ich starrte ihn an und zwang mich zu atmen. Ich fühlte mich furchtbar. Nein, es war mehr als das. Es machte mich völlig fertig, ihn so zu sehen. Ihm auf diese Weise das Herz zu brechen, war das Schwerste, was ich je tun musste.

Ich hasse mich dafür, dass ich das tue.

Ich wollte ihm sagen, wie leid es mir tat, wie furchtbar ich mich fühlte. Ich wollte ihm sagen, dass ich ihn liebte und dass ich es hasste, so egoistisch zu sein. Aber ich schaffte es nicht.

Mir war zum Schreien und Weinen zumute. Das war so hart. Warum musste alles so verdammt schwer sein?

Joe drehte sich um und ging nach oben, wobei er die Tür hinter sich zuschlug, als mein Handy in meiner Tasche vibrierte. Es war Chief Doyle.

Was war nun los?

»Sie werden gebraucht«, sagte er.

DREIUNDZWANZIG

BILLIE ANN

Bitte lass es nicht noch ein Kind sein, bitte lass es nicht noch ein Kind sein. Bitte lass es nicht Emma sein.

Ich fuhr durch den Regen und die Dunkelheit zu dem Apartmentkomplex am innerstädtischen Strand. Mein Herz raste, und ich konnte kaum atmen aus Sorge, dass ein weiteres Kind getötet worden war. Ich konnte die Vorstellung nicht ertragen.

Chief Doyle hatte sich am Telefon sehr vage ausgedrückt und wusste nicht viel, nur dass ich dort gebraucht wurde. Sie vermuteten, dass es sich um Mord handelte. Aber was genau dort auf mich wartete, wusste ich nicht, und ich befürchtete das Schlimmste, als ich zum Strand und den dortigen Eigentumswohnungen fuhr. Es handelte sich um eine der neueren Eigentumswohnungen, die in den letzten drei Jahren gebaut worden waren, jeweils etwa eine Million Dollar kosteten und einen spektakulären Blick auf den Atlantik boten.

Am Wohnkomplex angekommen, parkte ich mein Auto und ging zum Eingang, vorbei an den Streifenwagen mit eingeschalteten Blaulichtern. Der Regen übertönte jedes andere Geräusch, und die Windböen ließen mich kaum vorwärtskommen. Ich erschauderte, zum einen wegen des strömenden Regens, der mich bis auf die Haut durchnässte, zum anderen wegen der Angst, die mich erfasste.

Ich fuhr mit dem Aufzug in den zweiten Stock, wo ich die Wohnung fand, die ich suchte. Ich atmete tief durch, bevor ich mich mit klopfendem Herzen der Tür näherte. Sie wurde geöffnet und Officer Steele empfing mich. Big Tom war bereits da und begrüßte mich mit einem Nicken.

»Sie erhalten immer die freudigen Anrufe, was?«, sagte ich zu Steele. »Was haben wir?«

»Eine Nachbarin ist im Hausflur vorbeigekommen und hat gesehen, dass die Wohnungstür offen stand. Da es schon spät war, hat sie sich Sorgen gemacht, dass etwas nicht stimmt, und hat an die Tür geklopft, bevor sie hineingegangen ist. Sie hat gehört, dass das Wasser lief, und festgestellt, dass die Badezimmertür geöffnet war. Dann hat sie hineingespäht und nach Bryan gerufen, dem Namen des Bewohners, weil sie befürchtete, er könnte gestürzt sein oder so. Sie fand ihn dort drinnen, er war bereits tot. Sie hat ihn sofort als ihren Nachbarn erkannt. Tom hat mit ihr gesprochen und ihre Aussage aufgenommen.«

Ich nickte. »Männlich? Erwachsen?«

»Ja. Dr. Phillips ist bei ihm im Badezimmer. Er hat mir gesagt, dass Sie direkt reingehen können, sobald Sie hier sind.«

Ich berührte sanft den Arm von Officer Steele. Er warf mir einen müden Blick zu.

»Danke.«

Ich ging ins Bad, wo Dr. Phillips über die Leiche gebeugt stand. Zugegeben, es war eine Erleichterung, dass es kein weiteres Kind war, aber es traf mich trotzdem. Jedes Leben, das zu früh beendet wurde, war unerträglich.

»Detective Wilde«, sagte Dr. Phillips mit einem Ausatmen. »Wir sollten aufhören, uns auf diese Weise zu treffen.«

Es war ein alter Scherz, den er schon oft gemacht hatte. Trotzdem lächelte ich höflich darüber. Ich trat näher an die

Leiche heran. Der Mann war jung, vermutlich Anfang dreißig. Er lag nackt auf dem Boden und starrte mit weit aufgerissenen Augen an die Decke. Die Blutergüsse an seinem Hals sagten mir alles, was ich wissen musste.

Sie ähnelten denen von Cassandra, was mich schockierte.

»Was wissen Sie?«, fragte ich und versuchte, meine Stimme möglichst neutral klingen zu lassen. Was ich da sah, gefiel mir gar nicht, so viel war sicher.

»Wir werden es erst nach der Autopsie mit Sicherheit wissen«, sagte Dr. Phillips. »Aber es kommt einem bekannt vor, oder? Ich würde sagen, er wurde mit einem Ledergürtel mit einer großen Schnalle erdrosselt. Sein Körper ist sauber und die Haare sind noch nass, also nehme ich an, dass er unter der Dusche war und angegriffen wurde, als er herauskam. Der Mörder muss sich von hinten genähert und ihn mit dem Gürtel erwürgt haben.«

Mir wurde das Herz schwer. Es war ein tragisches Ende für ein junges Leben.

»Wissen wir, wer er ist?«

Dr. Phillips nickte. »Sein Name lautete Bryan Henderson. Die Nachbarn haben ihn identifiziert. Die Wohnung gehört ihm.«

Ich schloss die Augen, atmete tief ein und versuchte, mich zu konzentrieren. Ich hatte in meiner Laufbahn als Detective schon so viel Tote gesehen, aber es wurde nie einfacher. Ich nickte. »In Ordnung. Wir müssen alle Beweise eintüten und sichern. Wenn der Mörder Spuren hinterlassen hat, will ich, dass sie gefunden werden.«

Ich richtete die Worte an Tom, als ich wieder ins Schlafzimmer trat. Ich ging um das Bett herum und stellte fest, dass kürzlich jemand darin geschlafen hatte. Die Laken waren auf beiden Seiten zerwühlt. Auf dem Kissen auf der rechten Seite waren Schminkspuren zu sehen. Ich machte mit meinem Handy ein Foto für meine eigenen Akten. Dann entdeckte ich ein Haar, ein langes blondes Haar. Ich gab Steele ein Zeichen, mir eine Tüte für Beweismaterial zu bringen, legte es hinein und verschloss sie. Dann reichte ich sie ihm.

»Bryan war letzte Nacht nicht allein. Jemand war bei ihm«, sagte ich und hob ein Weinglas hoch, das neben dem Bett gestanden hatte. Es klebten sichtbare Schlieren von Lipgloss darauf. Ich reichte es Steele, damit er es sicher verstaute. Dann fand ich einen BH auf dem Boden, den er ebenfalls sicherte, indem er ihn mit einer Pinzette aufhob. Ich entdeckte ein Kleid auf dem Boden.

»Ich würde sagen, er hatte weibliche Gesellschaft. Und diese Frau hatte es eilig, von hier wegzukommen. Sie hatte nicht einmal Zeit, sich anzuziehen. Ich wette, dass auch ihr Handy und vielleicht sogar ihr Portemonnaie hier irgendwo rumliegen.«

VIERUNDZWANZIG

Damals

An diesem Morgen machte sich Kittys Mutter früh auf den Weg zur Arbeit. Ihr Stiefvater war wie immer schon weg, bei seinem Job in der Autowerkstatt. Bevor sie aufbrach, sah ihre Mutter sie kurz an und gab ihr dann einen Kuss auf die Wange.

»Du wirst alleine zum Bus gehen müssen. Ich denke, du bist alt genug. Schaffst du das?«

Kitty nickte. »Natürlich.«

Kitty zog ihr rosafarbenes Lieblingskleid an und schnappte sich ihren Rucksack. Ihre Mutter hatte vergessen, ihr etwas fürs Mittagessen zu machen, also schmierte sie etwas Erdnussbutter auf eine Scheibe Toast, gab etwas Marmelade darauf und steckte es in eine Tüte, während sie ihr Müsli aß. Außerdem nutzte sie die Gelegenheit, dass ihre Eltern nicht da waren, und holte sich eine Tüte Chips aus der Speisekammer sowie eine Packung Kekse.

Fröhlich lächelnd lief sie den kleinen Hügel hinauf in Richtung Bushaltestelle am Ende der Straße. Es war warm draußen, und sie kam schnell ins Schwitzen. Sie passierte das Sumpfgebiet in der Nähe ihres Zuhauses und hielt kurz den Atem an. Vor ein paar Wochen hatte sie einen Alligator im Wasser gesehen und war auf die andere Straßenseite gewechselt. Die mit Louisianamoos bewachsenen Äste schienen nach ihr zu greifen, und sie beschleunigte ihr Tempo. Nach zehn Minuten Fußmarsch schien die Bushaltestelle noch weiter entfernt als zu Beginn. Sie war schon ganz verschwitzt und erschöpft.

Kitty blickte in die sengende Sonne und wischte sich den Schweiß von Stirn und Oberlippe. Sie fragte sich, ob sie statt des rosafarbenen Kleides besser Shorts hätte anziehen sollen, aber sie mochte es, wie das Kleid flog, wenn sie sich drehte. Plötzlich hielt ein Auto neben ihr, und das Fenster wurde heruntergelassen.

Zunächst schenkte sie ihm keine Beachtung; man hatte ihr beigebracht, nicht mit Fremden zu sprechen, und sie wusste es besser. Doch dann rief eine bekannte Stimme ihren Namen.

»Wenn das nicht die hübsche Kitty ist?«

Sie blieb stehen und lächelte. Dies war kein Fremder. »Officer Damian!«

»Bitte, nur Damian«, sagte er. »Was machst du hier draußen ganz allein in dieser brütenden Hitze?«

»Ich gehe zum Schulbus«, sagte sie.

»Oh, hast du es noch nicht gehört?«, fragte er.

»Was gehört?«

»Die Schule fällt heute aus. Die Klimaanlage ist ausgefallen, und bei dieser Hitze können sie nicht unterrichten.«

Sie war verunsichert. »Die Schule fällt aus? Aber was …?«

»Wie wäre es, wenn ich dich stattdessen auf ein Eis einlade, hm? Klingt das nicht nach viel mehr Spaß? Bei dieser Hitze hat doch sowieso niemand Lust, etwas anderes zu machen, oder? Ich rufe deine Mutter an und sage ihr, wo du bist. Sie wird sich freuen, dass du bei mir gut aufgehoben bist.«

Eis hörte sich gut an. Sehr gut sogar.

»Kann ich Cookies-and-Cream-Eis haben?«

Das brachte ihn zum Lachen. »Du kannst jedes Eis bekommen, das du dir wünschst, Kleines. Jede Sorte, die du gerne hättest.«

Er lehnte sich herüber und öffnete die Tür, damit sie einsteigen konnte. Kitty starrte den Hügel hinauf zu den anderen Kindern, die auf den Bus warteten. Sie hatte ein schlechtes Gewissen, weil sie nicht wussten, dass die Schule ausfiel, und sie stattdessen Eis essen gehen durfte.

Sie stieg ein, und sie fuhren los. Sie schaute aus dem Fenster zu den Kindern aus ihrer Schule, die immer noch dort standen, als wäre es ein ganz normaler Tag.

Sie ahnte nicht, dass es das letzte Mal war, dass sie sie sah.

FÜNFUNDZWANZIG

BILLIE ANN

»Genau da, halten Sie das Video an.«

Ich zeigte auf den Bildschirm, und der Mann klickte mit der Maus. Sein Name war Blake, und er war der Verwaltungsleiter des Wohnkomplexes, in dem wir die Leiche von Bryan Henderson gefunden hatten. Er war auch derjenige, der für die Kameras verantwortlich war, die rund um das Gebäude installiert worden waren. Er selbst war zum Zeitpunkt des Mordes nicht zu Hause gewesen, hatte also nichts Hilfreiches gesehen. Aber ich hoffte, dass die Kameras etwas aufgezeichnet hatten.

»Da ist sie«, sagte ich und versuchte, einen Blick auf das Gesicht der Frau zu erhaschen, die an diesem Abend mit Bryan Henderson das Gebäude betreten hatte. Das Kleid, das sie trug, war dasselbe blaue Kleid, das ich auf dem Boden gefunden hatte. Ich fotografierte den Bildschirm mit meinem Handy und bat Blake, uns alle Dateien zu schicken, damit wir sie durchgehen konnten.

»Okay, da sind sie angekommen«, sagte ich. »Könnten Sie ein bisschen vorspulen, damit wir sehen können, wann sie das Haus wieder verlassen hat?«

Er nickte, schob seine Brille wieder an ihren Platz und

klickte die Maustaste. Er war ein älterer Mann, aber er schien zu wissen, was er tat. Er ließ die Aufnahme weiterlaufen, aber es passierte nichts. Die Nachbarin, die die Leiche gefunden hatte, kam nach Hause und betrat das Gebäude durch den Haupteingang. Ich erkannte sie wieder, weil ich sie befragt hatte. Aber von der Frau, die bei Henderson gewesen war, fehlte jede Spur.

»Das ist seltsam«, sagte ich, »spulen Sie noch einmal zurück.«

Wir ließen die Aufnahme rückwärtslaufen und kamen zu demselben Ergebnis. Keine Aufzeichnung davon, wie die Frau das Gebäude verließ.

»Das war's«, sagte Blake und nahm seine Lesebrille ab. Er sah mich achselzuckend an. »Das ist alles, befürchte ich.«

Ich schürzte die Lippen, tief in Gedanken versunken. Irgendetwas passte nicht zusammen. Wenn die Frau das Gebäude mit dem Opfer betreten hatte, warum gab es dann keine Aufnahme davon, wie sie das Gebäude verließ?

»Sind Sie sicher, dass es kein weiteres Filmmaterial gibt?«, fragte ich, während mein Blick weiter auf den Bildschirm gerichtet war. »Vielleicht aus einem anderen Blickwinkel?«

»Wir haben auch eine Kamera auf dem Parkplatz, ich schaue mal nach.«

Ich wartete ungeduldig und tippte mit dem Fuß auf den Boden. Blakes Büro war vollgestopft mit Akten und Papierkram, und in der Luft lag der schale Geruch von Kaffee. Ich fühlte mich unwohl.

»Nein, auch da ist nichts«, sagte er. »Nur, wie sie reinkommen. Nicht, wie sie geht.«

»Gibt es noch andere Ausgänge?«

Er schüttelte langsam den Kopf. »Nur die Feuerleitern.«

»Werden die von Kameras überwacht?«

Stirnrunzelnd schüttelte er den Kopf. »Das Budget unseres Hauseigentümervereins hat nur diese beiden Kameras erlaubt.

Es tut mir leid, Detective. Ich wünschte, ich wäre eine größere Hilfe«, sagte er entschuldigend.

Ich seufzte frustriert.

»Okay, danke für Ihre Hilfe, Blake.«

Er nickte, und ich verließ sein Büro, wobei ich versuchte, mir einen Reim auf diese neue Entwicklung zu machen. Warum hatte diese Frau nicht den Haupteingang benutzt, als sie ging? Weil sie Bryan Henderson ermordet hatte und nicht von den Kameras gesehen werden wollte? Möglicherweise.

Als ich den Flur zum Aufzug hinunterging, spürte ich jemanden hinter mir. Ich drehte mich um, aber es war niemand da. Ich schüttelte den Kopf und lief weiter, fühlte mich paranoid.

Dieser ganze Fall berührte mich auf eine seltsame und unangenehme Weise.

Im Aufzug sah ich mir das Foto der Frau auf meinem Handy an. Ich würde morgen in Bars und Restaurants nachfragen müssen, ob jemand sie mit Bryan gesehen hatte, vielleicht gab es ja Überwachungsaufnahmen von ihnen. Ich musste sie ausfindig machen, und zwar schnell. Entweder war sie die Mörderin, oder sie hatte den Mörder gesehen. In jedem Fall würde sie mich weiterbringen. Ich durfte sie also nicht verlieren. Bryan Henderson war auf genau dieselbe Weise ermordet worden wie Cassandra Perez, also war dies bei weitem die beste Spur, um ihren Mörder zu finden und hoffentlich auch denjenigen, der Emma entführt hatte.

SECHSUNDZWANZIG

BILLIE ANN

Zurück zu Hause gelang es mir, ein paar Stunden zu schlafen. Ich blieb unten im Gästezimmer, weil ich Joe nicht wecken wollte, und wenn ich ehrlich bin, tat ich es vor allem auch mir zuliebe. Ich hatte keine Lust mehr zu reden. Ich wollte mich nicht wieder seiner Wut und seinen Vorwürfen stellen. Dafür war ich zu erschöpft.

Meine Golden-Retriever-Hündin Zelda war die Einzige, die mich begrüßte, als ich nach Hause kam, und ich ließ sie die ganze Nacht bei mir im Bett schlafen, was mir großen Trost spendete. Ich liebte diesen verrückten Hund abgöttisch.

Am nächsten Morgen frühstückte ich mit den Kindern und ließ mir Zeit, schließlich war ja Samstag, doch Joe sah ich nicht. Er kam nicht herunter, also musste ich das Frühstück allein zubereiten und mit Zelda Gassi gehen, bevor ich zur Arbeit fuhr. Ich duschte im Erdgeschoss und holte mir ein sauberes Hemd aus der Wäschekammer.

Nachdem ich mir meinen Gürtel und meine Dienstmarke geschnappt und dann meine Waffe aus dem Safe genommen und umgeschnallt hatte, warf ich einen Blick zur Treppe. Ich hoffte immer noch, er würde herunterkommen und mir vielleicht einen schönen Tag bei der Arbeit wünschen, aber das tat er nicht. Stattdessen schickte ich ihm eine Nachricht, dass ich bei der Arbeit war und Kaffee in der Kanne auf ihn wartete.

Dann verließ ich das Haus. Mit dem Kaffee in meinem Thermo-Becher fuhr ich zum Polizeirevier, wo Tom und Scott auf mich warteten.

Ich setzte mich an meinen Schreibtisch, nippte an meinem Kaffee und schaltete den Computer ein. Ich starrte Tom an, er sah erschöpft aus, wobei ich wahrscheinlich kaum ein besseres Bild abgab. Es war für uns beide eine lange Nacht gewesen. Obwohl es Wochenende war, hatten wir keine Zeit zum Ausruhen gehabt.

»Gibt es Neuigkeiten aus der Forensik?«, fragte ich. »Hatte jemand Zeit, es sich anzuschauen?«

Scott hob die Hand. »Ich bin früher gekommen und habe es durchgesehen.«

»Wurden das Handy und die Handtasche der Frau gefunden?«, fragte ich. »Oder ein Portemonnaie?«

Er schüttelte den Kopf. »Nichts außer Bryan Hendersons Sachen. Sein Handy, Autoschlüssel, Kreditkarten, Computer und so weiter.«

»Sie haben das Handy der Frau nicht gefunden? Auch nicht die Handtasche?«, vergewisserte ich mich und lehnte mich verblüfft in meinem Stuhl zurück. Wenn diese Frau so schnell aus der Wohnung geflüchtet war, dass sie weder ihr Kleid noch ihren BH angezogen hatte, wie zum Teufel hatte sie dann an ihr Handy und ihre Handtasche denken können?

»Nee. Nur die Kleidung.«

»Wir haben also keine Möglichkeit, diese Frau zu identifizieren?«, fragte ich. »Was ist mit seinem Handy? Irgendwelche Nachrichten von ihr?«

Er schüttelte den Kopf. Wie frustrierend. Ich war mir so

sicher gewesen, dass wir etwas finden würden, das uns zu ihr führte. »Sie hat die Wohnung ohne Kleidung verlassen, hatte aber noch Zeit, ihre persönlichen Sachen mitzunehmen?«

Scott zuckte mit den Schultern. »Vielleicht hat sie sie nie dorthin mitgebracht. Damit man sie nicht identifiziert.«

»Scott hat recht«, sagte Tom. Er verschränkte die Hände hinter dem Kopf und kippte seinen Stuhl nach hinten, was mich an meine Teenager erinnerte. »Wenn sie das im Vorfeld geplant hatte, würde sie niemals etwas so Wichtiges zurücklassen.«

»Okay, gibt es irgendwelche Berichte über eine nackte Frau, die auf der Straße herumläuft?«, fragte ich. »Vielleicht mit einer Handtasche und einem Handy, aber ohne Kleidung?«

»Es lag kein Männershirt auf dem Boden«, sagte Tom. »Vielleicht hat sie seins angezogen. Vielleicht, um weniger Aufmerksamkeit auf sich zu lenken. Ein Kleid und hohe Absätze sind etwas, das den Leuten auffallen könnte. Vielleicht wusste sie auch, dass wir nach einer Frau in diesem Kleid suchen würden, weil wir das Überwachungsmaterial haben.«

»Du denkst also, sie hatte alles geplant«, sagte ich.

»Ja. Deshalb hat sie den anderen Ausgang genommen. Damit wir sie nicht auf den Überwachungskameras sehen. Sie ist schlau.«

Ich legte den Kopf schief. »Das glaube ich nicht.«

»Warum nicht?«

»Ich habe die Aufnahmen gesehen, die zeigen, wie sie das Gebäude betreten haben. Sie ist nicht besonders groß, und Bryan war ein kräftiger Kerl. Sie müsste schon sehr, sehr stark sein, um ihn mit einem Gürtel zu erwürgen.«

Tom zuckte mit den Schultern. »Manche Frauen sind verdammt stark. Ich mein ja nur. Tatsache ist, dass wir auf den Kameras niemanden sonst kommen oder gehen sehen, oder? Wenn es also jemand anderes war, wie ist diese Person dann rein- und rausgekommen?«

»Auf dieselbe Weise, wie die Frau das Gebäude verlassen hat?«, schlug ich vor. »Unbemerkt. Außerhalb der Sichtweite der Kameras.«

»Sie hat recht«, sagte Scott.

Tom brummte etwas, das ich nicht verstand.

»Okay, gehen wir mal davon aus, sie war es«, fuhr ich fort. »Bedeutet das, dass diese Frau auch Cassandra getötet hat? Und Emma entführt?«

Tom zuckte mit den Schultern. »Ich denke, danach sieht es aus, oder? Sie könnte auch selbst Opfer geworden sein, und wir haben sie nur noch nicht gefunden. Ich weiß, es tut weh, das zu hören, aber wir müssen diese Möglichkeit in Betracht ziehen.«

Ich atmete aus. Ich wusste, dass er recht hatte.

»Wir müssen diese Frau finden. Und zwar schnell. Tom, wie wär's, wenn du die Bars und Restaurants der Gegend abklapperst und fragst, ob sie gestern Abend dort war und ob sie mit Bryan Henderson zusammen war? Frag nach Überwachungsvideos, falls sie Kameras haben. Und Scott, du sprichst mit den Kollegen und Freunden von Bryan Henderson. Lass uns diesen Kerl und seine Beziehung zu dieser Frau unter die Lupe nehmen. Vielleicht weiß einer von ihnen, wer sie ist. Vielleicht wissen sie sogar, *wo* sie ist.«

SIEBENUNDZWANZIG

BILLIE ANN

»Ich hab's!«

Es war später Nachmittag, als ich die Nachricht erhielt. Wir hatten im Café Surfnista, in der Nähe vom Polizeirevier, einen Kaffee getrunken und eine Kleinigkeit gegessen und waren gerade zurück, als ich die Nachricht sah.

»Was meinst du?«, fragte Tom.

»Ich weiß, wer sie ist«, sagte ich mit einem Lächeln. »Die Frau auf den Überwachungsvideos. Gott, ich liebe die sozialen Medien.«

»Okay, nun nochmal langsam«, sagte Scott. »Für diejenigen von uns, die nicht so schlau sind wie du.«

»Ich habe das Foto, das ich von der Frau mit Bryan Henderson gemacht habe, in unseren lokalen Facebook-Gruppen gepostet, und jemand schrieb mir privat, dass es ihre Nachbarin sei. Sie selbst ist zurzeit in Boston. Sie kommt jeden Winter für drei Monate mit ihrem Mann und ihrem Hund hierher, aber die Frau lebt dort immer, sagt sie. Ich habe die Adresse und alle Informationen. Ihr Name lautet Ashley Wittman. Und sie ist vorbestraft. Weil sie zusammen mit ihrer Freundin ein Auto gestohlen hat.«

Tom stand aus. »Worauf warten wir noch?«

Die Eigentumswohnung, in der Ashley Wittman wohnte, lag mit Blick auf den Banana River auf der Rückseite unserer vorgelagerten Insel. Von hier aus konnte man abends die herrlichen Sonnenuntergänge über dem Festland bewundern und regelmäßig Delfine und Seekühe im Wasser sehen. Jeden Tag waren dort Delfin-Touren unterwegs und gaben den Touristen die Möglichkeit, diese verspielten und verführerischen Tiere zu sehen, während sie etwas über die Geschichte der Stadt erfuhren.

Auf dem Weg zu ihrer Wohnung konnte ich mich einer gewissen Aufregung und Vorfreude nicht verwehren. Endlich kamen wir in diesem Fall weiter. Die Sonne ging gerade unter und warf einen rosa-orangefarbenen Schein auf das Wasser, während sich die Palmen sanft in der warmen Brise wiegten. Ich war ein wenig neidisch auf Ashleys Aussicht. Sie war einfach herrlich.

Beim Wohngebäude angekommen, empfingen uns ein Tor und eine Kamera. Wir wählten ihre Nummer an der Gegensprechanlage, aber es ging niemand ran, also versuchten wir es mit ein paar anderen. Als sich endlich jemand meldete, hielt Tom seine Dienstmarke in die Kamera, und wir wurden hereingelassen. Wir machten uns auf den Weg ins Innere des Gebäudes. Ashley wohnte im obersten Stockwerk, also fuhren wir mit dem Aufzug bis ganz nach oben.

Wir klopften an ihre Tür, doch es war niemand da. Ich hatte ihre Handynummer von ihrem Nachbarn bekommen, und so versuchten wir, sie anzurufen, aber auch ihr Handy war ausgeschaltet. Wir beschlossen zu warten, bis sie zurückkam. Durch die Fenster des Gebäudes konnten wir den Sonnenuntergang sehen, und von hier oben war er sogar noch beeindruckender.

Doch es tauchte keine Ashley Wittman auf.

Tom schaute zur Tür, wurde ungeduldig und klopfte erneut.

»Polizei Cocoa Beach, machen Sie auf.«

Als er beim dritten Mal fester klopfte, glitt die Tür auf. Sie war nicht verschlossen. Er warf mir einen Blick zu und hob die Augenbrauen, dann betrat er die Wohnung.

»Ms Wittman, hier ist die Polizei von Cocoa Beach. Wir würden Ihnen gerne ein paar Fragen zu Bryan Henderson stellen. Dürfen wir reinkommen?«, fragte er mit fester, aber höflicher Stimme.

Immer noch keine Antwort. Er zuckte mit den Schultern. »Ich glaube nicht, dass sie da ist. Lass uns einfach zurückfahren ... warte einen Moment.«

Sein Tonfall hatte etwas Alarmierendes. Er wurde blass und seine Augen weiteten sich, dann sah er mich an. Ich trat näher, die Hand auf dem Griff meiner Waffe ruhend. Schweiß rann mir den Nacken herunter.

»Was? Was siehst du?«

Er warf mir einen besorgten Blick zu, dann deutete er nach vorne und formte lautlos mit den Lippen das Wort »Blut«.

Mein Herzschlag beschleunigte sich. Ich machte einen weiteren Schritt auf ihn zu und stellte mich neben ihn. Er hatte recht. An der Wand neben der Tür befand sich ein Lichtschalter, der mit Blut beschmiert war. Blutige Finger hatten ihn und die Wand um ihn herum berührt. Es musste erst kürzlich passiert sein. Es sah frisch aus.

Tom untersuchte schnell den Eingangsbereich, während ich den Lichtschalter begutachtete und mit meinem Handy Fotos davon machte. In der Wohnung gab es keine Anzeichen für einen Kampf, aber die Unordnung der Möbel ließ auf einen überstürzten Aufbruch schließen. Ein Körbchen neben dem Eingang war auf den Boden gefallen, und überall lagen Schlüssel, Sonnenbrillen und Handy-Ladekabel auf den Fliesen verstreut. An den Wänden und Türklinken waren blutige Fingerabdrücke zu sehen. Bei der Vorstellung, woher das Blut kam, wurde mir ganz flau im Magen. Es war kein Blut an der Leiche gewesen. Bryan war erdrosselt worden. Stammte das Blut also von Ashley? War sie irgendwie verletzt worden? Vielleicht auf ihrer Flucht? Aber wovor flüchtete sie? Warum war sie geflüchtet? Wegen dem, was sie getan hatte? Oder vor dem Mörder?

Ich tendierte zu Letzterem. Aber ich wollte kein Risiko eingehen.

»Wir sollten uns aufteilen und den Rest der Wohnung durchsuchen«, sagte ich leise zu Tom und zog meine Waffe. »Sei vorsichtig.«

Tom nickte und ging in Richtung Wohnzimmer, während ich mich durch den Flur bewegte, der zu den anderen Zimmern führte. Die Stille war erdrückend, das einzige Geräusch stammte von unseren eigenen Schritten auf den Marmorfliesen.

Als ich mich der ersten Tür auf der linken Seite näherte, bemerkte ich, dass sie leicht angelehnt war. Ich stieß sie mit dem Fuß auf und trat ein, wobei ich meine Waffe im Anschlag hielt. Mein Herz raste.

Es war ein kleines Zimmer mit einem breiten Doppelbett und einer Kommode. Es war niemand da, aber das Zimmer war unordentlich, die Kleidung lag verstreut und die Schubladen standen offen. Ich ging auf das Bett zu. Auf dem Teppich lag ein weißes T-Shirt und ich berührte es mit dem Fuß. Es wies große Blutflecken auf. Der Größe nach zu urteilen, gehörte das T-Shirt einem Mann, und ich vermutete, dass es höchstwahrscheinlich Bryans war. Ashley musste es getragen haben, als sie aus seiner Wohnung geflohen war. Als ich das Badezimmer betrat, bemerkte ich noch etwas anderes, das mein Herzschlag einen Moment aussetzen ließ.

Dort war noch viel mehr Blut. Im Inneren des Waschbeckens. Sehr viel davon. Auf dem Keramikrand und dem Seifenspender. Auch das Handtuch, das an der Wand hing, wies Blutflecken auf.

Jemand hatte sich vor Kurzem das Blut von den Händen gewaschen.

»Ich melde es«, sagte ich und griff nach meinem Handy. »Die Techniker müssen so schnell wie möglich hierherkommen, damit wir feststellen können, von wem das Blut stammt.«

ACHTUNDZWANZIG

Damals

Er hatte ein schönes Haus. Als Kitty mit Officer Damian bei ihm zu Hause ankam, hielt er ihr die Tür auf, damit sie eintreten konnte. Drinnen stand eine Frau am Herd. Sie lächelte Kitty an, als sie sie sah.

»Willkommen«, sagte sie.

Kitty sah Damian verwirrt an. »Wer ist das?«

»Das ist meine Frau«, sagte er. »Ihr Name ist Linda.«

Kitty sah enttäuscht aus. »Ich wusste nicht, dass du eine Frau hast.«

Er lächelte und berührte sanft ihre Wange. »Aber jetzt weißt du es.«

»Möchtest du etwas trinken?«, fragte Linda. »Eine Limonade? Powerade?«

Kitty nickte. »Das blaue, bitte. Das mag ich am liebsten.«

»Dann sollst du es bekommen.«

Die Frau von Officer Damian schenkte Kitty ein Glas blaues Powerade ein, bevor sie sich ins Wohnzimmer zurückzog. Kitty nahm an der Küchentheke Platz und ließ ihren Blick durch den Raum schweifen. Es war ein schönes Haus, und sie fühlte sich dort wohl, aber es fiel ihr immer noch schwer zu glauben, dass Damian die ganze Zeit über eine Frau vor ihr verheimlicht hatte. Warum hatte er ein Geheimnis aus ihr gemacht?

Damian streckte die Hand aus und ergriff ihre, sein Daumen strich kreisend über ihren Handrücken. »Du brauchst nicht eifersüchtig zu sein. Ich habe nur Augen für dich, Kitty.«

Sie hob eine Augenbraue. »Echt?«

Er beugte sich vor und seine Lippen berührten ihr Ohr. »Na klar. Du hast mein Herz erobert. Du bist das hübscheste Mädchen der Welt. Zumindest für mich.«

Kitty wurde rot, als Damian sanft ihren Nacken küsste. Sie konnte die Anziehung zwischen ihnen und die Art, wie seine Berührung ihr einen Schauer über den Rücken jagte, nicht leugnen.

»Außerdem gibt es Dinge, bei denen mir meine Frau nicht helfen kann. Ich habe Bedürfnisse, die sie nicht erfüllen kann. Und da kommst du ins Spiel.«

Kitty starrte ihn an. Seine stechenden Augen schienen sie direkt zu durchbohren. Sie war sich nicht sicher, ob sie verstand, was er meinte.

»Wann kommt meine Mom?«, fragte sie und fühlte sich plötzlich unwohl.

Er küsste sie auf die Hand. »Komm schon, Kitty. Willst du mir sagen, dass du mich nicht mehr liebst?«

Sie legte den Kopf schief. Liebe? Was meinte er damit? Kitty wusste, dass sie ihre Mutter liebte, und manchmal auch ihren Stiefvater; gelegentlich, wenn er nicht betrunken war, mochte sie ihn. Aber liebte sie Officer Damian auf dieselbe Weise?

»Wann kann ich nach Hause?«, fragte sie.

Damian lächelte und schüttelte den Kopf. »Du bleibst

heute Nacht hier. Ich habe gerade mit deiner Mom gesprochen, und sie hat gesagt, dass es okay ist.«

Ihre Augen leuchteten. »Du meinst eine Übernachtungsparty? Heißt das, dass ich morgen nicht zur Schule muss? Aber ich habe nichts von meinen Sachen mitgebracht.«

»Das macht nichts«, sagte Damian. »Wir haben alles da.«

Sie nippte an ihrem Powerade. »Oh, okay. Cool.« Sie starrte auf die Haustür.

Damian sah das, ging zur Tür und schloss sie ab. Das Klicken ließ sie zusammenzucken.

»Alles okay«, sagte er. »Du brauchst keine Angst zu haben. Ich bin Polizist, schon vergessen? Ich muss meine Familie vor Kriminellen beschützen. Ich kann nicht zulassen, dass Räuber und Einbrecher und so was hier reinkommen und meinen Liebsten etwas antun, verstehst du?«

»Ich gehöre zur Familie?«, fragte sie verwirrt.

Er nickte. »Ja, Kitty. Das tust du. Du lebst jetzt hier mit mir. Du bist Teil dieser Familie. Unserer Familie.«

»Aber ich habe doch schon eine Familie«, sagte sie und spürte plötzlich, wie sie bei der Vorstellung, nicht zu ihrer Mutter nach Hause zu gehen, in Panik geriet. »Ich ... ich habe eine Mom. Ich vermisse meine Mom. Ich will jetzt nach Hause, bitte.«

Er schüttelte den Kopf. »Es tut mir leid, Süße. Deine Familie wollte dich nicht mehr. Deshalb haben sie dich hierhergeschickt. Sie wollen, dass du bei mir lebst. Du gehörst jetzt zu mir, hörst du?«

Zu ihm gehören? Was hatte das zu bedeuten? Warum klang er auf einmal so wütend? So war er noch nie gewesen.

Kitty bemühte sich, sich zusammenzureißen, aber sie konnte nicht anders. Sie schluchzte. Tränen liefen ihr über die Wangen, und ihr Oberkörper zuckte.

»Nein, nein, nicht weinen«, sagte er und hob den Finger.

»In dieser Familie wird nicht geweint, hast du mich verstanden?«

Das brachte sie nur noch mehr zum Weinen. Sie wusste nicht, was sie sonst tun sollte. Sie fühlte sich so hilflos. Dann verlor Officer Damian die Beherrschung und verpasste ihr eine Ohrfeige. Kitty keuchte und hörte sofort auf zu weinen. Sie starrte ihn mit großen Augen an, ihre Wange brannte.

»Du hältst jetzt den Mund, hörst du?«, sagte er keuchend.

Kitty sah ihm in die Augen. Sie hatten sich verändert. Sie sahen sie nicht mehr so an wie zuvor. Nein, sie waren jetzt wütend und hart und kalt wie Stein. So ähnlich wie Cole, wenn er viel getrunken hatte. Dann konnte er auch so böse werden. Na ja, nicht ganz so wie jetzt. Das war schlimmer. Sie wusste, dass sie von hier verschwinden musste. Sie nahm ihre Powerade und verschüttete sie absichtlich auf dem Holzboden.

»Was zum Teufel? O mein Gott, bist du tollpatschig!«, knurrte er.

Er ging, um ein Handtuch zu holen. Als er ihr den Rücken zudrehte, lief sie zur Haustür. Sie griff nach dem Schloss und drehte es um, dann öffnete sie die Tür und sprang hinaus. Doch während sie das tat, packte sie ein Arm am Hals und riss sie gewaltsam zurück. Dann nahm Officer Damian einen Elektroschocker und griff sie damit an. Es fühlte sich an wie ein betäubender Ruck, als würde man den Finger in eine Steckdose stecken oder an einen Elektrozaun fassen, wie den auf dem Bauernhof unten an der Straße, wo sie immer die Pferde fütterte, nur dass es nicht aufhörte. Es dauerte an. Unzählige Elektroschocks schossen durch ihren kleinen Körper, bis sie vor Schmerz ohnmächtig wurde.

NEUNUNDZWANZIG

BILLIE ANN

Es war schon spät, als ich mich auf den Heimweg machte. Ich fuhr in der Dunkelheit durch die Stadt und fragte mich, was mit Ashley Wittman passiert war und wo sie steckte. Ich hatte meinen Bericht über den Mord an Bryan Henderson fertig und konnte beim besten Willen nicht erkennen, in welcher Verbindung er zu Cassandra oder Emma stand. Tom hatte gute Arbeit geleistet, und so hatten wir mehreren Spuren nachgehen und vieles ausschließen können. Bryan Henderson hatte mit niemandem zusammengearbeitet, der mit den Mädchen zu tun hatte; er hatte weder eine Beziehung zur Familie Perez noch zu Marissa; hatte nie Cassandras Schule betreten; und er hatte keine Verbindung zu der Gegend, in der sie lebten oder wo Cassandras Leiche gefunden worden war. Nichts schien sie zu verbinden. Eine Nachbarin hatte uns angerufen und erzählt, dass sie einen Mann gesehen hätte, der regelmäßig in Marissas Haus ein- und ausging, und ich fragte mich, ob Marissa einen Freund hatte, von dem sie uns nichts erzählt hatte.

In einem Moment der Erschöpfung regte Tom an, dass es auch nur ein zufälliger Mörder sein könnte, der aus Spaß an der Freude tötete und mit uns spielte, indem er Opfer auswählte, die sehr unterschiedlich waren und keine Verbindung hatten. Dann stellte er erneut infrage, ob Emma überhaupt existierte.

Da beschloss ich, dass es für uns alle Zeit war, nach Hause zu gehen. Wir waren müde, und das brachte nichts Gutes. Wir brauchten eine Pause.

Als ich die Straße hochfuhr und in unsere Einfahrt einbog, bemerkte ich, dass das Auto meiner Mutter auf meinem Parkplatz stand.

Was macht sie denn hier?

Ich war nicht gerade in der Stimmung für Gesellschaft und schon gar nicht für ihre.

Ich atmete aus, wappnete mich und ging hinein. Ich sah Joe am Esszimmertisch sitzen, ein Bier vor sich. Meine Mom war in der Küche und spülte das Geschirr. Im Haus roch es nach Essen, und auf der Theke stand ein Hackbraten.

»Mom?«, sagte ich und legte meine Schlüssel ab. »Was machst du denn hier?«

»Joe hat mich gebeten zu kommen.«

Sie lächelte. Es wirkte sehr gezwungen und sie fühlte sich sichtlich unwohl. Ich kannte dieses Lächeln. Sie wollte reden. Sie hatte diesen gewissen Blick – mitfühlend, aber auch so, als würde sie mir gleich die bittere Wahrheit über etwas erzählen.

»Komm, setz dich.«

Ich fühlte mich wie ein Kind, das in Schwierigkeiten steckte. Ich öffnete eine Flasche Weißwein, schenkte mir ein Glas ein, setzte mich dann zu Joe an den Tisch und nahm einen großen Schluck. Ich kannte meine Mutter lange genug, um zu wissen, dass das Gespräch, das sie gleich führen würde, ein schweres sein würde.

»Haben die Kinder was gegessen?«, fragte ich.

Joe nickte. »Deine Mutter hat gekocht. Sie sind auf ihren Zimmern.«

»Gut.«

»Schätzchen, wir müssen reden«, sagte meine Mutter und

setzte sich mir gegenüber an den Tisch. Ihr Tonfall war sanft, aber ich hörte den Hauch von Sorge darin mitschwingen. Sie schaute besorgt auf mein Weinglas, und ich fühlte mich schuldig.

Ich setzte mich aufrecht hin und wappnete mich für das, was kommen würde. »Okay, es war ein langer Tag, deshalb bin ich wirklich müde. Wir sind gerade dabei, einen Doppelmord aufzuklären, mit allem Drum und Dran, weißt du. Aber wie dem auch sei. Lass uns jetzt reden. Wie sagt man so schön: Was du heute kannst besorgen, das verschiebe nicht auf morgen, richtig? Also, was ist los, Mom?«, fragte ich.

Joe sah zu mir auf, sein Blick war mitleidig. Ich wollte sein Mitleid nicht.

»Was ist hier los?«, wiederholte ich.

Meine Mutter atmete aus. »Schatz. Joe hat mir alles erzählt.«

Ich runzelte die Stirn. »Alles? Was meinst du damit?«

Ich nippte an meinem Wein.

Die Lippen meiner Mutter zitterten nervös. »Er hat mir erzählt ... er hat gesagt, dass du und er ... ähm ...« Sie hielt inne, unfähig, die Worte auszusprechen. Ich wusste, dass sie gegen Scheidung war und die Meinung vertrat, dass die Menschen heutzutage nicht genug um ihre Ehen kämpften, wie sie es bei meinem Vater getan hatte. Ich wusste, dass dies ein schwerer Schlag für sie sein würde, und das war wahrscheinlich der Grund, warum ich es ihr noch nicht gesagt hatte. Ich musste zuerst mit meinen eigenen Gefühlen fertig werden.

»Dass wir uns trennen, ja«, sagte ich. »Ich hatte vor, es dir zu sagen, aber ich bin noch nicht dazu gekommen. Wir haben uns schon eine ganze Weile nicht mehr gesehen.«

Sie sah mich an, als hätte sie Mitleid mit mir, sie senkte die Schultern, neigte den Kopf, ihr Blick war besorgt. Als hätte ich ihr gerade erzählt, dass ich gefeuert wurde oder jemanden verloren hatte, der mir sehr am Herzen lag. Es wirkte fast herablassend, und das machte mich wütend. Warum machte sie sich Sorgen? Konnte sie nicht ein einziges Mal stolz auf mich sein? Wenn schon nicht für alles andere, dann doch zumindest für die harte Arbeit, die ich leistete? Dass ich versuchte, einen Mörder zu fassen?

»Ja«, sagte sie und wippte mit dem Kopf. »Das hat er mir erzählt.«

»Okay«, sagte ich. »Ich kann verstehen, dass du verärgert bist, aber fairerweise hatte ich vor, es dir irgendwann zu sagen. Ich wollte es nur von Angesicht zu Angesicht tun. Und ich wollte es dir selbst sagen, aber anscheinend dachte Joe, er könnte es einfach rausposaunen …«

Sie legte mir eine Hand auf den Arm. »Er hat mir alles erzählt, Billie Ann. Und ich bin dankbar, dass er das getan hat.«

Alles? Wirklich *alles*?

Meine Augen wurden groß. Ich starrte sie an, dann Joe, dann wieder sie, verblüfft über diese Nachricht.

»Wie bitte?«

Sie nickte erneut. »Joe hat mir den Grund genannt, warum ihr euch trennt. Und ich möchte, dass du dir das gut überlegst, Billie Ann. Hast du mich verstanden? Mit so was spielt man nicht herum.«

»So was? Mit was, Mom?«, fragte ich und wurde sauer. Ihre Reaktion überraschte mich nicht, aber sie ärgerte mich trotzdem. Ich wollte ihre Unterstützung. Sie war meine Mutter, und ich sehnte mich danach. Natürlich tat ich das. Jeder in meiner Situation würde sich das wünschen.

»Es gibt keinen Grund, diesen Ton anzuschlagen«, sagte sie und ihre Lippen wurden schmal. »Ich bin nur hier, um zu helfen.«

Ich schüttelte ungläubig den Kopf. »Um zu helfen? Bei was?«

»Um dir zu helfen, damit du deine Familie nicht wegen so

einer Albernheit zerstörst, Billie Ann«, sagte sie mit einem leichten Schnauben.

»Hast du die Tatsache, dass ich homosexuell bin, gerade als albern bezeichnet?«, fragte ich. Das war so lächerlich, dass ich fast laut losgelacht hätte. Vielleicht hätte ich es getan, wenn es nicht meine eigene Mutter gewesen wäre, die mit mir sprach. Ausgerechnet die Frau, deren Akzeptanz ich mir so sehr wünschte.

»Es ist albern, Billie Ann. Du bist keine Lesbe. Sieh dich um. Du hast einen Mann und drei reizende Kinder.«

»Das habe ich, aber ich bin immer noch lesbisch, Mom. Außerdem bist du auch nicht viel besser. Ich kenne deine Geheimnisse, Mom – denkst du, du konntest es erfolgreich vor mir und Andrew geheim halten?«

Meine Mutter zuckte zusammen. Sie konnte es nicht leiden, wenn jemand über meinen kleinen Bruder sprach.

»Ich darf seinen Namen sagen, Mom.«

Ich nahm einen großen Schluck von meinem Wein. Ich war so wütend, dass ich kaum in der Lage war, auf meinem Stuhl sitzen zu bleiben. Wie konnte Joe mir das antun? Wie konnte er meiner Mutter so etwas erzählen? Wie konnte er wagen, mich vor ihr zu outen?

»Nein, du bist keine Lesbe«, sagte meine Mutter, nachdem sie ein paarmal tief durchgeatmet hatte. Mir war bewusst gewesen, dass sie sich schrecklich fühlte, wenn ich Andrew erwähnte, aber vermutlich hatte ich es genau deshalb getan. Das hielt sie jedoch nicht auf und sie fuhr fort, wobei sich ihre Nasenflügel aufblähten, während sie sprach.

»Hörst du wohl auf mit diesem Unsinn.«

Ihre tiefe Verachtung bereitete mir ein flaues Gefühl im Magen. Ich schluckte meinen Zorn hinunter. »Du kannst mir nicht vorschreiben, was ich bin, Mutter.«

»Ich bin sicher, dass du denkst, du bist ... *das* ... Das bezweifle ich überhaupt nicht, Billie Ann. Aber du machst im

Moment eine Krise durch. Das ist völlig normal. Wir alle machen so etwas durch. Du fühlst dich also zu einer Frau hingezogen? Es ist eine Phase, und bald wirst du aufwachen und erkennen, was du getan hast, dass du eine perfekt funktionierende Familie ruiniert hast, und was dann? Wie willst du das alles zurückbekommen? Dass man sich einmal im Leben zu einer anderen Frau hingezogen fühlt, ist normal. Aber das geht vorbei.«

»Ja, das geht bei mir schon, seit ich ein junger Teenager war, und es ist immer noch nicht vorbei, was hältst du also von dieser Phase, hm, Mom?«, sagte ich und leerte mein Glas. Ich schob meinen Stuhl zurück, stand auf und schenkte mir ein weiteres Glas ein. An der Spüle stehend, blickte ich in die Dunkelheit hinaus und auf die sich wiegenden Palmen am Kanal, an dem wir wohnten. Ich wollte die beiden nicht ansehen, die in meiner Küche saßen. Ich wollte nicht mehr darüber reden.

»Blödsinn«, sagte meine Mutter. »Auf der Highschool warst du mit Ricky zusammen, weißt du noch? Du warst untröstlich, als er mit dir Schluss gemacht hat.«

Ich drehte mich zu ihr um. »Ich bin nur mit ihm ausgegangen, weil alle das wollten. Ich fühlte mich dazu gezwungen. Ich habe mich nie für ihn interessiert. Und weißt du was? Ich habe nicht einmal mit ihm geschlafen. Weil ich es nicht wollte. Er hat mich immer wieder dazu gedrängt, aber ich konnte es nicht. Allein die Vorstellung davon hat mich angeekelt. Deshalb hat er mit mir Schluss gemacht. Weil ich immer wieder Nein gesagt habe. Was sagst du dazu?«

»Das stimmt so nicht«, spottete sie. »Du hast nicht mit ihm geschlafen, weil du eine gut erzogene christliche junge Dame warst, die wusste, dass sie warten muss, bis sie verheiratet ist. Das hatten wir dir beigebracht.«

Ich legte den Kopf schief. »Ja, nun ja, ich habe meine beste Freundin Monica auf dem Abschlussball im Bad geküsst, und glaub mir, ich wollte mehr als das, wenn ich mich getraut hätte. Aber das hab nicht. Weil man mir beigebracht hatte, dass das, was ich war, wer ich war, falsch war. Das hat man uns in der Kirche gesagt, Mom. Dass wir falsch sind. Dass ich krank sei und an Sünde leide. Dass ich in die Hölle kommen würde. Dass Gott mich verachtet. Dass ich unter dem Einfluss des Teufels stünde. Was glaubst du, wie ich mich da gefühlt habe? Wie hätte ich da aufstehen und sagen sollen, wer ich bin? Wie konnte ich da keinen Mann heiraten, wenn mir beigebracht wurde, dass das das einzig Richtige ist?«

Meine Mutter schwieg für ein paar Sekunden. Sie schaute auf ihre Hände und dann wieder zu mir, während ich an meinem Wein nippte.

»Es gibt Behandlungsmöglichkeiten, Billie Ann«, sagte sie, und ihr Ton wurde streng, als wäre ich ein ungezogener Teenager, der nicht zuhörte. »Ich weiß, dass das alles nur mit dem zu tun hat, was dir passiert ist, mit diesem schrecklichen Vorfall mit deinem ehemaligen Partner. Es hat dich dazu gebracht, Männer zu hassen. Du bist verletzt, und das ist verständlich, aber lass nicht zu, dass es dein Leben, deine wunderbare Familie ruiniert. Denk an die Kinder. Es gibt Kliniken, die dir helfen können. Oder vielleicht können wir Pastor Stan bitten, dir zu helfen. Du erinnerst dich doch an ihn, oder? Ich weiß, dass er so was schon mal gemacht hat. Es ist nur eine Phase, Billie Ann. Es kommt nur darauf an, wie du damit umgehst. Du musst diesen Weg nicht einschlagen. Es ist eine Entscheidung, und im Moment bist du dabei, viele unschuldige Menschen zu verletzen. Menschen, die du liebst und um die du dich sorgst. Wir können dir helfen.«

Ich starrte sie an, unfähig zu sprechen. Ich konnte es nicht glauben. Ich konnte nicht glauben, dass sie all das gerade zu mir gesagt hatte.

»Warum hörst du nicht auf mich, Billie Ann?«, fuhr sie fort. »Ich bin deine Mutter. Ich kenne meine Tochter, und sie ist nicht irgendeine Lesbe. Homosexualität ist eine Schande. Lies Levitikus achtzehn, Vers zweiundzwanzig.«

Das war's für mich. Ich hatte die Nase voll. Ich ging zur Haustür und öffnete sie.

»Ich möchte, dass du gehst. Ich kann im Moment nicht mit dir und dem hier umgehen. Bitte.«

Meine Mutter sah mich ungläubig an. Dann drehte sie sich zu Joe um. Er zuckte mit den Schultern und sagte seufzend: »Immerhin haben wir es versucht.«

»Ich kann nicht glauben, dass du deine eigene Mutter bittest, dein Haus zu verlassen«, sagte sie, als sie an mir vorbeiging. »Nach allem, was ich für dich getan habe.«

»Wenn du mich nicht so akzeptieren kannst, wie ich bin, dann kann ich dich nicht um mich haben«, sagte ich. »So einfach ist das. Oh, und ich habe auch einen Bibelvers für dich, Mom. Galater sechs, Vers sieben: ›Irrt euch nicht: Gott lässt sich nicht spotten! Denn was der Mensch sät, das wird er ernten.‹ Wenn du Hass säst, Mom, dann bekommst du ihn zurück.«

Sie sah mich an, beinahe mit Abscheu, und ich fühlte mich so krank, so verletzlich. Aber das zeigte ich ihr nicht. Ich schluckte meine Traurigkeit hinunter, und als sie hinausging, schloss ich die Tür hinter ihr. Dann sah ich Joe an, der im Durchgang zur Küche stand. Ich schüttelte den Kopf.

»Wow. Einfach wow, Joe.«

Ich ging ins Gästezimmer und schloss die Tür hinter mir, dann fiel ich auf die Knie und weinte.

DREISSIG

MARISSA

Die Fahrt die Straße hinunter ließ ihr Herz rasen. Marissa fühlte sich schwindelig und ihr wurde übel, als sie am Straßenrand anhielt und von ihrem Fahrrad stieg.

Da war es. Das Haus.

Sie atmete schwer, während sie auf den Vorgarten und die rote Tür starrte. Es war früh am Morgen, und alle schliefen noch. Aber bald würden sie aufstehen und es würde viel los sein.

Sie konnte sich genau vorstellen, wie es sich anhörte. Jeden Schritt, jede Stimme hatte sie sich ausgemalt, als sie wach dagelegen und vergeblich nach ihnen gelauscht hatte. Kleine Füße, die über den Holzboden tappten. Stimmen – manche weinten, manche schrien sich an. Stimmen, die im Laufe der Jahre älter geworden waren und sich verändert hatten. Es war der Klang des Lebens. Von Kindern.

Wie sehr sie sich danach sehnte, sie im Arm zu halten, ihr Haar zu küssen und an ihnen zu riechen. Sie vermisste die Nähe, das Stillen, die Verbindung, die Liebe. Die tiefe und wunderbare Liebe, die sie für sie empfunden hatte.

Und dann war alles vorbei gewesen.

Oh, Emma, wo bist du, mein Kind? Ich will, dass du nach Hause kommst. Ich muss bei dir sein. Ich brauche dich bei mir. Mein Körper, mein ganzes Wesen sehnt sich nach dir.

Sie ließ den Kopf hängen und die Tränen ihre Wangen hinunterlaufen.

»Ich halte das nicht mehr aus. Ich kann nicht länger ohne dich sein«, sagte sie weinend. »Ich kann dich nicht auch noch verlieren.«

Marissa fühlte sich, als würde sie ersticken, als würde alles auf sie einstürzen. Sie blieb noch einen Moment auf dem Bordstein sitzen, während das Gewicht ihres Kummers ihre Brust zusammendrückte. Sie konnte das Gefühl des Verlustes nicht abschütteln, das sie nach Emmas Verschwinden übermannt hatte. Der unverhüllte Schmerz war immer noch da, pulsierte durch ihre Adern wie Gift.

Mit einem tiefen Atemzug wischte sie sich die Tränen weg und sah wieder zum Haus hinauf. Plötzlich erregte etwas ihre Aufmerksamkeit. In einem der Fenster im oberen Stockwerk brannte Licht. Sie blinzelte und versuchte, eine Bewegung im Inneren auszumachen.

Ihr Herz setzte einen Schlag aus, als sie sah, wie eine Gestalt sich hinter den Vorhängen bewegte. Sie war klein, wie ein Kind.

Marissa hielt den Atem an. Ihr Herz klopfte so stark, dass sie das Blut in ihren Ohren rauschen hörte. Dieses Kind zu sehen, zauberte ihr ein Lächeln ins Gesicht. Eine Welle der Hoffnung und des Adrenalins schoss durch ihre Adern.

Emma.

Tränen liefen ihr über das Gesicht, und sie stand auf. Sie überquerte die Straße und ging auf das Haus zu, starrte das kleine Mädchen am Fenster an und vergaß, wo sie war.

»Emma?«

Sie starrte zum Fenster hinauf, als plötzlich eine dunkle Gestalt hinter dem Kind auftauchte. Der Anblick ließ Marissa vor Angst erschaudern. Ihr stockte der Atem, als der Mann die Hand des kleinen Mädchens nahm und sie vom Fenster wegzog.

Dann war es verschwunden.

Marissa starrte weiter auf das leere Fenster, bevor sie zu ihrem Fahrrad zurückging und sich wieder daraufsetzte. Sie trat kräftig in die Pedale und schrie vor Wut und Frustration, dann fuhr sie davon, während Tränen der Wut ihre Wangen hinunterliefen.

Ich werde sie mir zurückholen. Egal, was es mich kostet, und wenn ich bei dem Versuch sterbe, ich werde sie mir zurückholen!

EINUNDDREISSIG

BILLIE ANN

Ich erreichte Marissas Haus in der Hoffnung auf ein paar Antworten. Ich musste dringend mit ihr sprechen. Seit Tagen versuchte ich, sie zu erreichen, aber sie ging nicht ans Telefon. Ich hatte mich bemüht, herauszufinden, warum sie plötzlich so distanziert war, so unnahbar. Es kam mir seltsam vor. Ich war auf ihre Hilfe bei diesem Fall angewiesen – also musste ich sie erneut befragen. Ich wollte wissen, ob sie Bryan Henderson kannte. Ich musste herausfinden, ob es eine Verbindung zwischen ihnen gab. Und wer der Typ war, der bei ihr ein- und ausging.

Mein Klopfen hallte durch die Straße, die bis auf ein paar zwitschernde Vögel ungewöhnlich ruhig dalag, wahrscheinlich weil es noch früh am Sonntagmorgen war. Ich hoffte, sie noch zu erwischen, bevor sie zur Arbeit aufbrach, falls sie heute überhaupt arbeitete. Doch zu meiner großen Überraschung antwortete niemand. Ich wartete, während mir das Herz bis zum Hals schlug. Ich machte mir Sorgen um sie. Vielleicht war ihr etwas zugestoßen?

Nach ein paar Augenblicken hörte ich das Geräusch von Reifen auf Asphalt. Als ich mich umdrehte, sah ich, wie

Marissa mit ihrem Fahrrad auf mich zukam und in die Einfahrt lenkte, sie hielt den Kopf gesenkt, hatte dunkle Schatten im Gesicht, eine Wolke der Traurigkeit umgab sie.

»Marissa?«, sagte ich und ging auf sie zu.

Sie sah mich erst, als sie von ihrem Fahrrad abstieg. Sie hielt kurz inne, wandte dann schnell den Blick ab und kam ohne ein Wort auf mich zu. Sie ging an mir vorbei, als gäbe es mich nicht.

»Marissa?«, wiederholte ich.

Ich folgte ihr und rief ihr etwas zu, doch Marissa lief weiter, ohne sich umzudrehen.

Schließlich blieb ich stehen und schrie sie an: »Marissa! Sie können mich nicht einfach ignorieren. Warum wollen Sie nicht mit mir reden?«

Mit gesenktem Kopf blieb sie vor der Tür stehen. »Sie können mir nicht helfen.«

»Was meinen Sie damit?«, fragte ich frustriert. »Das ist buchstäblich alles, was ich zu tun versuche. Ihnen zu helfen. Ich arbeite Tag und Nacht daran, Ihre Tochter zu finden. Ich habe Suchtrupps zusammengestellt, die tagelang die Gegend durchkämmt haben, wir haben eine Vermisstenmeldung herausgegeben, jeder in der Stadt weiß, dass er nach ihr Ausschau halten muss. Mein gesamtes Team steht hinter dieser Sache, auch wenn sie mich für verrückt halten. Ich habe meine Karriere für Sie aufs Spiel gesetzt. Ich weiß, dass Ihnen anfangs niemand geglaubt hat, aber ich glaube Ihnen, Marissa. Ich glaube Ihnen. Aber das kann ich nicht, wenn Sie mir nicht helfen. Können wir uns bitte unterhalten? Ich bin sicher, wir können …«

Ich hielt inne, als es mir plötzlich dämmerte. Die Erkenntnis traf mich wie ein Schlag. Ich weigerte mich nahezu, es zu glauben, aber es war die einzig mögliche Erklärung für den plötzlichen Wandel ihres Verhaltens mir gegenüber. Sie hatte mich angefleht, ihr zu glauben, und jetzt wollte sie meine Hilfe auf einmal nicht mehr? Brauchte sie nicht mehr?

Plötzlich ergab alles Sinn.

»Sie wissen, wo sie ist, habe ich recht? Sie wissen, wer sie entführt hat.«

Marissa blieb stehen, drehte sich aber nicht um. Sie stand einen Moment lang still, ihre Schultern bebten. Dann sagte sie mit kaum mehr als einem Flüstern: »Lassen Sie mich bitte einfach in Ruhe.«

»Nein, Marissa, wenn Sie wissen, wo Ihre Tochter ist, dann müssen wir …«

Ich ging auf sie zu und streckte meine Hand aus, in der Hoffnung, sie umzustimmen, sodass sie mit mir redete.

Aber ich hatte kein Glück.

Sie öffnete die Tür, schlüpfte hindurch und schloss sie fest hinter sich.

Während ich zusah, wie sie verschwand, dämmerte mir plötzlich die Wahrheit. Marissa hatte etwas – oder jemanden – gesehen, das oder der sie aus Angst zum Schweigen gebracht hatte. Sie hütete ein schreckliches Geheimnis, und ich musste herausfinden, was es war.

ZWEIUNDDREISSIG

BILLIE ANN

»Können wir uns kurz unterhalten?«

Am nächsten Tag klopfte ich an die Tür des Hauses von Mr und Mrs Perez. Ich war wütend und verwirrt von diesem ganzen Fall, und jetzt zweifelte ich plötzlich an meinen Ermittlungen. Ich hatte den gesamten Vortag und die ganze Nacht darüber nachgedacht. Vielleicht war es nur ein Zufall, dass Cassandra am selben Tag ermordet worden war, an dem Emma verschwand. Wenn ich schon nicht mit Marissa sprechen konnte, musste ich zumindest herausfinden, ob Bryan in irgendeiner Weise mit Cassandra in Verbindung stand.

Bei einer Sache war ich mir ziemlich sicher: Cassandra Perez und Bryan Henderson waren von derselben Person ermordet worden. Anders konnte es nicht sein. Es war jetzt eine Woche her, dass Doyle mir das Ultimatum gestellt hatte, und ich befürchtete, dass er mir den Fall entzog, wenn ich nicht bis zum Ende des Tages etwas vorlegte.

Mr Perez öffnete die Tür. Er hatte diesen Ausdruck in den Augen, den ich schon oft bei Eltern gesehen hatte, die ein Kind verloren hatten, den Ausdruck von Verzweiflung und Kummer. Es war herzzerreißend.

»Können wir uns kurz unterhalten?«, wiederholte ich, meine Stimme war kaum mehr als ein Flüstern. »Ich muss Ihnen noch ein paar Fragen stellen.«

Mr Perez zögerte einen Moment, dann nickte er und trat zur Seite, um mich hereinzulassen. Das Haus war warm und gemütlich, ganz im Gegensatz zu dem frostigen Gefühl in meinem Bauch. Ich folgte ihm ins Wohnzimmer, wo Mrs Perez auf der Couch saß und eine Fernsehsendung sah.

»Ist alles in Ordnung, Schatz?«, fragte sie und blickte zu ihrem Mann auf. Dann sah sie mich und richtete sich auf. »Detective Wilde? Was machen Sie denn hier? Haben Sie irgendwelche Neuigkeiten für uns?«

Ich öffnete den Mund, um zu antworten, aber meine Stimme blieb mir im Hals stecken. Wie sollte ich auch nur ansatzweise erklären, was in meinem Kopf vor sich ging? Die Zweifel, die Ängste, die Verdächtigungen – all das wirbelte in mir durcheinander, und ich konnte mir keinen Reim daraus machen. Es war so frustrierend. Ich wollte diesen Menschen helfen. Ich wollte, dass sie einen Schlussstrich ziehen konnten. Aber Tatsache war, dass ich weit davon entfernt war, ihnen irgendwelche Antworten geben zu können. Geschweige denn Trost.

Es brach mir das Herz. Mrs Perez hielt eine Tasse Tee in ihrer Hand. Ihr Gesicht verzog sich vor Sorge, und zwischen ihren Augen bildete sich eine tiefe Falte.

»Ich habe nur noch ein paar weitere Fragen zu dem Fall«, sagte ich und nahm ihr gegenüber Platz. »Ich hatte gehofft, Sie könnten mir helfen.«

»Ich werde mein Bestes tun«, sagte sie und stellte ihren Tee ab. »Was wollen Sie wissen?«

Während Mrs Perez sprach, kam ich nicht umhin, die Art und Weise zu bewundern, wie ihr Haar in weichen Wellen um ihr Gesicht fiel. Sie strahlte eine sanfte und beruhigende Energie aus, die im krassen Gegensatz zu der Anspannung stand, die in der Luft lag. Ich spürte, wie sich mein Puls beschleunigte, und versuchte, mich auf die anstehende Aufgabe zu konzentrieren. Ich wünschte wirklich, ich hätte Neuigkeiten für sie.

»Es hat einen weiteren Mord gegeben«, sagte ich.

Mr Perez setzte sich neben seine Frau. Sie fassten sich an den Händen.

»O Gott, nein«, stieß Mrs Perez aus, und ihre Stimme brach. »Bitte sagen Sie mir, dass es kein weiteres Kind war?«

Ich räusperte mich. »Diesmal nicht, nein. Ein Mann. Anfang dreißig.«

Sie sahen einander kurz schockiert an. Mrs Perez ergriff das Wort, während ihr Mann uns nur ungläubig anstarrte.

»Das ist noch so jung. Glauben Sie, es hat etwas mit dem Mord an Cassandra zu tun?«, fragte sie. »Es muss damit zu tun haben, denn Sie sind ja hier, oder? O Gott, was ist nur los in dieser Stadt?«

Ihr Mann klopfte ihr sanft auf die Hände, um sie zu beruhigen. »Lass uns hören, was die Detective zu sagen hat, Malia.«

»Ja, ja, natürlich«, sagte sie. »Es tut mir leid. Fahren Sie fort.«

»Wir glauben, dass es sich um denselben Mörder handeln könnte«, sagte ich. »Die Todesursache ist sehr ähnlich. Und das bringt mich zu dem Grund, warum ich hier bin.»

Ich öffnete ein Foto von Bryan Henderson auf meinem Handy und zeigte es ihnen.

»Kennen Sie diesen Mann?«

Sie beugten sich beide vor, um das Bild zu betrachten, und ich bemerkte, wie Mr Perez leicht zusammenzuckte und sich dann an die Seite fasste.

»Nein«, sagte Mrs Perez, nachdem sie das Bild betrachtet hatte. »Ich habe ihn noch nie gesehen. Tut mir leid.«

»Mr Perez?«, fragte ich und sah ihn an. Er war sehr still geworden und schien für einen kurzen Moment in seinen eigenen Gedanken versunken, während er sich das Foto ansah. »Kennen Sie diesen Mann irgendwoher?«

Er betrachtete es genauer und schüttelte dann den Kopf. »Nein, nein. Ich glaube nicht. Tut mir leid.«

Ich verengte die Augen und musterte sein Gesicht. Irgendetwas an ihm fühlte sich auf einmal nicht mehr stimmig an.

»Sind Sie sicher? Denn für eine Sekunde sah es so aus, als würden Sie ihn erkennen«, sagte ich. »Wollen Sie noch einen zweiten Blick darauf werfen?«

Er schüttelte den Kopf. »Das ist nicht nötig. Zuerst dachte ich, es sei jemand, den ich kenne, aber das war er nicht.«

Seine Frau legte ihm eine Hand auf den Arm. »Pete war noch nie gut darin, sich Gesichter zu merken.«

Ich nickte und sah ihn weiterhin an. Er wich meinem Blick aus. »Ich verstehe. Der Mann hieß Bryan Henderson. Sagt Ihnen der Name etwas?«

Sie blickten einander an und dann wieder zu mir. Mrs Perez schüttelte den Kopf. »Es tut mir leid, dass wir Ihnen nicht weiterhelfen konnten«, sagte sie.

Ich stand auf. »Wenn Ihnen doch noch etwas einfallen sollte, dann rufen Sie mich an. Egal was, okay?«

Sie nickten beide.

Mr Perez begleitete mich zur Tür. Während er sie öffnete, hielt er sich eine Hand an die Seite. Ich wollte gerade hinausgehen, als ich zögerte.

»Haben Sie Schmerzen, Mr Perez?«, fragte ich. »Sie halten sich eine Hand an die Seite und winden sich.«

»Ja, ich habe mich vor ein paar Tagen beim Fahrradfahren verletzt. Ich bin gestürzt. Vielleicht habe ich mir eine Rippe gebrochen oder zumindest eine Prellung zugezogen.«

Ich sah zu der Stelle, an der er seine Hand hielt.

»Die Rippen sind normalerweise weiter oben«, sagte ich.

Er starrte mich mit großen Augen an. »Nun, vielleicht ist es etwas anderes. Ich sollte es wohl einem Arzt zeigen. Danke, dass Sie vorbeigekommen sind, Detective.«

Er schloss die Tür, sobald ich nach draußen getreten war. Ich blieb noch für ein paar Sekunden stehen und schaute in den Garten, während ich mich fragte, warum sich dieser Besuch so seltsam angefühlt hatte. Irgendetwas stimmte nicht.

Kaum hatte ich den Gedanken zu Ende gedacht, klingelte mein Handy. Ich ging dran und eilte zu meinem Auto, wobei ich mir das Handy ans Ohr presste.

»Hallo?«, sagte ich und klemmte mir das Handy zwischen Schulter und Ohr, um die die Autotür zu öffnen.

»Hallo, Mrs Wilde? Hier ist Diana Schmidt, von der Cocoa Beach High.«

Ich hielt inne, nahm das Handy wieder in die Hand und vergaß, einzusteigen. Diana rief mich eigentlich nur an, wenn eines meiner Kinder krank war, oder das eine Mal, als William sich geprügelt hatte.

»Ja? Ist alles in Ordnung?«

Diana räusperte sich. »Nun, ich wollte Sie nur wissen lassen, dass Charlene heute in keinem ihrer Kurse war, und normalerweise rufen Sie an und geben uns Bescheid, wenn sie krank ist, also habe ich mich nur gefragt, ob …«

»Ob ich wüsste, dass sie nicht in der Schule ist? Nein, das wusste ich ganz sicher nicht.«

»Das ist ungewöhnlich für sie«, sagte Diana. »Sie ist sonst immer hier.«

»Das sollte sie auch«, sagte ich, während sich mein Herzschlag beschleunigte. »Und Sie sagten, sie ist zu keinem ihrer Kurse erschienen? Nicht einmal heute Morgen?«

»Nein, Ma'am.«

»Danke«, sagte ich und legte auf, während ich tief ausatmete. Sorge machte sich breit, als ich ins Auto stieg und losfuhr. Diana hatte recht. Das sah meiner Tochter gar nicht ähnlich. Und das gefiel mir überhaupt nicht.

DREIUNDDREISSIG

Damals

Mit einem leisen Keuchen öffnete Kitty die Augen. Sie fühlte sich heiß und durchgeschwitzt, obwohl sie nur ihre Unterwäsche und ein T-Shirt trug, das drei Nummern zu groß für sie war. Sie hob den Kopf und sah sich um.

Wo bin ich?

Sie lag auf einem Metallbett in einem schwach beleuchteten Raum. Die einzige Lichtquelle war eine flackernde Leuchtstoffröhre, die von der Decke baumelte. Neben dem Bett stand ein verrosteter Metalltisch, und in der Ecke ein einzelner Holzstuhl. Ihr Kopf dröhnte von den Nachwirkungen des Elektroschockers, und sie konnte die blauen Flecken an ihrem Hals spüren, dort, wo Officer Damian sie gepackt und zurückgezerrt hatte.

Warum sollte er mir das antun? Warum? Ich dachte, er liebt mich?

Sie versuchte, ihre Arme und Beine zu bewegen, aber sie waren mit Nylonkabelbindern an den Ecken des Metallbettes festgebunden. Panik machte sich in ihr breit, als ihr klar wurde, dass sie gefangen gehalten wurde. Ihre Gedanken überschlugen sich mit Fragen, aber alles, was sie zustande brachte, war ein schwaches Wimmern.

»Hilfe.«

Kitty kämpfte mit ihren Fesseln und versuchte, sich von dem Metallbett zu befreien. Ihre Hand- und Fußgelenke schmerzten von den engen Fesseln, und sie spürte, wie das Nylon in ihre Haut schnitt. Sie zappelte verzweifelt herum, aber es war sinnlos.

»Mom? Mommy?«

Sie sagte die Worte in dem Wissen, dass keine Mom da war. Sie war ganz allein. Es gab keine Fenster, aus denen sie hätte hinausschauen können, um zu sehen, wo sie sich befand. Nur diese dunklen, schwarzen Wände, die sie umgaben. Sie waren mit einem Material bedeckt, das sie schon einmal gesehen hatte. Einst war sie in ein Radiostudio eingeladen worden, in dem die Mutter ihrer Freundin Julia arbeitete. Dort waren die Wände mit demselben schaumigen Material ausgestattet gewesen. Um die Geräusche zu dämpfen, hatte die Mutter ihr erklärt, als sie danach fragte. Als sie es nun mit pochendem Herzen ansah, wusste sie genau, was das zu bedeuten hatte.

Keiner kann mich hören.

Angst machte sich in Kittys Herz breit, als ihr klar wurde, dass eine Flucht unmöglich war. Tränen stiegen ihr in die Augen und liefen ihr über das Gesicht. Wo war sie? Wie war sie hierhergekommen? Was würde als Nächstes mit ihr passieren?

Wie in einer Endlosschleife wirbelten die Fragen in ihrem Kopf herum und erfüllten sie mit Angst und Schrecken.

Sie schrie um Hilfe, obwohl sie insgeheim wusste, dass es vergeblich war.

»Mommy!«, schrie Kitty mit tiefer Verzweiflung in der Stimme. Aber es gab keine Antwort. Niemand konnte ihre Hilfeschreie hören.

Regungslos lag Kitty auf der schmutzigen Matratze und fühlte sich so hilflos, so verloren und tief verängstigt. Sie war aus der Sicherheit ihres Zuhauses gerissen und in einen Albtraum versetzt worden, dem sie nicht entfliehen konnte. Was würde mit ihr geschehen? Würde sie ihre Mutter jemals wiedersehen? Ihre einzige Hoffnung bestand darin, für ein Wunder zu beten, aber selbst das fühlte sich an, als würde sie sich an einen Strohhalm klammern. Alles schien verloren, und Kittys Herz rutschte mit jeder Sekunde tiefer in die Verzweiflung.

Bitte helft mir. Bitte hilft mir jemand.

Eine Tür öffnete sich knarrend, und für einen kurzen Moment dachte sie, ihre Gebete seien erhört worden. Sie hob den Kopf und starrte zur Tür, aus deren Schatten eine Gestalt hervortrat. Seine stechenden blauen Augen schienen sich tief in ihre Seele zu bohren. Sein Anblick versetzte sie in Schrecken, und sie verlor sämtliche Hoffnung.

Als die Gestalt näherkam, versuchte sie, sich aufzurichten, aber ihre Fesseln hielten sie fest an ihrem Platz. Ihr Herz raste, als er sich näherte, und sie konnte seinen Atem auf ihrer Haut spüren. Er sagte kein Wort, sondern stand einfach nur da und starrte sie an, seine Augen kalt und unerbittlich.

Sie versuchte, etwas zu sagen, um Gnade zu flehen, aber es drangen keine Worte aus ihrem Mund. Er schien ihre Angst zu spüren und lächelte grausam, denn er wusste, dass er die volle Kontrolle über sie hatte.

Sie schloss die Augen, Tränen liefen ihr über das Gesicht. Sie wusste, dass sie in der Falle saß und der Gnade dieses kalten und herzlosen Mannes ausgeliefert war.

Aber dann, als er ins Licht trat, sah sie einen Schimmer von Güte in seinen Augen. Langsam kam er auf sie zu, seine Schritte waren leise auf dem kalten Betonboden. Ihr Herz raste, aber sie zwang sich, ruhig zu bleiben.

»Geht es dir gut?«, fragte er sanft, während er sich neben sie auf die Bettkante setzte. Sie zögerte, bevor sie langsam nickte. Er streckte die Hand aus und berührte ihre Wange, und sie wich bei seiner Berührung zurück. Doch dann entspannte sie sich angesichts der Wärme seiner Hand.

»Es ist alles in Ordnung«, flüsterte er. »Ich werde dir nicht wehtun. Du kannst mir vertrauen. Wir sind eine Familie, schon vergessen?«

Sie sah zu ihm auf und suchte nach Anzeichen von Wut, fand aber keine. Langsam begann sie, sich zu entspannen.

Er berührte ihr Haar. »Solange du ein braves Mädchen bist und tust, was ich dir sage, gibt es kein Problem.«

Sie war klein, aber sie war nicht dumm, und ihr Wille war stark wie Stahl. Ihre grünen Augen waren voller Misstrauen, als sie zu der imposanten Gestalt vor ihr aufsah. Er überragte sie, groß und breit, aber in seiner Stimme lag eine Sanftheit, die nicht zu seiner einschüchternden Statur passte.

Mit einem Finger berührte er ihre Nase, und sie wich leicht zurück, aber er lächelte nur und zeigte seine weißen Zähne. Früher hatte sie es geliebt, ihn lächeln zu sehen. Jetzt erfüllte es sie mit Angst.

»Können wir uns darauf einigen?«

Langsam begann sie, sich zu entspannen. Er schien es ehrlich zu meinen, und sie wollte ihm vertrauen. Sie wollte es wirklich.

»Okay«, sagte sie schließlich, ihre Stimme war kaum mehr als ein Flüstern. Sie war so durstig und wollte nach Wasser fragen. Und nach Essen. Sie war am Verhungern. Sie würde alles tun, um etwas zu essen zu bekommen.

Er lächelte wieder und zwinkerte ihr zu.

»Das ist mein Mädchen.«

Kitty starrte Officer Damian an, ihr Herz raste immer noch, doch sie fühlte sich auf eine seltsame Weise getröstet. Dann lächelte er und hob eine Tüte von McDonald's hoch.

»Ich hoffe, du bist hungrig. Ich habe Essen mitgebracht.«

VIERUNDDREISSIG

BILLIE ANN

Auf dem Weg zurück zum Revier rief ich Charlene an und hinterließ eine Reihe von Nachrichten. Natürlich ging sie nicht ran. Sie schwänzte die Schule und trieb sich wahrscheinlich irgendwo mit ihren Freunden herum.

Das konnte ich gerade gar nicht gebrauchen.

Und es sah ihr überhaupt nicht ähnlich. Das war es, was mich beunruhigte. Sie war die Brave. Normalerweise kümmerte sie sich immer um die Schule und ihre Hausaufgaben. Sie hatte stets gute Noten und schwänzte nie. Ich hinterließ eine weitere Nachricht, in der ich ihr sagte, sie solle mich AUF DER STELLE zurückrufen. Dann legte ich auf und rief ihren Vater an. Es war das erste Mal, dass ich mit ihm sprach, seit er mich hintergangen und vor meiner Mutter geoutet hatte. Ich war eigentlich noch nicht bereit, mit ihm zu sprechen, da ich immer noch wütend war, aber das hier war wichtig.

»Joe? Weißt du, wo Charlene ist?«

Ich hörte den Baulärm im Hintergrund. Er war immer noch bei der Arbeit. Er klang distanziert. »In der Schule?«

Ich atmete aus und rieb mir frustriert die Stirn. »Nein, sie ist nicht in der Schule, Joe. Sie haben angerufen und gesagt, dass sie den ganzen Tag nicht da war.«

Er wurde still.

»Nun, das ist nicht gut. Hast du versucht, sie anzurufen?«

»Natürlich habe ich das. Sie geht nicht ran und hat ihre Standort-Verfolgung ausgeschaltet, sodass ich sie nicht mit *Mein Gerät finden* aufspüren kann.«

Er atmete aus. »Sie ist raffiniert, hm? Weißt du was? Sie ist einfach nur ein Teenager. Das kommt vor. Wir sind es nur nicht gewohnt, dass sie so etwas tut.«

Das kommt vor. Ist das alles, was du dazu zu sagen hast?

»Nun, das sollte nicht vorkommen«, sagte ich. »Das ist nicht in Ordnung. Sie muss das wissen. Sie kann nicht einfach die Schule schwänzen, ohne es uns zu sagen. Besonders nicht jetzt, wo ein Mörder frei herumläuft. Das macht mir Angst. Was sollen wir tun?« Ich hatte Joe nichts von dem Fall erzählt, aber er hatte es in den Nachrichten gesehen.

»Hör zu, es ist Charlene. Sie ist ein kluges Mädchen. Ich bin sicher, dass es ihr gut geht. Sie wird nachher nach Hause kommen und so tun, als wäre sie in der Schule gewesen, und dann müssen wir mit ihr reden und ihr sagen, dass die Schule angerufen hat und wir wissen, dass sie lügt. Sie wird uns sagen, dass es ihr leidtut und dass es nie wieder vorkommen wird. Wahrscheinlich wird sie ein bisschen weinen. Aber es wird schon gut gehen. Das verspreche ich. Sei nicht so streng mit ihr. Sie führt sich wahrscheinlich nur ein bisschen auf. Ich bin mir sicher, sie spürt, dass etwas zwischen uns nicht stimmt.«

»Also ist es jetzt meine Schuld?«, fragte ich.

»Das habe ich nicht gesagt.«

»Aber so gemeint.«

»Du kannst nicht erwarten, dass unsere Kinder nicht darauf reagieren, Billie Ann. Charlene ist ein kluges Kind. Sie weiß wahrscheinlich längst, dass wir vorhaben, uns zu trennen. Sie hätte unsere Gespräche problemlos mithören können. Hör zu, ich muss los. Ich habe heute um fünf einen Termin mit dem Architekten. Danach komme ich nach Hause.«

Wir legten auf. Ich parkte vor dem Revier und stellte den Motor ab. Ich fühlte mich schlecht. Nein, ich fühlte mich absolut schrecklich. Hatte Joe recht? Wirkte sich das bereits auf meine Kinder aus? Ich konnte den Gedanken nicht ertragen. Wie konnte ich ihnen das nur antun? Was für eine Mutter war ich für sie?

Wie könnte ich nicht? Sie wollen mich glücklich sehen. Ich bringe ihnen bei, dass es okay ist, sich für das Glück zu entscheiden.

Ich fuhr mit dem Aufzug in den zweiten Stock und stieg aus. Tom und Scott saßen an ihren Schreibtischen, als ich hereinkam. Tom hob den Kopf und sah mich.

»Na, du siehst ja besch…«

Ich hob die Hand. »Ich werde dich genau hier unterbrechen. Ich will nichts hören. Ich habe keine Zeit für so was.«

»Tut mir leid, ich habe es nicht böse gemeint. Du scheinst schlechte Laune zu haben oder so.«

Ich sah die beiden an und entschied mich bewusst, seine Bemerkungen zu ignorieren. Wen interessierte es, wie ich aussah? Ja, ich war in einer schrecklichen Stimmung. Konnte man mir das verübeln? Es war nicht gerade ein guter Tag für mich.

»Ich muss alles wissen, was wir über Cassandras Eltern haben«, sagte ich. »Ich weiß, dass wir sie schon einmal durchgegangen sind, aber ich möchte tiefer graben. Lasst uns alles noch einmal durchgehen. Vor allem ihren Vater betreffend. Hintergrundüberprüfungen, sind sie vorbestraft, wo arbeiten sie, wo haben sie gelebt, bevor sie hierhergezogen sind, mit wem waren sie verheiratet? Verdammt, ich will wissen, was sie heute Morgen zum Frühstück hatten. Die beiden wirken so, als würden sie etwas verheimlichen, und ich muss wissen, was es ist. Tom, du übernimmst das.«

Er nickte und richtete sich in seinem Stuhl auf.

»Scott?«

Scott lächelte hinter seinen weichen Locken. Ich hätte ihm am liebsten gesagt, dass er einen Haarschnitt brauchte, aber das war nicht der richtige Zeitpunkt.

»Ich möchte, dass du alles über Ashley Wittman, die verschwundene Freundin, herausfindest. Hat sie irgendwelche Verbindungen zu den anderen, zu den Perezes oder Marissa Clemens? Wenn sie zusammen Tennis gespielt haben oder zusammen bei den Pfadfindern waren, will ich das wissen, verstanden? Wenn der Mann ihrer Schwester für einen von ihnen arbeitet, muss ich das wissen. Okay? Solche Sachen. Details. Die Antwort steckt in den Details, verstanden?«

Er nickte. »Ich kümmere mich darum. Und die Familie des Kinderarztes? Soll ich auch über sie recherchieren? Er war nicht verheiratet, aber seine Eltern und Geschwister und so weiter?«

Ich hielt inne.

»Kinderarzt?«

Scott nickte. Er schnippte mit den Fingern. »Ja, du weißt schon – wie ist sein Name – Bryan Henderson.«

»Er war Kinderarzt? Wieso wusste ich das nicht?«

Scott breitete die Arme aus. »Ich dachte, du wüsstest es.«

»Das hat mir niemand gesagt! Du hast nur gesagt, er sei Arzt.«

»Streng genommen *ist* er Arzt.«

Ich schnappte mir meine Autoschlüssel und wollte mich wieder auf den Weg Richtung Aufzug machen, dann hielt ich inne und wandte mich an Scott. »Aber das ist ein Beispiel für ein wichtiges Detail. Solche Details muss ich wissen.«

Scott sah zu mir auf, seine Miene war undurchdringlich, während er auf die um ihn herum verstreuten Zettel deutete.

»Ich arbeite daran«, sagte er. »Es ist alles da.«

Ich holte tief Luft und versuchte, meine Ungeduld zu zügeln. Es war meine Schuld; ich war abgelenkt worden. Ich drehte mich wieder um und lief los.

»Wo willst du hin?«, fragte Scott.

»Zur Kinderarztpraxis«, antwortete ich. »Schick mir so schnell wie möglich die Adresse und sämtliche Informationen, die du über ihn hast.«

Mit diesen Worten betrat ich den Aufzug und drückte auf den Knopf, wobei ich mich bemühte, nicht wütend auf mich und mein Team zu sein, dass dieser wichtige Aspekt untergangen war. Die Türen schlossen sich hinter mir, und das Brummen des Aufzugs, der mich nach unten beförderte, hüllte mich ein. Ich wusste, dass diese Information wichtig war und die Zeit drängte.

In der Lobby angekommen, eilte ich zu meinem Auto, wobei meine Füße schneller waren als meine Gedanken. Das könnte das fehlende Bindeglied sein, nach dem ich suchte. Wenn Cassandra oder Emma eine von Bryan Hendersons Patientinnen gewesen war, dann würde sie das miteinander verbinden. Das könnte mein fehlendes Puzzleteil sein.

FÜNFUNDDREISSIG

BILLIE ANN

Ich konnte nicht schlafen. Ich lief in meinem Wohnzimmer auf und ab und schaute immer wieder auf die Uhr. Es war dreiundzwanzig Uhr. Charlene war immer noch nicht nach Hause gekommen, und jetzt machte ich mir ernsthaft Sorgen um sie.

Ich hatte alle ihre Freunde angerufen und sogar mit deren Eltern gesprochen, und war bei einigen ihrer besten Freunde zu Hause gewesen, aber niemand wusste, wo sie war. Nur, dass sie heute nicht in der Schule aufgetaucht war. Ich bat ihre beste Freundin Alexis, ihr weiterhin Nachrichten zu schreiben, falls sie ihr antworten würde statt mir. Ich war herumgefahren und hatte sie überall gesucht, unten am Strand, in der Innenstadt, in sämtlichen Restaurants und Cafés, von denen ich wusste, dass sie dort ab und zu mit Freunden hinging. Ich war kurz davor, eine Vermisstenanzeige aufzugeben, und hatte meine Kollegen, die heute Abend auf Streife waren, gebeten, nach ihr Ausschau zu halten. Ich hatte sogar Chief Doyle angerufen, um ihn zu fragen, was ich seiner Meinung nach tun sollte.

»Sie ist sechzehn. Das ist nicht ungewöhnlich«, war seine Antwort. »Lassen Sie uns abwarten, ob sie nicht doch nach

Hause kommt. Vielleicht ist sie nur bei einer Freundin, die Sie nicht kennen, und ist dort eingeschlafen oder hat die Zeit vergessen, oder sie trinkt oder raucht Gras.«

»So was tut meine Tochter nicht«, sagte ich wütend.

»Das sagen alle«, meinte er lachend.

Ich wusste, dass ich wahrscheinlich dasselbe zu jeder Mutter gesagt hätte, die einen Teenager auf dem Revier als vermisst gemeldet hätte. Aber jetzt, da ich es war, fand ich es leichtsinnig und unverantwortlich, und ich fragte mich, ob ich vielleicht mehr tun könnte, um sie zu finden. Meine Tochter ist nicht weggelaufen oder hat sich selbst in Schwierigkeiten gebracht. So etwas würde sie nie tun. Oder doch?

Vielleicht hat Joe recht. Bei all dem, was hier los war, habe ich völlig vergessen, mich nach den Kindern zu erkundigen.

Eine Traurigkeit überkam mich. Ich hasste es, mich so zu fühlen, ich hasste es so sehr. Die Schuldgefühle fraßen mich auf.

»Wo bist du, Charlene?«, fragte ich, während ich aus dem Fenster auf die Straße schaute und wartete, hoffte und betete, dass sie plötzlich auftauchte.

Vielleicht braucht sie nur etwas Freiraum. Gib ihr den.

Ich fühlte mich, als würde ich sie verlieren. Das schmerzte. Ich versuchte, über den Fall nachzudenken, um mich auf etwas anderes zu konzentrieren. Cassandras Vater war während meines Besuchs seltsam gewesen, dachte ich. Ich konnte es nicht genau festmachen, aber irgendetwas stimmte nicht. Wir hatten die Ergebnisse aus dem Labor erhalten, und das Blut in Ashleys Wohnung stammte nicht von ihr. Sie hatten Haare von ihrer Bürste entnommen und einen DNA-Test gemacht, den sie mit dem Blut verglichen, und es gab keine Übereinstimmung. Auch mit Bryan Henderson stimmte es nicht überein. Das bedeutete, dass es von einer dritten Person stammte, und ich konnte nur annehmen, dass das der Mörder war.

Die Kinderarztpraxis war geschlossen gewesen, als ich dort ankam, also hatte ich beschlossen, stattdessen am nächsten Morgen vorbeizuschauen.

Ich kann nicht einfach hier herumsitzen. Was ist, wenn meine Tochter in Schwierigkeiten steckt?

Ich schüttelte den Kopf, schnappte mir meine Autoschlüssel und eilte nach draußen. Joe schlief tief und fest im Schlafzimmer, und ich schickte ihm eine Nachricht, um ihm mitzuteilen, dass ich wieder einmal Charlene suchen gegangen war. Ich verstand nicht, wie er schlafen konnte, ohne dass unsere Tochter nach Hause gekommen war. Ich für meinen Teil konnte nicht einmal stillsitzen.

Ich sprang ins Auto und fuhr die Hauptstraße unserer Stadt hinunter, während ich in die Gesichter der Menschen blickte, die in Bars und Restaurants ein- und ausgingen. Dann fuhr ich weiter in Richtung Strand. Ich war bereits dort gewesen und hatte keine Spur von ihr gefunden, aber es war einen erneuten Versuch wert. Es war sehr heiß draußen, also wäre es der perfekte Ort, um die Nacht zu verbringen, wenn sie nirgendwo anders hinkonnte.

Als ich die First Street erreichte und dort parkte, um zum Strand hinunterzugehen, bemerkte ich, dass ich vor dem Gebäude stand, in dem Bryan Henderson ermordet aufgefunden worden war. Ich stieg aus dem Auto und schaute mir die Rückseite des Gebäudes an, wo ich die Feuerleiter entdeckte.

Was, wenn Ashley vor dem Mörder geflohen ist? Wie ist sie aus dem Gebäude gekommen?

Ich näherte mich dem Wohnkomplex und schaute dann nach oben. Das war auf jeden Fall ein möglicher Weg, um aus dem Gebäude zu gelangen, ohne von den Kameras eingefangen zu werden. Ich ging um das Gebäude herum und suchte den Boden ab, als ich auf eine Stelle mit einem großen roten Fleck auf dem Beton bei den Müllcontainern stieß. Er war ausgetrocknet, aber da war noch etwas anderes.

Eine Glasscherbe war neben den Müllcontainer geworfen worden.

Sie war mit Blut bedeckt.

SECHSUNDDREISSIG

Damals

Die Tür zu ihrem Zimmer war verriegelt worden, sobald Officer Damian gegangen war. Er sagte, er würde am nächsten Tag wiederkommen, was er auch tat, und er brachte mehr Essen mit, Burger und Pommes. Das Erste, was sie ihn fragte, war, ob sie nach draußen gehen durfte.

»Ich kann dich nicht nach draußen lassen. Ich möchte, dass du in Sicherheit bleibst«, sagte er. »Es ist zu deinem eigenen Schutz.«

Ein Teil von ihr glaubte ihm. Vielleicht, weil sie es wollte. Sie hatte ihn immer gemocht, und sie wollte jetzt nicht damit aufhören. Er war immer so nett zu ihr gewesen. Sie hatte fast das Gefühl, als würde sie ihn lieben.

Aber dann war da noch der andere Teil von ihr, der ihr sagte, dass er sie gefangen hielt und ihr wehtun würde, wenn sie nicht tat, was er ihr sagte. Vielleicht würde er es sogar unabhängig davon tun.

»Jetzt sei ein braves Mädchen.« Das sagte er ihr immer. Dass sie sich benehmen sollte.

»Du solltest besser tun, was er sagt. Er ist schließlich Polizist«, hatte ihr Stiefvater Cole gesagt. Und das hatte sie. Sie hatte ihm immer gehorcht. Denn wenn sie es getan hatte, war sie belohnt worden. Sie durfte nach Disney World fahren. Sie bekam Eis und Geschenke. Sie wusste, wie sie ihn bei Laune halten konnte, und wenn sie so weitermachte, würde er sie vielleicht eines Tages gehen lassen. Vielleicht durfte sie dann zurück nach Hause zu ihrer Mutter.

Das Geräusch des Türriegels, der sich jedes Mal schloss, wenn er den Schuppen verließ, hallte wie ein Gong in Kittys Kopf wider und hinterließ in ihr ein Gefühl der Einsamkeit, wie sie es noch nie zuvor erlebt hatte. Sie war nun schon seit Tagen eingesperrt, und Officer Damian hatte ihr keine Erklärung gegeben, warum, auch wenn sie ihn immer wieder danach fragte. Jeden Tag brachte er ihr Essen, aber seine Anwesenheit warf nur noch mehr Fragen auf.

»Wann sehe ich meine Mommy wieder?«, fragte sie.

»Stell nicht so viele Fragen«, antwortete er.

»Wie lange werde ich hierbleiben? Wann kann ich nach Hause?«

»Du wohnst jetzt hier.«

»Aber ...?« Und das war normalerweise der Moment, in dem sie zu weinen anfing. Bedeutete das, dass er sie niemals nach Hause gehen lassen würde? Da begann sie, ihre Flucht zu planen. Es musste doch einen Weg geben, um hier rauszukommen. Aber sie wusste einfach nicht, wie.

Am Morgen des vierten Tages kam Officer Damian wieder einmal zurück. Er brachte wie immer eine Tüte mit Burgern und Pommes mit. Doch noch bevor sie das Essen anrühren konnte, teilte Officer Damian ihr mit, dass sich vor dem Schuppen Pitbulls befänden, die bereit wären, jeden Eindringling anzugreifen. Er behauptete, es sei zu ihrem Schutz.

Kitty wusste nicht, was sie von dieser Nachricht halten sollte; sie war hin- und hergerissen zwischen Hoffnung und

Verzweiflung. Ein Teil von ihr glaubte, dass er die Wahrheit sagte, während ein anderer Teil von ihr befürchtete, dass er sie nur davon abhalten wollte, zu fliehen. Nichtsdestotrotz blieb sie still und wartete darauf, dass er ging.

Eine brennende Frage blieb für Kitty jedoch offen: Was wollte Officer Damian von ihr?

SIEBENUNDDREISSIG

BILLIE ANN

Ich rief die Spurensicherung und ließ sie zum Wohnkomplex kommen, um alle Beweise zu sichern. Ich wies sie an, die Müllcontainer zu durchkämmen, falls sich darin weitere Beweise befanden, und die blutige Stelle auf dem Boden zu versiegeln, damit sie Proben davon entnehmen konnten. Um herauszufinden, ob es mit dem Blut auf dem Glas und in der Wohnung übereinstimmte.

Dann ging ich hinunter zum Strand. Ich holte eine Taschenlampe aus dem Handschuhfach und warf einen Blick auf die Uhr; es war bereits zwei Uhr morgens.

Die Nacht war ruhig, und da nur wenige Straßenlaternen in Sicht waren, konnte ich in der Ferne schwache Silhouetten von umherlaufenden Menschen ausmachen. Einige benutzten Taschenlampen, um ihren Weg zu beleuchten oder vielleicht nach Schildkrötennestern oder Krebsen zu suchen. Ich rief Charlenes Namen, obwohl ich wusste, dass sie mir nicht antworten würde. Ich suchte die Dünen mit meiner Taschenlampe ab, in der Hoffnung, dass ich sie vielleicht irgendwo versteckt finden würde. Aber nach einer gefühlten Ewigkeit fehlte noch immer jede Spur von ihr. Nichts als Sand und hier und da verstreuter Müll.

Mir sank das Herz in die Hose, als sich in mir die Befürchtung auftat, was mit ihr passiert sein könnte. Tränen liefen mir über die Wangen, als ich zu meinem Auto zurückkehrte und mich innerlich vollkommen zerstört fühlte. Ich fuhr nach Hause, erschöpft, aber immer noch besorgt darüber, was Charlene zugestoßen sein könnte. So sehr ich auch glauben wollte, dass es ihr gut ging, etwas in mir sagte mir etwas anderes.

Als ich in unsere Einfahrt einbog, wurde ich das Gefühl des Grauens nicht los. Mir gingen sämtliche Möglichkeiten durch den Kopf, was alles passiert sein konnte. War Charlene verletzt? Verschwunden? Schlimmer noch, war sie …?

Denk gar nicht erst daran.

Ich versuchte, mich darauf zu konzentrieren, was ich tun konnte, um sie zu finden. Ich hatte eine Kennzeichenerfassung für das Nummernschild ihres Pickups angefordert und hoffte, dass es irgendwo auftauchen würde. Aber bis jetzt nichts. Ich schnappte mir mein Handy und rief sie erneut an, in der Hoffnung, dass sie ranging. Ich hatte keine Ahnung, warum ich dachte, dass es dieses Mal anders sein würde, aber es war meine letzte Option. Ich wusste nicht, was ich noch tun sollte.

Komm schon, Charlene, geh an das verdammte Handy!

Nach mehrmaligem Klingeln sprang erneut die Mailbox an. Ich ging mit hängenden Schultern und verkrampftem Magen zur Tür, als ich Reifen auf dem Asphalt hörte, die die Straße herunterzukommen schienen. Ich drehte mich um und sah, wie Charlenes Wagen langsam auf mich zufuhr.

Was in aller Welt?

Ich starrte mit pochendem Herzen auf den roten Pickup, der die Straße hinuntergerollt kam. Ich blinzelte und versuchte zu erkennen, wer darin saß. Es war eindeutig Charlenes Auto, aber das bedeutete nicht, dass sie es fuhr. Als es vor unserem

Haus zum Stehen kam, sah ich, dass tatsächlich Charlene hinter dem Steuer saß.

Als Erstes spürte ich Erleichterung. Aber dann bemerkte ich, dass sie allein war und ihre Augen etwas Seltsames an sich hatten. Sie sah nicht glücklich oder froh aus, mich zu sehen, sondern eher entschlossen. Sie stolperte aus dem Wagen, und als ich versuchte, mich ihr zu nähern, erschrak ich über ihren benommenen Gesichtsausdruck.

Sie war betrunken.

»Charlene?«, fragte ich und spürte auf einmal so viele widersprüchliche Emotionen. Ich war erleichtert, sie zu sehen, lebendig und gesund, aber als dieses Gefühl nachließ, wich es einem anderen. Wut. Ich hatte mir den ganzen Tag Sorgen um sie gemacht, und jetzt tauchte sie betrunken auf? Um kurz vor halb drei Uhr nachts, und das unter der Woche?

Sie hielt inne und sah mich an. Ihre Sprache war undeutlich. »Oh, hi, Mom.«

Ich bemühte mich, meine Wut zu zügeln. »Was soll das, Charlene? Was ist hier los? Du fährst betrunken durch die Gegend?«

Sie schüttelte den Kopf. »Nein, das würde ich nie tun.«

»Wo warst du? Weißt du, wie spät es ist?«

Sie konnte kaum gerade stehen und schwankte von einer Seite zur anderen. Ich war kurz davor zu explodieren. Aber sie stand viel zu sehr neben sich, als dass wir jetzt ein richtiges Gespräch hätten führen können. Es würde warten müssen.

»Charlene, geh ins Bett. Wir reden morgen früh darüber. Hast du mich verstanden?«

Sie salutierte vor mir, als wäre sie bei der Armee.

»Laut und deutlich«, murmelte sie, bevor sie sich umdrehte und mit unsicheren Schritten ins Haus ging.

Ich sah ihr hinterher und seufzte. Ich war erleichtert, aber ich freute mich nicht auf das Gespräch am nächsten Morgen.

ACHTUNDDREISSIG

BILLIE ANN

Als Charlene am nächsten Morgen aufwachte, ging es ihr nicht gut. Ich hörte, wie sie sich in ihrem Badezimmer übergab, und ging hinein, um ihr zu helfen und ihr langes blondes Haar hochzuhalten. Sie würgte und keuchte, dann sank sie zu Boden und lehnte den Kopf an die Duschtür, der Schweiß klebte ihr auf der Stirn.

Es war verlockend, etwas zu sagen wie *Das hast du davon* oder *Das wird dir eine Lehre sein*, aber das käme bestimmt nicht gut an. Es lag auf jeden Fall an zu viel Alkohol, und hoffentlich war das allein Lehre genug.

»Es tut mir leid, Mom«, murmelte sie zwischen zwei Atemzügen. »Es tut mir leid, dass ich eine solche Enttäuschung bin.«

Ich atmete aus und setzte mich neben sie, dann zog ich sie in eine Umarmung. »Du bist keine Enttäuschung, Süße. Ich mache mir Sorgen um dich, weißt du? Du hast mich gestern Nacht fast zu Tode erschreckt.«

»Ich weiß. Es tut mir leid.«

Ich rieb ihr beruhigend den Rücken, während sie sich an mich lehnte. Sie roch nach Alkohol und Erbrochenem, aber das war mir egal. Sie war meine Tochter und ich liebte sie, auch wenn sie Fehler machte.

»Du brauchst dich nicht zu entschuldigen, Charlene«, sagte ich. »Aber du musst die Verantwortung für dein Handeln übernehmen.«

Sie nickte kläglich und wischte sich mit dem Handrücken den Mund ab. »Ich weiß. Ich hab es vermasselt.«

»Wir alle machen Fehler. Aber das wird Konsequenzen haben, sagte ich.

Sie nickte und verbarg den Kopf zwischen ihren Knien. »Ich wusste, dass das kommt. Also, womit muss ich rechnen?«

»Du hast zwei Wochen lang Hausarrest«, sagte ich. »Du gehst nur zur Schule und kommst im Anschluss direkt nach Hause. Du darfst nicht mehr den Unterricht schwänzen und kein Alkohol mehr trinken. Ich muss mein Vertrauen in dich zurückgewinnen. Ist das klar?«

»Zwei Wochen?«, jammerte sie, und plötzlich schien es ihr besser zu gehen. »Aber dann verpasse ich Peytons Geburtstagsparty am Freitag.«

Ich zuckte mit den Schultern. »So ist das eben.«

Sie erhob sich und sah dann auf mich herunter, da ich noch immer auf dem Boden saß. »Das ist unfair, Mom.«

Jetzt wurde ich wütend. Ich stand auf. »Unfair? Wieso ist das unfair? Du bist betrunken Auto gefahren. Du hättest jemanden umbringen können. Du hättest eine Anzeige wegen Trunkenheit am Steuer bekommen können. Das ist sehr ernst, Charlene.«

Sie war jetzt in Tränen aufgelöst. »Ach, du bist einfach so ... du und Dad seid ... ach, ich HASSE euch. Glaubst du, ich weiß nicht, was los ist, hm?«

»Was meinst du?«

»Dass du und Dad euch trennt? Glaubst du, ich weiß das nicht?«, fragte sie. »Ich kann euch nachts hören. Ich höre, wie ihr diskutiert und wütend aufeinander werdet. Ich sehe, dass du im Gästezimmer schläfst. Ich bin nicht blöd, Mom.«

»Okay, nein, du bist nicht blöd, aber was hat die Tatsache, dass dein Dad und ich ein paar Meinungsverschiedenheiten haben, damit zu tun, dass du betrunken durch die Stadt fährst? Und die Schule schwänzt und uns halb zu Tode erschreckst, weil wir nicht wissen, wo du bist?«

Sie schüttelte wütend den Kopf. »Ich weiß, was du bist, Mom. Ich habe gehört, wie Dad es Grandma neulich erzählt hat. Es ist ekelhaft.«

Mir wurde das Herz schwer, als ich die harschen Worte meiner Tochter hörte. Mir war zum Weinen zumute. Aber ich hielt es zurück. Ich straffte die Schultern und begegnete dem Blick meiner Tochter.

»Was ich bin – wer ich bin – ist nicht ekelhaft, Süße«, sagte ich entschieden, riss mich zusammen und unterdrückte den Wunsch, gleichzeitig zu weinen und zu schreien. »Und du hättest es nie auf diese Weise erfahren sollen. Ich hatte vor, mit dir darüber zu reden.«

Ich spürte, wie mir die Hitze ins Gesicht stieg. Charlene verschränkte die Arme und schaute weg. Ihre Wut war kaum zu übersehen. Ich holte tief Luft und fuhr fort, wobei meine Stimme sanft, aber bestimmt klang: »Ich verstehe, dass du verärgert bist, aber ich möchte, dass du mich respektierst, egal was passiert. Was ich bin, mag dir nicht gefallen, aber ich bin immer noch deine Mutter und verdiene deinen Respekt.«

Sie spottete: »Ich werde dich nicht dafür respektieren, dass du eine Lesbe bist.«

Meine Augen wurden groß. So hatte meine Tochter noch nie mit mir gesprochen. »Wie bitte? Das sind drei Wochen Hausarrest, junge Dame.« Ich bemühte mich, ruhig zu bleiben und meinen Ärger zu zügeln, während sie mich wütend ansah. Ich musste mich daran erinnern, dass sie noch ein Kind war. Mein Kind. Ich war hier die Erwachsene. Aber das war nicht leicht. »Du solltest lieber aufpassen, dass ich dir nicht für den Rest der Highschool Hausarrest gebe.«

»Ja, genau.«

Ich seufzte und fühlte eine tiefe Traurigkeit. Das sah Charlene nicht ähnlich. Sie führte sich nur auf. Ich legte ihr die Hand auf die Schulter. »Du musst meine Entscheidungen nicht akzeptieren, Süße. Aber du musst akzeptieren, dass es meine Entscheidungen sind.«

Dann verließ sie das Bad, und ich sah zu, wie sie zurück ins Bett kletterte und sich unter der Decke verkroch. Ich schüttelte den Kopf, beseitigte das Erbrochene in der Toilettenschüssel und spülte. Ich konnte es nicht glauben. Für einen kurzen Moment hatte ich das Gefühl gehabt, sie würde den Ernst der Lage verstehen, aber anscheinend tat sie das nicht.

Doch als ich das Bad verließ, kam ich nicht umhin, von ihren Bemerkungen am Boden zerstört zu sein. Sie waren verletzend.

Als ich die Treppe hinunterging, um meine Schlüssel zu holen und zum Revier zu fahren, rief Tom an. Ich hatte ihn gebeten, für mich die Praxis des Kinderarztes aufzusuchen und sich zu erkundigen, ob eines der beiden Kinder Patientinnen von Bryan Henderson waren.

»Keiner von ihnen war in ihren Akten«, sagte er. »Ich habe mit der Arzthelferin dort gesprochen, und sie hat in ihrem System nachgesehen, aber ihre Namen sind nicht aufgetaucht. Weder Emma noch Cassandra.«

Nachdem ich Joe einen Zettel hinterlassen hatte mit der Bitte, Charlene schlafen zu lassen und mit Zelda spazieren zu gehen, verließ ich das Haus, schlug die Tür hinter mir zu und fuhr zur Arbeit. Ich hatte die jüngeren Kinder zur Schule gebracht, weil ich wusste, dass Charlene dazu heute nicht in der Lage sein würde.

»Das kann nicht sein«, sagte ich frustriert und enttäuscht. Ich war so sicher gewesen, dass Bryans Job das fehlende Bindeglied war. Und was blieb mir jetzt noch? Zurück auf Anfang? Würde Doyle mich heute zur Rede stellen? Mich degradieren? Oder mich einfach von dem Fall abziehen? Wer sollte Emma dann zu ihrer Mutter zurückbringen? Ich fragte mich, ob ich ihn überzeugen könnte, mich weiter nach ihr suchen zu lassen. Seitdem ich gesehen hatte, wie verängstigt Marissa war, war ich davon überzeugt, dass das Mädchen in Gefahr war. Sie musste zurück nach Hause zu ihrer Mutter.

NEUNUNDDREISSIG

MARISSA

Dieses Spiel können zwei spielen.

Marissa hatte es ihr ganzes Leben lang hingenommen. Sie hatte sich nie beschwert. Sie hatte sich nie gewehrt. Nun, diese Zeiten waren vorbei. Nun war es Zeit für sie, für sich selbst einzustehen. Um der Welt zu zeigen, was in ihr steckte.

Sie besaß nicht viel. Konnte kaum für sich und ihre Tochter sorgen. Sie hatte auch keine einflussreichen Freunde, oder überhaupt Freunde, die ihr hätten helfen können. Und sie wusste, dass sie der Polizei nicht trauen konnte. Sie war nutzlos und hatte ihr bisher nichts anderes bewiesen. Aber sie verfügte über ihren Verstand. Sie war klug. Und sie war hartnäckig. Wenn sie sich etwas in den Kopf gesetzt hatte, ließ sie nicht locker, bis sie es geschafft hatte. Sie war nicht immer so gewesen, aber in letzter Zeit hatte sie diese Seite an sich entdeckt, und das nutzte sie, um ihren nächsten Schritt zu planen.

Um Emma zurückzubekommen.

Sie stellte ihr Fahrrad etwas abseits von dem Haus ab, in dem sie vor ein paar Tagen ein kleines Mädchen am Fenster gesehen hatte, und beobachtete jede Bewegung im Inneren, notierte sich, wann jemand ging und wann er zurückkam, und achtete darauf, ausreichend Abstand zu halten, damit niemand sie sah. Bald hatte sie einen vollständigen Zeitplan für das tägliche Leben erstellt, und nun war es an der Zeit zu entscheiden, wann sie loslegen konnte.

Marissa war fest entschlossen und begann, Pläne zu schmieden. Sie hatte ein paar Ideen, aber sie wollte sichergehen, dass diese auch wirklich funktionierten. Nach tagelanger Recherche, dem Aushecken und Planen legte sie sich schließlich auf eine Vorgehensweise fest.

Als sie auf der Straße stand und das Haus beobachtete, empfand sie ein Gefühl der Genugtuung. Dies war ihre Rache. Sie hatte Emma verloren, und nun war es an der Zeit, sie zurückzuholen. Sie hatte jedes Detail, jede Bewegung und jeden Schritt akribisch geplant. Sie fühlte sich voller Tatendrang, bereit, jede Sekunde zuzuschlagen, sobald sich ihr die Gelegenheit bot.

Schließlich war der Moment gekommen. Die letzte Person verließ das Haus. Sie eilte zur Eingangstür, ihr Herz klopfte vor Aufregung und Angst.

Sie hatte alles dabei, was sie brauchte. Einen kleinen Hammer und eine Maske, um ihr Gesicht zu verdecken. Sie setzte die Maske auf und schlug dann mit dem Hammer ein Fenster neben der Haustür ein. Sie wartete ein paar Sekunden, um sicherzugehen, dass niemand in der Nachbarschaft oder im Haus – falls sie sich verzählt hatte und doch noch nicht alle gegangen waren – auf das Geräusch von eingeschlagenem Glas aufmerksam geworden war. Es blieb ruhig, und sie vermutete, dass die Luft rein war.

Drinnen war es dunkel, aber sie konnte alles erkennen. Sie durchquerte das Wohnzimmer und nahm alles in sich auf, was sie sah. Die Fotos der Kinder mit ihren Eltern, manche nur mit ihrem Dad, beim Angeln oder beim Wandern. Sie hielt kurz inne, betrachtete sie genauer und spürte, wie ihr das Herz noch schwerer wurde.

Dann erinnerte sie sich daran, warum sie dort war.

Sie schaute zur Treppe, die ins Obergeschoss führte, wo sich die Kinderzimmer und das Elternschlafzimmer befanden. Doch dann erblickte sie durch das Küchenfenster den Garten.

Den Schuppen.

Wo niemand sie weinen oder gar schreien hören kann.

Mit klopfendem Herzen ging Marissa durch die Küche zur Hintertür, die in den langen Garten führte, und keuchte bei dem Anblick, während sie eine Hand auf die Klinke legte.

Sie öffnete die Tür und trat dann auf die hintere Terrasse hinaus, von wo aus sie den Schuppen am Ende des Gartens erkennen konnte. Er war von Büschen und hohen Bäumen verdeckt, aber sie wusste, dass er da war. Sie atmete tief durch, um sich zu beruhigen, und ging darauf zu, wobei ihr das Herz bis zum Hals schlug und ihre Hände vor Angst zitterten.

VIERZIG

BILLIE ANN

»Ich kann nicht glauben, dass jede Spur in eine Sackgasse führt«, murmelte ich, während meine Frustration wuchs.

Tom und Scott saßen mir am Schreibtisch gegenüber und wir drei suchten verzweifelt nach dem roten Faden, der uns einer Lösung näherbringen würde. Wir waren den ganzen Morgen den Fall und die Beweise durchgegangen, die wir hatten, und versuchten, die einzelnen Punkte zwischen den verstreuten Informationen, die wir gesammelt hatten, zu verbinden. Aber nichts schien zusammenzupassen, wie sehr wir uns auch bemühten. Wir hatten keine Verdächtigen in Bezug auf Cassandras Verschwinden – lediglich ihr Vater verhielt sich seltsam, aber er hatte ein Alibi. Wir hatten keine neue Spur zu Emma, nichts, was die beiden Mädchen mit Bryan in Verbindung gebracht hätte. Das Blut in Ashleys Wohnung konnte nicht identifiziert werden. Auch die Überwachungskameras hatten nichts Interessantes aufgezeichnet – nur Ashley und Bryan bei einem Date in einer örtlichen Bar. Und niemand hatte von Marissa gehört.

Das reichte einfach nicht.

Ich spürte, wie mich eine Welle der Erschöpfung überrollte, als ich in meinem Stuhl zusammensackte. Tom und Scott tauschten einen bedeutungsvollen Blick aus, und ich wusste, dass sie genauso fühlten wie ich. Wir mussten schleunigst etwas finden, sonst wäre dieser Fall für immer verloren.

Und meine Karriere würde mit ihm den Bach hinuntergehen.

»Was übersehen wir?«, fragte ich. »Was ist es, das wir nicht sehen?«

»Ich kann Ihnen sagen, was Sie nicht sehen«, ertönte eine Stimme hinter mir. Ich drehte mich um und entdeckte den Chief. Er hielt ein Blatt Papier in der Hand, das er vor mir auf den Schreibtisch legte.

»Was ist das?«, fragte Tom.

»Ich war neugierig«, sagte Doyle. »Ich konnte mir nicht erklären, wie sich eine Frau wie Marissa Clemens, die alleinerziehende Mutter und Krankenpflegerin ist, mit ihrem Einkommen ein solches Haus leisten kann. Also habe ich den Bezirk angerufen und um Auskunft gebeten.«

»Und was haben Sie herausgefunden?«, fragte ich und beugte mich vor, um das Blatt Papier vor mir unter die Lupe zu nehmen. Chief Doyle betrachtete es über meine Schulter und warf einen langen Schatten darauf.

Ich sah zu ihm auf. Er lächelte. Ich fand, dass er ziemlich gut aussah. Er war ein großer, breitschultriger Mann, mit einer dröhnenden Stimme und einem strengen Auftreten. Er hatte seine Frau vor einigen Jahren verloren, bevor er auf unser Revier gewechselt war. Die Leute sagten, er sei nie über den Verlust hinweggekommen und hätte seitdem keine Verabredungen mehr gehabt. Es stand immer noch ein Foto von ihr auf seinem Schreibtisch. Sie schienen sehr glücklich gewesen zu sein. Es war ein Hauseinbruch gewesen. Irgendeine Drogensüchtige hatte sie auf der Suche nach Geld in ihrem eigenen Haus erschossen.

Es war eine Tragödie. Man sah es ihm noch immer an, auch wenn es schon Jahre her war.

»Ist es das, wofür ich es halte?«, fragte ich.

Er nickte grinsend. »Jep. Das ist der Grundbucheintrag für das Haus, in dem sie lebt. Sie hat nie einen Cent dafür bezahlt. Da haben Sie Ihre Verbindung.«

Ich nahm das Dokument in die Hand und starrte es an, um ganz sicher zu gehen, dass ich es richtig verstanden hatte.

»Wer war es dann?«, fragte Tom und beugte sich vor.

Ich sah auf und mein Blick traf den seinen. »Pete Perez. Cassandras Vater. Ihm gehört das Haus, sein Name steht auch auf dem Kaufvertrag.«

»Und er hat sämtliche Hypotheken bezahlt«, sagte Doyle entschlossen. »Irgendetwas geht zwischen den beiden vor. Aber egal, was es ist, es gibt eine Verbindung, eine wichtige Verbindung. Ich schätze, wir werden also weiterhin diesen Ansatz verfolgen, Wilde.«

Tom rümpfte die Nase. »Und warum sollte er das tun? Hatte er eine Affäre mit ihr oder so etwas in der Art?«

Ich stand auf und griff nach meinem Handy. »Eine Nachbarin hat gesagt, dass sie einen Mann bei Marissas Haus kommen und gehen gesehen hätte. Vielleicht war er es? Ich würde sagen, es ist an der Zeit, ihn zu einem kleinen Gespräch einzuladen.« Ich hielt inne und sah den Chief an. »Ich dachte, Sie glauben nicht, dass Marissa Clemens ein Kind hat?«

»Wir haben aber auch noch keine gegenteiligen Beweise gefunden«, sagte er. »Außerdem glaube ich an Sie. Und an Ihr Bauchgefühl. Das reicht mir. Sie haben in diesem Fall bisher gute Arbeit geleistet.«

Das brachte mich zum Lächeln. Chief Doyle leitete das Polizeirevier seit einigen Jahren. Er hatte den Ruf, bei der Verbrechensbekämpfung kompromisslos und stets nach Vorschrift zu agieren, aber er war auch für seine unerbittliche Fairness bekannt. Es kam nicht oft vor, dass Chief Doyle jemandem Komplimente machte, und wenn er es tat, konnte ich sicher sein, dass er es ernst meinte. Und darauf durfte ich stolz sein.

EINUNDVIERZIG

Damals

Kitty wachte aus einem tiefen Schlaf auf, mit brummendem Kopf und bebendem Brustkorb. Das einzige Geräusch war das schwache Pochen ihres Herzens und das Kratzen eines Astes an der Außenwand des Metallschuppens. Im Inneren war es heiß, fast unerträglich heiß, und sie schwitzte stark, ihr Haar fiel ihr in nassen Strähnen ins Gesicht.

Kitty hörte ein lautes Scheppern, und als sich die Tür zum Schuppen knarrend öffnete, wurde der kleine Raum mit Sonnenlicht durchflutet. Sie richtete sich in ihrem Bett auf, in der Erwartung, Officer Damian und seine stechend blauen Augen zu sehen, die auf sie herabstarrten, so wie sie es seit Wochen gewohnt war. Oder waren es vielleicht sogar Monate? Sic wusste es nicht. Sie hatte kein Zeitgefühl mehr. Das Einzige, das sie wusste, war, dass er mindestens einmal am Tag zu ihr kam, ihr Essen brachte und sie sich unterhielten. Manchmal küsste er sie, nahm sie in den Arm und sagte ihr, dass sie keine Angst zu haben brauchte. Ein anderes Mal schlug er ihr ins Gesicht und schrie sie an, weil sie ihn dazu gebracht hatte, ihr das anzutun, sie auf diese Weise festzuhalten.

»Warum zwingst du mich, dich zu lieben?«, schrie er dann.

Sie wusste nicht, was sie darauf antworten sollte, und konnte nur weinen. Sie war bei der Planung ihrer Flucht nicht weitergekommen. Sie war immer noch ans Bett gefesselt, wurde nur zum Essen und für den Gang zur Toilette losgebunden. Sie konnte nicht einmal die Tür untersuchen, um herauszufinden, ob sie sich von innen öffnen ließ. Und selbst, wenn es ihr gelang, nach draußen zu kommen, würden dort die Hunde auf sie warten. Sie hatte sie noch nie gesehen, aber sie stellte sich vor, wie sie dort draußen vor der Tür saßen und auf sie warteten, sabberten und ihre scharfen Zähne bleckten, während sie die Tür anknurrten.

Es war grauenerregend.

Eine schemenhafte Gestalt erschien in der Tür. Kitty schnappte nach Luft, aus Angst, dass er zurück war, dass er sich über sie hermachen würde, gefolgt von der Frage, in welcher Stimmung er wohl sein würde. Normalerweise erkannte sie das an seinem Blick, sobald er eingetreten war. Aber zu ihrer großen Überraschung war er es nicht.

Es war seine Frau.

Linda trat ein, in den Händen ein Tablett mit einem Glas Schokomilch und einem rosafarbenen Teddybären, der daneben saß und sich auf die Seite lehnte. Kitty erkannte sie vom ersten Tag wieder, als sie ins Haus gekommen war, und machte sich auf das Schlimmste gefasst. Warum war sie gekommen? Was wollte sie hier? War sie gekommen, um ihr wehzutun?

Doch anstatt angriffslustig zu sein, sah die Frau traurig aus.

Sie setzte sich auf die Bettkante, wie Damian es für gewöhnlich tat, stellte das Tablett ab und band Kitty die Hände los, dann reichte sie ihr das Glas mit der Schokomilch. Kitty nahm es entgegen und trank gierig. Sie genoss den Geschmack von etwas, das sie schon lange nicht mehr getrunken hatte. Bisher hatte sie sich nur von Burgern, Pommes und Limonaden ernährt, und das reichte kaum zum Überleben.

Sie hatte pausenlos Hunger.

Linda seufzte und faltete die Hände im Schoß zusammen.

»Es tut mir leid, dass wir dir das antun«, sagte sie leise. »Glaub mir, ich fühle mich dabei nicht besonders gut.«

Kitty starrte sie an. Officer Damian hatte das auch schon mehrere Male gesagt. Wie leid es ihm täte, dass er ihr das antat. Einmal hatte er sogar geweint, und sie hatte ihn trösten und ihm sagen müssen, dass es in Ordnung war, dass er es nur aus Liebe und zu ihrem eigenen Besten tat. Zumindest hatte er ihr das eingeredet, und im Laufe der Wochen hatte sie begonnen, ihm zu glauben. Er war kein schlechter Mensch, und seine Frau war auch nicht böse. Sie meinten es gut. Sie wollten, dass sie in Sicherheit war.

Linda streckte die Hand nach ihr aus und strich ihr sanft übers Haar.

»Es ist nicht fair dir gegenüber«, fuhr sie fort und stand kurz davor, in Tränen auszubrechen. »Ich fühle mich furchtbar. Ich fühle mich so, so schrecklich.«

Kitty konnte nicht aufhören, sie anzuschauen. Sie hatte Tränen in den Augen. Kitty fühlte sich jetzt auch traurig. Vielleicht meinten sie es gar nicht so böse? Immerhin behandelten sie sie so weit gut. Sie bekam Essen und solche Dinge, und jetzt auch noch einen Teddybären?

Kitty starrte ihn an. Er war rosafarben und flauschig und hatte einen Regenbogen auf dem Bauch. Er erinnerte sie an ihren Lieblingsteddybären von zu Hause, nur dass dieser neuer war und größere Augen hatte.

Linda sah, wie sie ihn anschaute. Sie hob ihn hoch. »Gefällt er dir? Willst du ihn haben?«

Kitty nickte eifrig. Sie liebte Teddybären mehr als alles andere. Vielleicht sogar mehr als ihre Barbie- und Ken-Puppen.

Vielleicht. In diesem Moment war es schwer zu sagen, denn jedes Spielzeug würde sie glücklich machen, alles, was ihr dabei half, diese langen, einsamen Stunden allein im Schuppen zu überbrücken, alles, was ihr ein Gefühl der Sicherheit geben konnte. Sie sehnte sich nach etwas, das sie im Schlaf im Arm halten konnte. Etwas Weiches, das ihr ein wohliges Gefühl gab.

Linda reichte ihn ihr. »Hier. Ich habe ihn für dich besorgt. Ich hatte gehofft, er würde dich ein wenig aufheitern.«

Kittys Gesicht leuchtete auf. Mit beiden Händen griff sie nach dem Teddy und umarmte ihn, fühlte sich zum ersten Mal glücklich, seit sie dort angekommen war.

»Danke, danke«, sagte sie.

»Was hältst du davon, wenn wir von nun an deine Hände frei lassen?«, sagte sie. »Du kannst den Bären also im Schlaf umarmen? Ich bin sicher, Damian hat nichts dagegen, wenn ich ihn frage.«

Kitty spürte eine tiefe Erleichterung. Aus irgendeinem Grund wollte sie, dass diese Frau sie mochte.

»Würdest du das bitte tun?«

»Natürlich. Es gibt keinen Grund, dich zu fesseln. Die Tür ist sowieso von außen verriegelt.«

»Danke. Vielen Dank.«

Linda lächelte sanft. »Ich kann verstehen, warum mein Mann dich so sehr liebt. Ich muss zugeben, dass es mich manchmal eifersüchtig macht. An manchen Tagen wollte ich deswegen herkommen und dir wehtun.« Sie hielt inne und Kitty starrte sie mit offenem Mund an. Dann lächelte die Frau und legte den Kopf schief.

»Aber das tue ich natürlich nicht. Hab keine Angst.«

Kitty starrte sie an und drückte den Teddybären ein wenig fester an sich. Sie wusste nicht, ob sie Mitleid mit der Frau haben oder sie fürchten sollte.

Vielleicht war es ein bisschen von beidem.

Linda wandte den Blick ab und griff nach dem Tablett.

»Mein Mann liebt dich. Ich sehe es in seinen Augen. So hat er mich noch nie angeschaut.«

Kitty war zu verblüfft, um etwas zu erwidern, und nickte nur als Antwort. Linda warf ihr einen letzten bedauernden Blick zu, bevor sie sich umdrehte und zur Tür ging. Mit einer Hand am Türgriff sagte sie: »Es tut mir leid. Mir war wichtig, dass du das weißt.«

Dann schloss sich die Tür, und die Stille kehrte zurück.

ZWEIUNDVIERZIG

BILLIE ANN

Pete Perez saß bereits im Raum, als Big Tom und ich eintraten. Er war ein kleiner Mann mit einem von Alter und Sorgen gezeichneten Gesicht, aber in seinen Augen waren noch Spuren des jungen, unbeschwerten Mannes zu erkennen, der er einmal gewesen war. Er wirkte nervös und zappelig, änderte ständig seine Position, während wir uns setzten, und drehte einen Ring an seinem Finger, als wollte er sich von einem unsichtbaren Schmerz ablenken.

»Mr Perez?«, begrüßte ich ihn.

Er sah auf und unsere Blicke trafen sich. Er sah besorgt aus. »Ja?«

»Wir haben Sie heute herbestellt, um Ihnen ein paar Fragen zu stellen.«

Er nickte. »Ja, natürlich. Stimmt etwas nicht?«

»Nein, es ist alles in Ordnung, Mr Perez. Reine Routine.«

Er nickte. »Oh, okay. Ich habe es Ihnen ja schon gesagt: Ich war auf Geschäftsreise, als Cassandra ermordet wurde. Ich weiß, dass man bei Mordermittlungen immer zuerst die nahen Verwandten überprüft. Und ich habe ein Alibi. Ich habe Hotelquittungen und Flugtickets als Beweis.«

Ich lächelte wieder. »Das wissen wir. Das steht alles in den Akten.«

Er schniefte. »Das ist gut. Das ist gut.«

Er nippte an dem kleinen Plastikbecher mit Wasser, den ich ihm gereicht hatte.

»Mr Perez, in welcher Beziehung stehen Sie zu Marissa Clemens?«, fragte Big Tom.

Er sah auf und begegnete Toms Blick. »Ich habe Ihnen schon gesagt, dass ich nicht viel über diese Frau weiß. Ich habe nicht einmal ihr Kind zu Gesicht bekommen. Das sagte ich doch bereits.«

»Aber das ist es, was ich nicht verstehe. Ihre Tochter hat auf ihre Tochter aufgepasst?«, sagte ich. »Wie können Sie sie nicht kennen? Ihre Frau hat uns erzählt, dass Sie ihr geholfen hätten, diesen Job zu bekommen.«

»Hat sie das? Ja, ich schätze, das habe ich. Theoretisch. Aber eigentlich habe ich nicht viel dazu beigetragen. Eines Tages habe ich die Frau einfach auf der Straße getroffen, und sie erwähnte, dass sie einen Babysitter bräuchte, und fragte, ob ich jemanden kenne, den ich empfehlen könnte. Daraufhin habe ich Cassandra davon erzählt und sie gebeten, zu ihr zu gehen und sie darauf anzusprechen. Alles Weitere hat Cassandra allein geschafft. Sie hatte viele Babysitter-Jobs in der Nachbarschaft; sie war sehr beliebt.«

Ich beugte mich vor und legte meine Hände auf den Tisch. »Mr Perez. Es wäre viel einfacher, wenn Sie uns einfach die Wahrheit sagen könnten.«

Er sah erschrocken aus. »Wie meinen Sie das? Ich sage die Wahrheit. Vielleicht habe ich ein paarmal auf der Straße mit ihr gesprochen, aber das ist …«

Ich zog den Kaufvertrag für das Haus aus der Tasche und schob das Dokument über den Tisch, damit er es sich ansehen konnte. Er hielt inne und starrte es an.

Ich zeigte mit dem Finger darauf und sagte dann für die

Aufnahme: »Ich zeige Mr Perez Beweismittel Acht A.« Ich sah ihn an. »Da steht Ihr Name, richtig? In dieser Zeile hier?«

Er sackte sichtlich in sich zusammen und wurde zurückhaltend. »J-ja.«

»Okay, dann versuchen wir es noch einmal«, sagte ich. »In welcher Beziehung stehen Sie zu Miss Clemens?«

»Ich ... ich weiß nicht, wie ich das beantworten soll.«

»Sie haben ihr Haus gekauft«, sagte Big Tom. »Es gehört Ihnen und Sie haben ihre Hypothek bezahlt.«

»Ja, das ist wahr. Das Haus gehört mir. Ich habe dort gewohnt, bevor ich meine Frau kennenlernte. Als Cassandra geboren wurde, brauchten wir etwas Größeres, wollten aber in der Umgebung bleiben, und so haben wir ein geräumigeres Haus in derselben Straße gekauft.«

»Also haben Sie das Haus an Marissa vermietet?«, fragte ich.

Er nickte.

»Für die Aufnahme: Mr Perez hat bestätigt ...« Ich hielt inne. »Daran ist nichts auszusetzen, außer dass sie keine Miete gezahlt hat, oder? Wir haben Ihre Kontoauszüge durchgesehen. Keine Einzahlungen oder Überweisungen von ihr. Mit ihrem Gehalt als Krankenpflegerin könnte sie sich solch ein Haus niemals leisten.«

Er schluckte und sah zu mir auf, wobei er plötzlich wie ein noch kleinerer Mann wirkte, fast wie ein kleiner Junge.

»Hören Sie«, sagte ich und bemühte mich um einen freundlichen Ton, damit er zu reden anfing, »wenn Sie eine Affäre mit ihr hatten, ist das okay.«

Er starrte mich an, seine Nasenlöcher blähten sich. Er schien bereit. Er wusste, dass er anfangen musste zu reden. Es gab keinen anderen Ausweg. Er schüttelte den Kopf.

»Nein«, sagte er mit brüchiger Stimme. Er legte sich eine Hand auf die Seite, als hätte er Schmerzen. Ich nahm es zur

Kenntnis und dachte an die Glasscherbe bei dem Müllcontainer und das Blut in Ashleys Wohnung.

Er schwieg einen Moment, dann fügte er leise hinzu: »Ich schwöre. Es war nichts dergleichen. Bitte, Sie müssen das verstehen. Ich habe nur versucht, ihr zu helfen. Das ist alles. Ihr und diesem süßen kleinen Mädchen.«

Ich blickte auf und sah ihm in die Augen. Dies war das erste Mal, dass jemand außer Marissa bestätigte, dass Emma tatsächlich existierte.

»Sie haben das Mädchen also kennengelernt?«

DREIUNDVIERZIG

MARISSA

Sei still, mein Herz, sei still. Bitte.

Marissa starrte auf die Tür zum Schuppen, ihr Herz hämmerte laut. Sie fühlte sich schwindlig, fast überwältigend angewidert. Sie schloss kurz die Augen, um sich zu beruhigen, dann streckte sie die Hand aus und schob langsam den Riegel zurück, um kein Geräusch zu machen und niemanden wissen zu lassen, dass sie da war.

Vorsichtig.

Als die Tür aufschwang, kamen Angst und Schrecken in ihr hoch, und ihre Brust zog sich zusammen. Sie fühlte sich innerlich so aufgewühlt, dass sie beinahe die Tür wieder zugemacht hätte.

Sie starrte in den kleinen Raum, atmete tief ein und betrat den Schuppen, wobei ihr ein Schauer über den Rücken lief. Sie konnte drinnen etwas hören und dann sah sie, was es war.

Emma.

Sie war es. Sie war es wirklich. Zusammengekauert saß sie zitternd in der Ecke und weinte. Sie verbarg ihr Gesicht zwischen ihren angezogenen Knien. Marissa konnte die Freude darüber, ihre Tochter wiederzusehen, kaum unterdrücken, und im ersten Moment war sie wie gelähmt.

»E-Emma?«

Ihre Stimme war kaum mehr als ein Flüstern, sie war heiser und angestrengt. Ihre Augen füllten sich mit Tränen, und sie brachte das Wort kaum über die Lippen, so sehr sie es auch wollte. Sie zog ihre Maske ab.

»Ich bin's. Deine Mommy.«

Das Mädchen hörte auf zu weinen und sah zu ihr auf. Der Anblick ihrer blauen Augen und ihres rotblonden Haares ließ Marissas Herz einige Schläge aussetzen, und sie konnte kaum atmen.

»Ich bin es, Emma.«

Eine Sekunde lang befürchtete sie, das Mädchen würde sie nicht erkennen, und es überkam sie eine große Traurigkeit. Doch als sich ihre Blicke trafen, breitete sich in Emmas Gesicht ein Lächeln aus, ein umwerfend schönes Lächeln, und sie sagte: »M-Mommy?«

»Ja, Emma, ich bin's. Ich bin hier. Ich habe dich gefunden.«

Nachdem Marissa ihr die Fesseln abgenommen hatte, umarmte Emma sie mit einem fröhlichen Kichern, wie sie es immer tat, wenn sie ihre Mutter sah. Marissa schloss die Augen und hielt sie fest, so fest, dass sie aufpassen musste, sie nicht zu verletzen. Sie war einfach so glücklich, so erleichtert, endlich wieder bei ihr zu sein, sie in ihrer Nähe zu spüren. Sie wiegte Emma sanft in den Armen und murmelte tröstende Worte, während sie über ihr Haar strich, an ihrem Scheitel roch und ihre Pausbacken küsste, wobei ihr selbst die Tränen über das Gesicht liefen.

Endlich. Endlich waren sie wieder zusammen.

»Wo warst du, Mommy?«, fragte das Mädchen und legte den Kopf schief.

Marissa lächelte und umarmte sie erneut, ihr Herz

schmerzte angesichts des Leids ihrer Tochter, aber auch weil sie sich schuldig fühlte, es verursacht zu haben.

»Das spielt keine Rolle. Ich bin jetzt hier. Ich weiche nie wieder von deiner Seite. Lass uns von hier verschwinden.«

Kaum hatte sie die Worte ausgesprochen, hörte sie ein Geräusch hinter ihnen. Mit einem Keuchen drehte Marissa sich um, und sah nur noch, wie die Tür vor ihrer Nase zugeschlagen wurde. Sie rannte darauf zu und hämmerte mit beiden Händen gegen das schallisolierte Material. Sie versuchte, die Tür zu öffnen, sie aufzuschieben, aber sie war von außen verriegelt worden. Panik stieg in ihr auf, als ihr klar wurde, dass sie eingesperrt waren.

»Hilfe! Hilfe!«

Wie sehr sie auch hämmerte und schrie, niemand antwortete. Egal, wie sehr sie auch flehte, niemand kam ihr zu Hilfe. Marissa spürte, wie ihr ein Schauer den Rücken hinunterlief, als sie plötzlich begriff, dass sie nun beide Gefangene waren.

VIERUNDVIERZIG

BILLIE ANN

»Sie wollen mir sagen, dass Sie die Tochter von Marissa Clemens kennengelernt haben?« Ich musste die Frage wiederholen, denn es war mir wichtig, dass wir uns richtig verstanden.

Mr Perez, der im Verhörraum saß, nickte, ohne mir in die Augen zu schauen.

»Ich habe versucht, ihnen zu helfen. Sie waren vor etwas auf der Flucht.«

Auf der Flucht? In meinem Kopf drehte sich alles. »Okay, fangen wir noch mal von vorne an, ja? Wann haben Sie sie das erste Mal getroffen?«

Mr Perez holte tief Luft, bevor er mit seiner Geschichte begann. Seine Hände waren feucht und er wischte sie an seiner Jeans ab, während er sich nervös im Raum umschaute.

»Das war vor vier Jahren«, sagte er mit einem Schniefen. »Ich kam nach Hause, meine Frau und Cassandra waren zu Besuch bei meiner Schwiegermutter, die im Krankenhaus in Atlanta, Georgia, lag, wo meine Frau herkommt. Sie flogen an einem Donnerstag dorthin und blieben das ganze Wochenende bei ihr, da sie sehr krank war.«

Er atmete aus und trank einen großen Schluck Wasser. Ich

beobachtete ihn und fragte mich, ob er entweder ein sehr guter Schauspieler war oder tatsächlich die Wahrheit sagte.

»Sie müssen verstehen«, fügte er hinzu und stellte den Becher wieder ab, »ich habe nur gelogen, um sie zu schützen.«

»Ich verstehe«, sagte ich. »Fahren Sie fort. Sie kamen von der Arbeit nach Hause, und was ist dann passiert?«

Er räusperte sich. »Ich erinnere mich, dass ich die Einfahrt hinaufkam und mir auffiel, dass das Tor vom Zaun merkwürdigerweise nicht richtig geschlossen war, wie es normalerweise der Fall ist. Ich ging hin und zog es zu, dachte mir nichts dabei, und machte mich auf den Weg ins Haus, wo ich mir ein Glas Wein einschenkte. Meine Frau mag es nicht, wenn ich unter der Woche Alkohol trinke, aber da sie nicht da war, wollte ich mir etwas gönnen. Ich bestellte eine Pizza und ging ins Wohnzimmer, um fernzusehen. Kaum hatte ich mich in den Sessel gesetzt, sah ich etwas im Garten, draußen vor dem Fenster.«

»Was war es?«, fragte Tom, als Mr Perez eine Pause machte.

»Das Licht ging an«, sagte er und biss sich auf die Innenseite seiner Wange.

»Was meinen Sie?«

»Ich habe diese sensorgesteuerten Lampen in meinem Garten, wissen Sie, die sich einschalten, wenn sich draußen etwas bewegt.«

»Na und? Die habe ich auch, und normalerweise ist es um diese Zeit eine Katze oder ein Opossum oder ein Waschbär«, sagte Tom und lehnte sich in seinem Stuhl zurück. Er ächzte unter seinem Gewicht.

»Genau das dachte ich auch. Unter unserem Schuppen lebte zu der Zeit ein Waschbär, und er hatte frisch Nachwuchs, aber er ging ständig an unseren Müll und hinterließ eine riesige Sauerei. Diese Viecher können so lästig sein. Ich wollte ihn loswerden und dachte, ich hätte endlich die Gelegenheit dazu.«

»Sie schlagen also auf Töpfe und Pfannen, um ihn zu erschrecken«, sagte Tom. Er hatte seit Beginn der Ausbildung schon einige Fortschritte gemacht, aber er musste noch viel lernen. Vor allem, was die Befragungstechnik betraf und dass man den Verdächtigen nicht unterbrach, nachdem er endlich zu reden begonnen hatte. Er war nicht unhöflich, nur manchmal etwas übereifrig, wie ich festgestellt hatte.

»Genau das habe ich getan. Ich schnappte mir ein paar Pfannen, ging nach draußen und fing an, darauf herum zu hämmern, um sie von meinem Grundstück zu vertreiben. Und da bemerkte ich noch etwas anderes. Ein Schatten am Fenster des Schuppens. Ein großer Schatten. Kaum, dass ich ihn gesehen hatte, war er auch schon wieder verschwunden. Also bin ich zum Haus zurück und habe mein Gewehr geholt, weil ich dachte, dass es sich um einen Eindringling handelte, vielleicht ein Obdachloser. Ich wollte ihn nicht erschießen, sondern nur verjagen. Ich öffnete die Tür des Schuppens, und Sie können sich gar nicht vorstellen, wie überrascht ich war, als ich sah, was da wirklich drin war.«

»Marissa und ihr Kind?«, fragte ich.

Er schüttelte den Kopf. »Fast. Es war tatsächlich Marissa, aber sie hatte noch nicht entbunden. Sie stand kurz davor.«

»Sie lag in den Wehen?«

Er nickte. »Ja. Sie begann, vor Schmerzen zu schreien. Ihre Augen flehten mich an, ihr zu helfen. Ich wusste nicht, was ich tun sollte. Ich hatte meine eigene Frau bei der Geburt begleitet, aber das war in einem Krankenhaus gewesen. Also sagte ich ihr, dass ich sie dorthin bringen könnte, aber sie weigerte sich. Kein Krankenhaus und keine Polizei. Ich konnte an den Schrammen und blauen Flecken in ihrem Gesicht sehen, dass sie verletzt war, also vermutete ich, dass sie vor etwas weggelaufen war, und verstand, wie wichtig es war, dass sie nicht gefunden wurde. Außerdem kam das Baby, und zwar schnell, es blieb also keine Zeit.«

»Sie haben ihr bei der Geburt geholfen?«, fragte ich.

Er nickte. »Ich hatte solche Angst, etwas falsch zu machen,

aber das Baby flutschte regelrecht aus ihr heraus, und das war's. Sie nahm das Mädchen an ihre Brust und begann sofort mit dem Stillen – sie wusste, was sie tat, sie war, um es mal so auszudrücken, gelassen. Ich schnitt die Nabelschnur durch und brachte die beiden ins Haus, wo sie sich wuschen. Ich hatte noch einige von Cassandras alten Babyklamotten in einer Kiste im Schrank auf dem Dachboden, oder besser gesagt, meine Frau hatte sie aufgehoben, weil sie ein zweites Kind gewollt, aber es nie geklappt hatte. Ich habe sie Marissa gegeben, damit sie das Baby anziehen konnte. Dann schlief sie zwei Tage lang in meinem Gästezimmer, und ich meldete mich bei der Arbeit krank.

Als sich die Rückkehr meiner Frau näherte, musste ich mir überlegen, was ich mit Marissa und dem Baby machen sollte. Ich hatte immer noch das Haus weiter unten in der Straße und es als Airbnb genutzt. Es stand zu diesem Zeitpunkt leer, also sagte ich ihr, dass sie dort so lange bleiben könne, wie sie wollte. Sie erklärte mir, wie wichtig es sei, dass niemand jemals erfährt, dass sie dort ist oder ein Kind hat. Sie nahm mir das Versprechen ab, es niemandem zu sagen, und erklärte, dass sie – sie beide – getötet werden würde, wenn man sie findet. Ich fühlte mich ihr gegenüber zum Schutz verpflichtet, schließlich hatte ich bei der Geburt ihres Kindes geholfen. Ich wollte ihr helfen. Also tat ich es. Ich sorgte dafür, dass sie sich im Haus einlebten, ging für sie einkaufen und so weiter. Bis sie begann, ihr eigenes Geld zu verdienen. Als Cassandra anfing zu babysitten, schlug ich ihr Marissa vor, weil ich wusste, dass sie niemanden für die Kinderbetreuung hatte, wenn sie arbeiten war. Da Cassandra meine Tochter war, vertraute sie ihr, dass sie niemandem von ihnen erzählen würde.« Er atmete aus. »Es quält mich jeden Tag, dass ich weder sie noch meine Tochter beschützen konnte. Ich wollte Ihnen davon erzählen, das müssen Sie mir glauben, aber Marissa hat mich angefleht und ich habe ihr versprochen, es nicht zu tun. Sie war so verängstigt und meinte, dass ihr Leben in Gefahr sei, wenn ich es tue.«

»Und Sie haben keine Ahnung, vor wem sie sich versteckt?«, fragte ich. »Ist jemand zu ihrem Haus gekommen, hat sie bedroht oder sich nach ihr erkundigt? Waren dort fremde Autos auf der Straße unterwegs oder haben da geparkt?«

Er schüttelte den Kopf. »Nein. Glauben Sie mir, ich frage mich jeden Tag dasselbe, seit Emma verschwunden ist, und seit meine Tochter ...«

Er stockte, Tränen stiegen ihm in die Augen. Er wand sich vor Schmerz und hielt sich wieder die Seite.

»Sagen Sie mir, wie haben Sie sich die Verletzung zugezogen?«, fragte ich.

»Ich habe im Garten gearbeitet«, sagte er. »Ich glaube, ich habe mir nur einen Muskel gezerrt.«

Ich starrte ihn an, denn mir fiel ein, dass er mir beim ersten Mal etwas anderes erzählt hatte.

»Ich dachte, Sie wären mit dem Fahrrad gestürzt?«, sagte ich.

»Oh ja, stimmt, das auch«, sagte er. »Mir ist beides passiert, ich Tollpatsch. Ich weiß nur nicht, bei welchem Vorfall ich mir eine Rippe geprellt habe.«

Erneut stellte ich fest, dass er seine Hand nicht auf Höhe des Brustkorbs hielt.

»Können wir eine DNA-Probe bekommen, bevor Sie gehen?«, fragte ich. »Nur ein kurzer Abstrich aus Ihrem Mund.«

»Ja, natürlich.«

»Danke, Mr Perez«, sagte ich und stand auf. »Wir geben Ihnen Bescheid, sollten wir weitere Fragen haben.«

Er nickte, Schweiß trat ihm auf die Stirn. Er wischte ihn mit der Hand ab. »Ganz schön heiß hier drin, was?«

»Eigentlich nicht«, sagte Tom und stand auf, um mir zu folgen.

»Ah, dann geht es wohl nur mir so.«

Tom hielt ihm die Tür auf und beobachtete ihn genau, als er an ihm vorbeiging. »Scheint so.«

Er schloss die Tür, und Scott kam, um Mr Perez abzuholen und ihn für einen Abstrich in einen anderen Raum zu bringen.

Tom tauchte hinter mir auf. »Ich glaube diesem Mann kein einziges Wort. Er lügt wie gedruckt. Hast du bemerkt, wie er gezappelt hat und ständig auf seinem Stuhl herumgerutscht ist?«

Chief Doyle, der das Gespräch mitgehört hatte, kam auf mich zu und schüttelte den Kopf. »Ich nehm es ihm auch nicht ab.«

»Warum nicht?«, fragte ich.

»Sie wollen mir erzählen, dass er bei der Geburt eines Babys in seinem Schuppen geholfen hat und es niemandem, geschweige denn seiner Frau, erzählt hat?«

»Marissa bat ihn, es geheim zu halten. Sie hatte Angst. Wovor, das wissen wir noch nicht«, sagte ich.

Es wurde still im Raum, und ich schaute zwischen den beiden hin und her, unsicher, was ich sagen sollte. Ich wusste noch nicht so recht, was ich davon halten sollte, und jetzt fühlte ich mich unwohl. Doyle war immer der Zurückhaltende gewesen, der nie vorschnell ein Urteil fällte, und das hatte ich respektiert. In letzter Zeit schien er jedoch eine harte Linie gegen jeden zu fahren, der die Polizei belog.

Doyle fuhr sich mit den Fingern übers Gesicht und schüttelte den Kopf. »Vielleicht, aber diese ganze ›Ich wollte doch nur helfen‹-Nummer« – er malte Anführungszeichen in die Luft – »ist zu viel. Er versucht, unschuldig zu wirken, obwohl er es eindeutig nicht ist.«

»Hat er vielleicht nur versucht, ihr zu helfen?«, fragte ich behutsam.

Doyle ging an mir vorbei und klopfte mir spöttisch auf die Schulter. »Er hat mit ihr geschlafen, das sage ich Ihnen, Wilde. Wenn Sie nicht gemerkt haben, dass er lügt, dann müssen wir Sie wohl noch einmal in Verhörtechnik schulen. Lassen Sie sich nicht von ihm verarschen und um den Finger wickeln. Ich dachte, das könnten Sie besser, ernsthaft.«

Ich seufzte und blickte zu Boden, wobei ich merkte, wie ich rot wurde. Diese Art von Reaktion hatte ich von Doyle nicht erwartet.

Ich ging zu meinem Schreibtisch und sah Tom neben mir an.

»Ich denke, der Chief hat recht«, sagte er. »Aber wir wissen mehr, sobald die DNA-Ergebnisse vorliegen.«

Ich setzte mich und sah auf meine Notizen. »Er hat uns auf jeden Fall angelogen, was die Verletzung betrifft. Es war eine ganz andere Geschichte als beim letzten Mal.«

Ich atmete aus und beschloss, meine Notizen noch einmal durchzugehen. Ich hatte das Gefühl, dass an der ganzen Situation etwas faul war. Äußerst faul. Die Last des Falles schien schwer auf meinen Schultern zu lasten. Ich musste die Wahrheit herausfinden, egal wie schwierig oder unangenehm es auch sein würde.

FÜNFUNDVIERZIG

BILLIE ANN

Es war schon spät, als ich nach Hause fuhr. Ich war erschöpft und frustriert von diesem ganzen Fall, um es gelinde auszudrücken. Doyle drängte darauf, dass wir Cassandras Vater genauer unter die Lupe nahmen. Er sagte, dass er ihn im Moment als unseren Hauptverdächtigen ansah, aber ich war mir da nicht sicher. Die Leute logen ständig. Das bedeutete nicht, dass sie jemanden umgebracht hatten. Geschweige denn die eigene Tochter. Ich musste herausfinden, warum. Ich brauchte ein Motiv.

Außerdem galt es, Marissa zu finden. Ich befürchtete, dass sie allein auf der Suche nach Emma war. Bestimmt wusste sie, wo sie war, und traute sich aus irgendeinem Grund nicht, es mir zu sagen. Ich konnte nicht aufhören, mir sie in diesem Schuppen vorzustellen, wie sie ganz allein entbunden hatte und wie verängstigt sie gewesen sein musste. Ich machte mir inzwischen sowohl um Marissa als auch um Emma Sorgen. Ich fürchtete, dass sie beide in großer Gefahr waren.

Ich öffnete die Haustür und trat ein. Die Erschöpfung war mein ständiger Begleiter geworden, seit ich den neuen Job als Leiterin der Mordkommission übernommen hatte. Ich legte meinen Gürtel mit der Dienstmarke und der Waffe ab und hängte ihn im Flur auf. Die Waffe schloss ich im Safe ein und hielt einen Moment inne, um mein Zuhause in Augenschein zu nehmen: die tiefblauen Wände, die glänzenden Hartholzböden, das mit Büchern und Spielzeug gefüllte Wohnzimmer und der schwache Geruch von Zimt und selbst gekochten Mahlzeiten.

Zumindest, wenn jemand gekocht hatte. In letzter Zeit hatten wir das nicht mehr so oft getan. Es war sowohl für mich als auch für Joe zu schwer aushaltbar. So zu tun, als ob. Es führte dazu, dass ich nicht nach Hause wollte. Das und die Wut, die ich immer noch verarbeitete, weil er meiner Mutter die Wahrheit gesagt hatte.

Auf meinem Weg durchs Haus entdeckte ich Joe in der Garage, wo er über sein altes Motorrad gebeugt war und sich irgendeinem neuen Projekt widmete. Das Ding hatte nie funktioniert, aber er liebte es, daran herumzubasteln, vor allem, wenn er viel um die Ohren hatte. Ich legte ihm eine Hand auf die Schulter, und er drehte sich erschrocken zu mir um.

Ich lächelte, auch wenn es gezwungen wirkte. Er erwiderte mein Lächeln und entspannte sich.

»Willkommen zu Hause«, sagte er, und ich konnte an seinem Gesichtsausdruck erkennen, dass er noch nicht einmal an das Abendessen gedacht hatte. So wie ich. Vielleicht könnten wir einfach etwas bestellen. Der Lieferdienst war in diesen Tagen unser Retter.

»Wie geht es den Kindern?«, fragte ich mit fast flüsternder Stimme, während ich die Treppe hinaufblickte.

»Gut, glaube ich«, sagte er mit einem Nicken. »Charlene telefoniert im Wohnzimmer, Zack spielt Videospiele und William habe ich in den letzten Stunden nicht gesehen, er war in seinem Zimmer.«

»Okay.« Ich nickte. »Wie wäre es mit Mexikanisch zum Abendessen?«

»Klingt gut.«

Eine peinliche Stille erfüllte den Raum, und ich beschloss, ihn allein zu lassen. Ich ging in die Küche und holte mein Handy heraus, dann öffnete ich die Lieferservice-App und bestellte eine Reihe von Tacos und Burritos. Kurze Zeit später wurde das Essen geliefert, und wir aßen alle zusammen, auch wenn wir genauso gut getrennt hätten essen können, da sich niemand in irgendeiner Form unterhielt. Ich erkundigte mich, wie die Schule heute gewesen war, aber ich erntete nur ein Achselzucken und ein »Es war okay« von den Jungs.

Mehr nicht. Immerhin hatte ich es versucht.

Ich vermutete, dass sie die Spannungen zwischen mir und Joe spürten, auch wenn wir uns bemühten, sie nicht offen zu zeigen oder es sie wissen zu lassen. Kinder spürten so was. Kinder wussten es immer.

Als ich nach dem Essen aufräumte, bahnte sich eine Träne den Weg aus meinem Auge. Schnell wischte ich sie weg, aber ich konnte nicht anders. Ich fühlte mich furchtbar. Ich liebte meine Familie. Was hatte ich ihnen angetan?

Ich mache mich selbst glücklich. Ich tue ihnen nichts an. Ich verdiene es, glücklich zu sein.

Ich wusste, dass es das Richtige war, meinem Herzen zu folgen, aber war es das wert?

»Ich gehe ins Bett«, sagte ich zu Joe, als ich fertig war. Er war wieder in der Garage, fummelte an seinem Motorradprojekt herum und brummte nur etwas zurück, das ich nicht verstand. Ich ging ins Gästeschlafzimmer und schloss die Tür, dann kroch ich unter die Decke.

Kaum hatte ich die Augen geschlossen, war ich auch schon eingeschlafen.

SECHSUNDVIERZIG

Damals

Acht Monate waren vergangen, seit Kitty entführt worden war, und sie verlor langsam die Hoffnung, diesen Ort jemals wieder zu verlassen. Sie lebte in diesem kleinen Schuppen, in dem es tagsüber brütend heiß war, mit nichts als einer dünnen Matratze auf einem alten Metallbett und einer zerfledderten Decke. Und natürlich dem rosafarbenen Teddybären. Kein einziger Sonnenstrahl fand den Weg zu ihr, und sie verbrachte ihre Tage im Licht einer nackten Glühbirne, die von der Decke hing, wobei sie versuchte, so gut es ging, die Langeweile wegzuschlafen. Das leise Brummen der kleinen Klimaanlage an der Wand war das einzige Geräusch. Die Anlage war sehr alt und lief nicht besonders gut, aber sie verschaffte ihr wenigstens etwas Erleichterung.

Ihre Tage waren so unglaublich langweilig, und es kreisten immer dieselben Gedanken in ihrem Kopf. Aber heute hatte sie das Gefühl, dass etwas anders war. Stimmen drangen von draußen herein, und ein gleichmäßiger Rhythmus von Schritten, die immer lauter wurden, je näher sie kamen.

Was ist hier los?

Mit pochendem Herzen setzte sie sich in ihrem Bett auf und starrte auf die Tür, als sie hörte, wie der Riegel zur Seite geschoben wurde.

Bedeutete das etwas Gutes? Oder war sie in Gefahr?

Als sich die Tür öffnete, durchströmte Kitty ein Gefühl der Überraschung. Da stand Damian, ein silbernes Tablett in den Händen. Seltsamerweise befand sich darauf ein Teller mit einer selbstgekochten Mahlzeit – Reis, Bohnen und gedünstetes Hühnchen – anstelle der üblichen Tüte mit Burgern und Pommes. Hinter ihm stand seine Frau. Sie lächelte und nickte fröhlich, und das machte Kitty Angst, denn normalerweise sah sie immer so wütend und ernst aus, oder gar traurig. Niemals glücklich. Sie lächelte nicht. Nie.

»Du bist bestimmt hungrig«, sagte er und stellte das Tablett auf dem Bett ab. Er sah sie seltsam mitfühlend an und band sie los, während er fortfuhr: »Wir haben dir etwas Besonderes mitgebracht.«

Kitty überkam eine Welle von Gefühlen – Erleichterung, Verwirrung und etwas anderes, das sie nicht ganz einzuordnen wusste. Aber sie wollte nichts sagen und begann stattdessen zu essen. Sie schaute auf den Teller vor sich und eine Träne kullerte ihr über das Gesicht, als sie das Essen probierte. Es war das erste Mal seit langer Zeit, dass ihr jemand aus Mitgefühl etwas gab, und sie wusste, dass es mehr bedeutete als nur das Essen.

Linda setzte sich aufs Bett und griff nach ihrer Hand. »Süße, wir sind hergekommen, um etwas mit dir zu besprechen.«

Sie blickte zu ihrem Mann auf und dann wieder zu Kitty.

Kitty hatte den Mund voller Hühnchen und wollte vor Glück weinen. Es schmeckte so gut, und sie merkte, dass sie nach so langer Zeit völlig vergessen hatte, wie lecker ein selbstgekochtes Essen war.

»Wir wissen, dass du noch jung bist«, sagte Linda. »Aber du weißt doch, woher Babys kommen, oder?«

Kitty hörte auf zu kauen. Sie nickte und dachte daran, was in den letzten Monaten geschehen war, dann aß sie weiter von dem köstlichen Essen.

»Okay, gut. Das ist gut«, sagte Linda. »Denn der Grund, warum wir dir dieses Essen bringen, ist, dass wir glauben, dass du ...« Sie hielt inne und bekam feuchte Augen.

Kitty verstand nicht ganz, warum sie so emotional war, und runzelte die Stirn.

Linda räusperte sich. »Erinnerst du dich daran, wie wir dich auf dieses Stäbchen haben pinkeln lassen? Nun, das Ergebnis war positiv. Wir glauben, du bist schwanger.«

Kitty starrte sie an, das Essen noch im Mund. Sie schluckte, und der große Klumpen kämpfte sich die Speiseröhre hinunter.

»Hier, trink etwas«, sagte Damian, als sie zu husten begann.

Kitty stiegen Tränen in die Augen und sie trank einen Schluck aus der Wasserflasche. Sie atmete tief ein, und der Gestank des Eimers in der Ecke, in den sie sich erleichterte, stieg ihr in die Nase. Der Geschmack von Urin und Fäkalien stieg ihr in den Mund, und sie hätte sich am liebsten übergeben, riss sich aber zusammen.

Sie wusste, was es bedeutete, schwanger zu sein. Ihre Mutter hatte davon gesprochen, als Tante Jane *geschwängert worden war*, wie sie es nannte. Von irgendeinem Mistkerl, hatte sie gesagt, der das Kind nicht einmal anerkennen würde. Und dann musste sie das Kind ganz allein großziehen. Und dann wurde ihr bewusst, dass sie in den letzten drei Monaten nicht geblutet hatte, aber sie hatte sich nichts dabei gedacht. Damian war jeden Tag zu ihr gekommen, und sie hatte ihn gelassen. Denn das bedeutete, dass sie etwas zu essen bekam, und manchmal brachte er ihr auch Süßigkeiten, wenn sie besonders brav war und er sich auf sie legen durfte, auch wenn es wehtat.

Damian streichelte ihr sanft übers Haar. »Ich bin so stolz

auf dich, Kitty. Das bin ich wirklich. Ich kann es kaum erwarten, zu sehen, wie unser Baby aussehen wird. Ich bin sicher, es wird genauso schön wie du.«

SIEBENUNDVIERZIG

BILLIE ANN

Der Traum begann als albtraumhafte Unschärfe, die langsam an Klarheit gewann. Ich nahm demselben Heimweg, den ich vor Jahren immer genommen hatte, als ich noch eine junge Detective gewesen war. Aber irgendetwas fühlte sich komisch an. Ich hatte das deutliche Gefühl, beobachtet zu werden, und mir sträubten sich die Nackenhaare. Ich beschleunigte mein Tempo, aber es fühlte sich an, als käme ich nicht vorwärts. Es war fast so, als würde ich immer langsamer werden, je schneller ich zu laufen versuchte.

Plötzlich befand ich mich in einem fremden Raum, und jemand, den ich kannte, drückte mich zu Boden. Ich fühlte mich hilflos, unfähig, mich zu bewegen oder mich zu wehren, als er mich berührte. Mir liefen die Tränen über das Gesicht, während ich um Hilfe schrie, aber niemand konnte mich hören. Keiner kam, um mich zu retten.

Die Zeit schien stillzustehen, während ich mich abmühte, und eine tiefe Leere stieg in mir auf. Ich fühlte mich gefangen, als würde ich diesem Albtraum nie entkommen können. Ich wollte aufwachen, aber ich steckte in einer Endlosschleife aus

Verzweiflung und Hoffnungslosigkeit fest. Ich flehte ihn an, aufzuhören, mich in Ruhe zu lassen.

Plötzlich lief ich durch eine mir unbekannte Stadt und stolperte über einen Tatort. Auf dem Boden, in einem Graben, lag eine Leiche, leblos und kalt. Der Körper war auf unnatürliche Weise zerquetscht und verstümmelt. Ich wusste, wer er war, konnte mich aber nicht an seinen Namen erinnern.

Um seinen Hals war ein Gürtel mit einer glänzenden Schnalle geschlungen.

Schweißgebadet wachte ich auf, ich zitterte am ganzen Körper und mein Herz raste. Während ich so in meinem Bett lag, spürte ich nichts als Erleichterung. Es war nicht real gewesen. Nur ein Traum. Das sagte ich mir immer wieder.

Es war nur ein Traum.

Doch dann überkam es mich. Ich fing an, heftig zu zittern, und Tränen liefen mir über das Gesicht und durchnässten mein Kopfkissen. Ich konnte kaum atmen, also setzte ich mich auf, in der Hoffnung, dass mich das beruhigen würde, aber es half nichts. Da ich wusste, dass ich sowieso nicht mehr würde schlafen können, stand ich auf, griff nach meinem Handy und rief meine beste Freundin Danni an. Sie schlief natürlich, also sprang nur die Mailbox an. Ich legte auf, ohne eine Nachricht zu hinterlassen.

Unfähig zu sprechen, brachte ich die Worte einfach nicht über die Lippen, also weinte ich nur hilflos.

Ich ging die Treppe hinunter und nach draußen zur Hollywoodschaukel und setzte mich hin.

Schließlich versiegten die Tränen und ich saß einfach da und versuchte, den Traum abzuschütteln. Er war anders gewesen als das, was wirklich passiert war, aber manches davon ähnelte sich. Wie das Gefühl, hilflos zu sein, sich wie erstarrt zu fühlen und sich nicht bewegen zu können. Wegen ihm. Die Gefühle waren immer noch in mir, wenn ich sie zuließ, wenn ich allein war und mich nicht beschäftigt hielt. Deshalb sorgte ich stets dafür, etwas zu tun zu haben. Ich konnte es nicht ertragen, diese Gefühle zu fühlen. Ich konnte es nicht ertragen, darüber nachzudenken, was passiert war.

Aber was mich an dem Traum vor allem beunruhigte, war, dass es nicht nur um die Vergewaltigung ging. Es ging auch um diesen Fall. Er schlug mir auf die Nieren.

Du weißt, warum.

Ich atmete aus. Natürlich wusste ich, warum. Weil es mich an meinen ersten Fall erinnerte, damals, als ich als Detective in der Kleinstadt Ridge Manor angefangen hatte. Das Verschwinden eines jungen Mädchens. Der Fall war nie aufgeklärt worden, denn dann passierte es, ich wurde suspendiert und zu einer anderen Mordkommission in einer anderen Stadt versetzt. Der Fall wurde dadurch zu einem ungeklärten Fall. Sie wurde nie gefunden.

»Es ist die Gürtelschnalle«, sagte ich in die Nacht hinein. »Die habe ich ganz vergessen.«

Ich weiß, was zu tun ist.

Ich starrte in die nächtliche Dunkelheit, und schon bei dem Gedanken daran wurden meine Hände feucht. Ich wusste genau, was ich zu tun hatte, und das machte mir mehr Angst als alles andere.

ACHTUNDVIERZIG

BILLIE ANN

Du schaffst das. Billie Ann, du schaffst das.

Ich bog an der Ampel ab und fuhr die Hauptstraße im Zentrum von Ridge Manor hinunter. Ich fühlte mich ganz und gar nicht gut. Ich fühlte mich schrecklich. Mein Magen war wie zugeschnürt, und ich umklammerte das Lenkrad aus einem instinktiven Gefühl des Grauens heraus. Ich spürte, wie mein Herz raste, und mein Atem wurde schneller, je näher ich meinem Ziel kam. Ich versuchte, mich nicht auf die bevorstehende Aufgabe zu konzentrieren.

Denk nicht zu viel darüber nach. Tu es einfach und tu es schnell.

Die Stadt sah genauso aus wie damals. Es hatte sich nicht viel verändert, seit ich das letzte Mal dort gewesen war. Immer noch dieselben leeren Straßen, gelegentlich ein toter Waschbär oder ein totes Gürteltier am Straßenrand, das von einem Auto angefahren worden war, und Pickups, die mit Käfigen für die Schweinejagd auf dem Rücksitz an mir vorbeifuhren. Früher war ich in dem an die Stadt angrenzenden Sumpf auf Jagd gegangen. Einmal fing ich einen drei Meter langen Alligator und verkaufte das Fleisch an Daisy im Southern Harmony

Café, wo wir immer zu Mittag aßen, wenn wir im Dienst waren.

Als ich um die nächste Kurve bog, konnte ich den Sumpf in der Ferne ausmachen, und mein Unbehagen wuchs mit jeder Straßenecke, die ich passierte. Mein Griff ums Lenkrad wurde fester und meine Knöchel traten weiß hervor.

Ich hätte nie gedacht, dass ich jemals hierher zurückkehren würde.

Ich hatte mich für die Fahrt mit einer Tüte Reese's-Erdnussbutter-Cups eingedeckt, und jetzt nahm ich den letzten aus der Tüte. Ich aß aus Stress. Meine Mutter würde mich umbringen, wenn sie mich so sah. Sie hatte mich schon immer wegen meines emotionalen Essens genervt. Ich seufzte, als ich an sie dachte. Seit meinem Rauswurf hatte ich nicht mehr mit ihr gesprochen. Ich vermisste sie, aber ich wollte auch nicht wirklich mit ihr reden. Sie hatte mich mit ihren Kommentaren zutiefst verletzt, und es fiel mir schwer, darüber hinwegzusehen. Ich fragte mich, wie mein Vater zu all dem stand. Wahrscheinlich hielt er sich wie immer so weit wie möglich aus der Sache heraus. Er wollte sich nicht in unser Familiendrama einmischen, und ich konnte es ihm nicht verdenken.

Auch, wenn ich seine Unterstützung bei all dem gebrauchen könnte. Aber ich wusste, dass meine Mutter ihm im Ohr lag und er sie verraten würde, wenn er sich auf meine Seite schlug. Mein Vater war noch nie gut darin gewesen, meiner Mutter Paroli zu bieten, also würde das in nächster Zeit auch nicht passieren.

Aber ich konnte mich im Moment nicht auf meine Familienprobleme konzentrieren. Ich hatte etwas zu erledigen. Ich parkte vor einem alten zweistöckigen Haus mit einer umlaufenden Veranda und einem großen Magnolienbaum im Vorgarten. Das Haus stand schon seit Anfang des neunzehnten Jahrhunderts da, und man erzählte sich, dass dort früher Leute gefoltert worden seien. Das war mir unheimlich. Schon immer gewesen. Ich holte tief Luft, um mich zu beruhigen, und stieg aus dem Auto.

Die Hitze haute mich um, und ich bedauerte sofort, keine kurze Hose angezogen zu haben. Ich atmete tief durch und schaute mich um, suchte mit den Augen die Gegend ab. Ich sah niemanden, den ich kannte, aber das hieß nicht, dass sie mich nicht beobachteten. In dieser Stadt gab es überall Augen. Nichts blieb unbemerkt.

Nicht einmal der Besuch von einer ehemaligen Polizistin.

Ich starrte nervös auf das Haus vor mir. Es war Jahre her, dass ich das letzte Mal dort gewesen war, aber es wiederzusehen, ließ mich für ein paar Sekunden den Atem anhalten. Ich schüttelte den Kopf.

Ich kann das nicht. Ich kann das einfach nicht.

Ich schloss die Augen und wappnete mich. Dann holte ich noch einmal tief Luft, bevor ich die drei Stufen zur Veranda hinaufging. Ich öffnete die Fliegengittertür und klopfte an die dahinterliegende Tür.

Dann wartete ich. Beruhigte mich selbst.

Atmen, Billie Ann, einfach atmen.

NEUNUNDVIERZIG

Damals

Kitty schaute auf ihren sich wölbenden Bauch hinunter und war erstaunt, wie groß er geworden war. Damian sagte ihr, dass sie noch zwei Monate vor sich hätte. Würde er wirklich noch größer werden? Es war schon jetzt unbequem.

Die Vorstellung löste bei ihr sowohl Verwunderung als auch Entsetzen aus.

Damian hatte gesagt, dass alles gut werden würde, und sie vertraute ihm.

Sie schloss die Augen und ließ das Sonnenlicht auf ihr Gesicht scheinen. Seit sie schwanger war, durfte sie einmal am Tag für eine halbe Stunde in den Garten, damit sie etwas Sonnenlicht und Vitamin D tanken konnte, hatte Linda gesagt.

»Das ist wichtig für dich und das Baby.«

Den Rest der Zeit verbrachte sie im Schuppen hinter verriegelter Tür. Sie hatten ihr dort einen Fernseher erlaubt, aber sie konnte keine Nachrichten sehen und durfte ihn nicht einschalten, ohne dass jemand dabei war, der sie beobachtete. Meistens war es Damian. Er saß mit ihr auf dem Bett, massierte ihr die Füße, wenn sie sich verkrampft hatten, und sie sahen sich einen Film oder irgendeine Sendung an. Und wenn sie sich von ihm berühren ließ, ließ er sie manchmal länger fernsehen, bis zu einer ganzen Stunde. So verging die Zeit im Schuppen schneller, und sie fühlte sich weniger einsam.

Sie bekam auch richtiges Essen, selbstgekochte Mahlzeiten, fast jeden Abend, nun, da sie es für das Baby brauchte. Und sie sorgten dafür, dass sie Vitamine einnahm. Kitty empfand die beiden als sehr freundlich, und sie genoss jeden Moment von Damians Anwesenheit, wenn er sie besuchen kam.

Er gab ihr das Gefühl, etwas Besonderes zu sein.

Nur wenn sie mitten in der Nacht ganz allein war, dachte sie manchmal an ihre Mutter und vermisste sie. Aber diese Gefühle verschwanden meist wieder, nachdem sie ein wenig geweint hatte.

Schließlich mochte sie auch Damian und Linda, die sie so sehr liebten. Sie war gerne bei ihnen.

Während sie gedankenverloren dastand und das Sonnenlicht und das Strampeln des Babys in ihr genoss, legte sich eine Hand sanft auf ihre Schulter. Sie drehte sich um und sah in das lächelnde Gesicht ihres Damian. Er hielt eine kleine, verpackte Schachtel und eine einzelne rote Rose in der Hand.

»Du bist so wunderschön«, sagte er mit einem Zwinkern. »Ich habe eine kleine Überraschung für dich.«

Kittys Augen weiteten sich. »Was ist es?«

»Mach es auf und sieh nach«, antwortete er und überreichte ihr das Geschenk.

Vorsichtig packte Kitty die Schachtel aus und hob den Deckel an. Darin befand sich eine wunderschöne Halskette mit einem zarten Anhänger in Form einer Mutter, die ihr Kind im Arm hielt. Tränen stiegen ihr in die Augen, während sie sie bewunderte.

»Sie ist so schön«, flüsterte sie, von ihren Gefühlen überwältigt.

Damian nahm die Kette vorsichtig aus der Schachtel und legte sie ihr um den Hals. Kitty lehnte sich an ihn und umarmte ihn fest. In seinen Armen fühlte sie sich geborgen und sicher.

Er liebte sie wirklich, dachte sie, während sie die Halskette berührte. Und gemeinsam würden sie auch dieses Baby lieben.

FÜNFZIG

BILLIE ANN

»Was wollen *Sie* denn hier?«

Die Worte waren harsch und wurden mir regelrecht entgegenschleudert. Die Frau vor mir im Türrahmen sah mit ihren stechenden blauen Augen und ihrem kantigen Kiefer aus, als würde sie es ernst meinen. Ich holte tief Luft und versuchte, mich zu beruhigen, bevor ich antwortete. Sie wiederzusehen, machte mich nervös und ließ meine Hände zittern.

»Sie haben hier nichts verloren, verschwinden Sie«, fügte sie hinzu und scheuchte mich mit der Hand weg, als wäre ich eine streunende Katze.

»Betty«, sagte ich mit einem tiefen Ausatmen. »Ich muss mit ihm reden. Es ist wichtig.«

Sie schüttelte wütend den Kopf. »Nein, nein. Er will Sie nicht sehen. Nie wieder. Und jetzt gehen Sie.«

»Betty, ich wäre nicht hier, wenn es nicht wichtig wäre«, sagte ich.

»Das ist mir egal. Ich will Sie hier nie wiedersehen. Das ist ein Privatgrundstück. Sie wissen, dass wir Waffen haben. Zwingen Sie mich nicht, sie zu holen.«

Ich konnte kaum atmen, während ich sie ansah. Ich hätte

am liebsten losgeheult. Sie wiederzusehen, ließ alles an die Oberfläche kommen, und das tat weh.

Sie schüttelte den Kopf. »Wie konnten Sie ihm das antun?«

»Ich habe ihm nichts angetan.«

»Er hat Sie unter seine Fittiche genommen. Wie konnten Sie nur?«

Mein Herz raste, und ich hörte das Blut in meinen Ohren rauschen. Mir war schwindelig, aber es gelang mir, die Fassung zu bewahren.

»Er hat mich vergewaltigt, Betty. Ich musste ihn anzeigen.«

»Oh, fangen Sie nicht schon wieder damit an. Sie wissen genau, dass Sie es auch wollten, genauso wie er. Sie haben es hinterher nur bereut. Kommen Sie mir nicht mit diesem Vergewaltigungsquatsch. Sie haben zugestimmt. Ich frage mich nur, warum Sie es nicht sofort angezeigt haben, nachdem es passiert ist? Warum haben Sie gewartet?«

»Weil ich unter Schock stand.«

»Nein, ich sage Ihnen, warum Sie ihn angezeigt haben. Sie waren sauer, weil Sie die Beförderung nicht bekommen haben. Stattdessen hat er diesen Hansson-Typen befördert. Haben Sie deshalb mit ihm geschlafen, hm? Damit Sie die Beförderung bekommen? Nun, Gratulation. Ich habe gehört, Sie sind jetzt Leiterin der Mordkommission Ihres Wohnorts. Ich schätze, Sie haben bekommen, was Sie wollten. Währenddessen sitzt mein Mann, der Mann, der Sie dahin gebracht hat, wo Sie heute sind, der Ihnen alles beigebracht hat, als Sie noch ein kleines Kind waren, für den Rest seines Lebens im Rollstuhl. Gefeuert, in Ungnade gefallen, ruiniert, und mein Leben ist ebenfalls ruiniert. Ich hoffe, Sie sind glücklich.«

»Es war nicht meine Schuld, dass er von einem Auto erfasst wurde. Das hatte nichts damit zu tun, was zwischen uns passiert ist«, sagte ich.

»Ja, das behaupten Sie«, sagte Betty und versuchte, die Tür zu schließen.

Ich steckte meine Hand dazwischen und drückte sie wieder auf.

»Jetzt reicht's, ich hole meine Waffe, wenn Sie nicht auf der Stelle das Grundstück verlassen«, zischte sie.

»Betty, ich muss … Denken Sie, es war leicht für mich, heute hierherzukommen, hm? Denken Sie, ich bin gerne hier?«

»Ja, das tue ich. Ich glaube, es gefällt Ihnen, und Sie wollen es ihm unter die Nase reiben, aber das lasse ich nicht zu.«

»Was ist hier los? Warum schreist du so?«, ertönte eine Stimme hinter ihr. Ich erkannte sie sofort und mir lief ein Schauer über den Rücken.

Travis.

Mein ehemaliger Partner.

»*Sie* ist hier«, sagte Betty und trat zur Seite, damit Travis auf mich zurollen konnte. Es war das erste Mal, dass ich ihn in seinem Rollstuhl sah, und es schockierte mich. Ich hatte nur von anderen gehört, was mit ihm passiert war. Er sah so anders aus, doch seine Augen waren dieselben geblieben.

Betty keuchte. »Sie weigert sich, zu gehen.«

»Ich muss mit dir reden«, sagte ich, meine Hände waren feucht, mein Atem ging stoßweise.

»Ich habe ihr gesagt, dass wir die Waffe holen, also …«, begann Betty, aber Travis hob eine Hand und unterbrach sie.

Er blickte mich an und grinste dann. »Ich werde mit dir reden.«

»Aber …«

»Sei still, Betty«, sagte er. »Ich will hören, was sie zu sagen hat.«

EINUNDFÜNFZIG

MARISSA

Sie hörte Stimmen. Es klang, als würde sich jemand in der Nähe streiten. Marissa stand auf und legte ein Ohr an die Tür, um besser hören zu können. Emma schlief auf der Matratze. Sie hatte in den letzten Tagen sehr viel geschlafen. Es war brütend heiß in dem kleinen Schuppen, und die Luft war stickig.

Während Marissa angestrengt lauschte, traten ihr Schweißperlen auf die Stirn. Die Stimmen wurden lauter, das klang eindeutig nach Streit. Ihre Stimmen waren von Wut und Feindseligkeit durchzogen.

Sie drehte sich um und betrachtete Emma, die immer noch fest schlief. Marissa wusste, dass sie sie in Sicherheit bringen musste, egal was passierte. Sie ging auf Zehenspitzen zur Matratze und berührte sanft Emmas Schulter. Emma bewegte sich, wachte aber nicht auf.

Marissa fasste einen Entschluss und ging zurück zur Tür. Sie drückte ihr Ohr noch einmal dagegen, und diesmal konnte sie sie deutlicher hören, aber sie verstand nicht, worüber gestritten wurde. Die Stimmen waren zu gedämpft und die Worte unverständlich.

Doch sie nutzte die Gelegenheit. Sie ballte die Fäuste und

hämmerte gegen die Tür, während sie schrie: »HILFE! Jemand muss uns helfen!«

Sie hämmerte ununterbrochen dagegen und schrie um Hilfe, doch nichts geschah. Marissa spürte, wie auch sie die Müdigkeit überkam, und setzte sich auf den Boden. Sie fragte sich, ob ihr Geschrei Emma geweckt hatte, aber das war nicht der Fall. Sie schlief noch immer tief und fest.

Wie ein kleiner Engel.

Marissa war froh, wieder bei ihr zu sein. Wenn sie ehrlich war, zog sie es vor, mit ihr zusammen eingesperrt zu sein, als ohne sie draußen zu sein. Es war einfach zu schmerzhaft. Hier drinnen konnte sie sie wenigstens beschützen.

Marissa hörte wieder die Stimmen, aber jetzt klang es, als würden sie sich entfernen. Sie nahm ihre letzte Kraft zusammen und hämmerte erneut, während sie schrie: »Hilfe! BITTE ZU HILFE.«

Dann sank sie schluchzend auf die Knie. Sie konnte nicht glauben, dass sie hier gefangen war. Er brachte ihnen jeden Tag Essen, aber meistens warf er es einfach nur hinein und verriegelte dann wieder die Tür. Jeden Tag flehte Marissa, freigelassen zu werden. Jeden Tag schrie und brüllte sie und flehte um Gnade, aber es wurde ihr nie gewährt. Sie saß dort fest, in diesem heißen Ofen, mit ihrem Kind.

Sie wischte sich mit der Hand über die Nase und sah ihre Tochter an. Es schien, als würde sie nun schon eine Ewigkeit schlafen.

Marissa kniff die Augen zusammen.

Das ist nicht normal.

Sie stand auf und ging zu ihr. Sie sah so winzig aus, so blass durch den Mangel an Sonnenlicht und richtiger Nahrung.

»Emma?«, sagte sie. Sie streckte eine Hand aus und berührte sanft ihre Stirn, dann zog sie sie mit einem Keuchen wieder zurück.

Sie glühte förmlich.

Sie versuchte, sie zu wecken. »Emma? Emma?«

Sie berührte ihre Wangen und küsste sie dann, während sie ihren Namen rief. »Emma? Emma. Wach auf, meine Kleine.«

Aber Emma wachte nicht auf. Sie lag ganz still da, mit roten Wangen und glühender Stirn.

»Bitte, Emma, bitte«, rief sie und nahm ihre Tochter in die Arme. »Bitte, Emma, wach auf. BITTE WACH AUF!«

ZWEIUNDFÜNFZIG

BILLIE ANN

»Wir können uns hier draußen auf der Veranda unterhalten. Ich will dich nicht in meinem Haus haben.«

Travis rollte nach draußen und schloss die Tür hinter sich. Ich trat zur Seite, mein Herz raste immer noch. Ihn zu sehen, ließ all den Schmerz in mir hochkommen. Sein stechender Blick und die Art, wie er mich ansah, brachten mich direkt zurück zu jenem Tag. Mein Körper erinnerte sich noch an jede Einzelheit und vor allem an die Gefühle, die damit einhergingen. Ich konnte ihn noch immer auf mir atmen hören, spürte seinen Mund dicht an meinem Ohr, sein Gewicht, das mich niederdrückte, das mir wehtat.

»Also, was willst du?«, fragte er und faltete die Hände im Schoß.

Ich schluckte und sagte mir, dass ich es schaffen würde. Für Emma. Für Marissa. »Ich ... ich arbeite an einem Fall und ich muss dir eine Frage stellen.«

Er spottete: »Wozu brauchst du meine Hilfe?«

»Es ... ähnelt sehr dem Fall, an dem wir zusammen gearbeitet haben, du weißt schon, als ...«

»Als wir Sex hatten und du zum Chef gegangen bist und

behauptet hast, ich hätte dich vergewaltigt, oh, daran erinnere ich mich sehr gut.«

Ich schloss wieder die Augen und konzentrierte mich auf meine Atmung. Einfach atmen. Dann sah ich ihn an.

»Ein Mädchen wird vermisst, es wurde von zu Hause entführt, genau wie damals.«

»Kitty Durham wurde nicht von zu Hause entführt, das weißt du genau. Sie war auf dem Weg zum Bus. Jemand hat sie gesehen und es uns gesagt. Du musst die Fakten schon richtig darstellen, wenn du es als Detective schaffen willst, Wilde.«

»Ich weiß, dass es einen Unterschied gibt. Dieses Mädchen ist aus ihrem Garten verschwunden.«

Er spottete erneut: »Na und? Ständig verschwinden irgendwelche Kinder. Was hat das mit dem alten Fall zu tun?«

»Es gibt noch etwas anderes.«

»Ich sterbe gleich vor Spannung«, sagte er sarkastisch. »Erzähl.«

»Der Gürtel.«

Er hörte auf zu grinsen. »Was ist damit?«

»Kittys Stiefvater, Cole Durham, widmete sein Leben der Suche nach ihr, leitete Suchtrupps, startete eine Spendenkampagne und so weiter. Und dann kam seine Frau, Kittys Mutter, eines Tages von der Arbeit nach Hause und fand ihn tot auf, einen Gürtel um seinen Hals gewickelt.«

»Er hat sich umgebracht. Er fühlte sich schuldig.«

»Aber kannst du dich noch erinnern, als wir vermutet haben, dass es kein Selbstmord war? Wir dachten, dass er vielleicht herausgefunden haben könnte, was mit Kitty passiert ist, und deswegen ermordet wurde?«

»Das war deine kleine Theorie«, sagte er und grinste. »Nicht meine.«

»Nein, der Rechtsmediziner hat es auch infrage gestellt, erinnerst du dich?«, fragte ich. »Er meinte, er kann nicht mit

Sicherheit sagen, dass es Selbstmord war. Es passte nicht zu den Spuren am Hals.«

Er schüttelte den Kopf. »Nicht wirklich. Weißt du was? Das ist – wie lange? – zehn Jahre her.«

»Vierzehn«, sagte ich.

»Ja, das ist schon lange Geschichte. Ich will nicht mehr darüber nachdenken, und ich rate dir, es ebenfalls ruhen zu lassen. Du hast mein Leben ruiniert, also geh und genieße deins.«

»Aber niemand außer uns beiden wusste von dem Gürtel«, sagte ich. »Wir waren die Einzigen, die dort waren. Du hast den Gürtel abgenommen und in seinen Schrank zurückgelegt, erinnerst du dich? Aber wir haben seine Frau danach gefragt, und sie sagte, er gehöre ihm nicht. Sie hatte ihn noch nie zuvor gesehen.«

Er schüttelte den Kopf. »Ich erinnere mich nicht mehr an all diese Einzelheiten. Es ist schon lange her.«

»Ich muss wissen, wer noch etwas über den Gürtel und die Schnalle weiß. Außer dir, mir und Kittys Mutter. Ich habe die alten Fallakten durchgesehen, aber du hast die Ermittlung geleitet – ich war nicht in alles eingeweiht, was vor sich ging. Entweder kopiert jemand diesen Mord, oder wir haben es nach vierzehn Jahren Ruhezeit wieder mit demselben Mörder zu tun.«

Er schüttelte den Kopf. »Niemand wusste davon. Nur wir. Ich glaube wirklich nicht, dass Kittys Mutter, diese schwache kleine Frau, jemanden töten könnte. Also kann es nur einer von uns sein.« Dann lachte er. Bei dem Geräusch überkam mich eine Gänsehaut. Er schüttelte den Kopf. »Ich hab seit Langem nicht mehr so gelacht, seit du mein Leben ruiniert hast. Tut mir leid, Kleine, ich kann dir nicht helfen. Der Mann hat sich selbst umgebracht.«

Er beugte sich vor und bedeutete mir, mich zu ihm hinunter zu beugen. Ich tat es nicht. Stattdessen starrte ich ihn nur an.

Allein sein Geruch verursachte bei mir Übelkeit. Sein Wort, sein Kosename für mich: *Kleine.*

»Eine Sache würde mich interessieren«, sagte er. »Wenn ich dich wirklich vergewaltigt habe, warum hast du dann nicht geschrien? Warum hast du dich nicht gewehrt? Du hast Selbstverteidigung gelernt. Du hättest es wenigstens versuchen können.«

Ich starrte ihn an, mein Herz raste, meine Hände zitterten. Ich drehte mich um und ging zu meinem Auto, widerstand dem Drang zu rennen, während mir die Tränen in die Augen stiegen, ich bekam kaum Luft.

Er hatte recht, ich hatte weder geschrien noch mich gewehrt, als er sich auf mich geschoben hatte. Ich hatte nicht geschrien, weil er mein Chef war. Er dachte, er hätte ein Recht darauf. Ich war verängstigt. Wie erstarrt.

Und er wusste, dass mich das seither verfolgte.

DREIUNDFÜNFZIG

Damals

Anfangs schenkte sie ihnen kaum Beachtung. Den kleinen Stößen in ihrem Bauch, der erst steinhart wurde und dann wieder weich. Sie dachte, das gehöre einfach zum Wachstum des Babys in ihr dazu.

Bis sie merkte, dass es nicht mehr aufhörte. Wenig später kam es wieder, dasselbe Gefühl, derselbe Grad an Schmerz, vielleicht etwas heftiger dieses Mal. Und dann ließ es nach, und sie konnte wieder atmen. In dem Glauben, dass es vorbei war, schloss sie die Augen, um sich zu entspannen, doch dann kehrte das Gefühl erneut zurück, nur war es diesmal noch stärker, und sie stöhnte laut auf. Es kam wieder und wieder und wurde immer unangenehmer, und sie schrie vor Schmerz in den Sekunden, die es anhielt.

Als es aufhörte, war es himmlisch, als würde sich jede Zelle ihres Körpers auf einmal entspannen, und sie wurde ganz friedlich.

Doch dann kehrte es zurück.

Es wurde immer stärker und stärker. Kam in immer kürzer

werdenden Abständen. Bald erkannte sie den Ernst der Lage. Es war so weit, oder? Ihr Baby war auf dem Weg. Und sie war ganz allein in dem kleinen Schuppen.

Bitte? Irgendjemand? Helft mir!

Kitty versuchte, ruhig zu bleiben, aber als die Wehen stärker wurden, machte sich Panik breit. Sie hatte keine Ahnung, wie lange das dauern würde, und sie hatte keine medizinische Versorgung oder Hilfe. Sie wusste nicht, wie es ging.

Sie war allein und hatte entsetzliche Angst.

Als die Schmerzen stärker wurden, erinnerte sich Kitty daran, dass sie vor Kurzem mit Damian einen Film gesehen hatte, in dem eine Frau entbunden hatte. Sie versuchte, sich auf ihre Atmung zu konzentrieren, so wie die Frau im Film es getan hatte, indem sie tief durch die Nase ein- und langsam durch den Mund ausatmete. Für einen Moment half das, aber bald wurden die Wehen zu stark, um sie zu ignorieren.

Was muss ich tun? Was, wenn ich es falsch mache?

Heiße Tränen liefen ihr über das Gesicht, als ihr klar wurde, dass sie es vielleicht nicht allein schaffen würde. Sie versuchte, die Gedanken zu verdrängen, aber sie kamen immer wieder zurück. Was, wenn etwas schief ging? Was, wenn sie das Baby nicht zur Welt bringen konnte? Was, wenn das Baby die Geburt nicht überlebte?

Gerade als sie die Hoffnung aufgeben wollte, hörte Kitty Schritte, die sich dem Schuppen näherten. Sie versuchte, um Hilfe zu rufen, aber ihre Stimme war zu schwach.

Der Riegel wurde zur Seite geschoben und Damian kam herein. Er sah sie an, dann keuchte er.

»Geht es dir gut?«

Sie stöhnte und schüttelte den Kopf. »Ich glaube nicht.«

Er kam zu ihr und setzte sich neben das Bett. Kittys Gesicht war schweißnass, während sie vor Schmerzen stöhnte. Damian nahm ihre Hand in seine und blickte mit einer Mischung aus Angst und Entschlossenheit auf sie herab.

Kittys Stimme war leise und heiser vom Schreien, als sie schwach sagte: »Bitte hilf mir.«

Er nickte. »Wir schaffen das. Wir schaffen das zusammen.«

Damian nickte noch einmal und drückte ihre Hand, um ihr Kraft zu geben. Er sprach ihr sanft zu und versicherte ihr, dass alles gut werden würde.

»Ich bin für dich da.«

Sie schrie erneut, und schließlich, nach einer gefühlten Ewigkeit, ertönte ein winziger, hoher Schrei, und dann kam ein perfekter, runder kleiner Kopf auf die Welt.

Damians Augen weiteten sich vor Verblüffung, und er rief unter Tränen aus: »Sieh nur, wie schön!«

Mit zitternden Händen hob er das Baby auf und legte es an ihre Brust. Der kleine glitschige Fleischklumpen fühlte sich magisch an ihrem Körper an. War dies ein echtes Baby? Hatte sie dieses Geschöpf wirklich in sich selbst erschaffen? Kitty fühlte sich von der Schönheit dieses neuen Lebens überwältigt – mit seinen zarten, flatternden Wimpern, winzigen Fingern und rosigen Lippen. Sie begann, leise zu weinen, als sie ihm liebevoll in die Augen sah und die Worte flüsterte: »Willkommen auf der Welt, kleiner Junge. Willkommen.«

VIERUNDFÜNFZIG

BILLIE ANN

Der Motor dröhnte, als ich mit weit geöffneten Fenstern losfuhr. Ich raste wie eine Furie durch die Straßen, zurück nach Cocoa Beach, weg von diesem Ort und all seinen furchtbaren Erinnerungen.

Ich war erneut gedemütigt worden, dieses Mal auf unerträgliche Weise. Er hatte mich so herablassend angeschaut, so selbstsicher, so überzeugt davon, womit er durchkommen würde. Ich hätte am liebsten die Hand ausgestreckt und ihm ins Gesicht geschlagen, um ihn für eine Sekunde die Hitze des Feuers spüren zu lassen, in dem ich brannte.

Aber das hatte ich natürlich nicht getan.

Stattdessen hatte ich geschwiegen, meinen Stolz heruntergeschluckt und war weggegangen. Aber die Wut war immer noch da. Sie kochte in mir hoch wie ein Topf mit kochendem Wasser auf dem Herd. Ich schrie laut im Auto. Ich war so wütend, so wütend, dass ich das Gefühl hatte, mein Blut würde kochen.

»Dieser Mistkerl«, sagte ich und schlug mit den Händen aufs Lenkrad. »Dieser kranke, kranke Mistkerl.«

Im Radio erklang Joan Jett, ich drehte die Musik auf und schrie zu »Bad Reputation« mit. Ich war wütend auf ihn, aber auch ein bisschen auf mich selbst, weil ich es zugelassen hatte, dass er mir auf diese Weise zusetzte. Was hatte ich erwartet? Eine Entschuldigung? Dass er Reue zeigte oder Verständnis? Ich hätte es besser wissen können, aber ich hatte mich trotzdem an eine törichte Hoffnung geklammert.

Die Wut schoss wie elektrischer Strom durch meinen Körper, ließ meine Haut brummen und mein Herz schneller schlagen. Ich war entschlossen, die Kontrolle zurückzuerlangen, mir meine Stärke und Macht wiederzuholen. Ich würde ihm zeigen, dass ich keine Angst hatte.

Er hatte mich zum letzten Mal verletzt.

Ich hatte die Brücke erreicht, als mein Handy klingelte.

»H-hallo? Detective Wilde?«, sagte eine leise, ruhige Stimme.

»Das bin ich, wer ist dran?«

»Mein Name ist Darcy Mason«, sagte sie und räusperte sich.

»Was kann ich für Sie tun, Darcy?«, fragte ich, als ich die höchste Stelle der Brücke erreichte und in der Ferne die Kreuzfahrtschiffe in Port Canaveral sehen konnte, die wie schwimmende Riesen aufragten.

»Ich bin ... nun, ich arbeite ... habe für Dr. Henderson gearbeitet«, sagte sie. »Ich habe lange überlegt, ob ich Ihnen das erzählen soll, aber ... nun, ich denke, ich sollte es tun. Die Sache ist die, dass Dr. Henderson manchmal Patienten behandelt hat, ohne ihre Akten in das System einzugeben, wenn Sie wissen, was ich meine.«

»Das tue ich nicht, nein. Bitte erklären Sie mir das genauer.«

Sie atmete aus. Es war offensichtlich, dass sie das Gefühl hatte, ihren ehemaligen Chef zu verraten.

»Er hatte einige Patienten, Kinder, die er sozusagen gratis behandelte. Wenn sie keine Versicherung hatten. Zum Beispiel Kinder, die mit ihren Eltern illegal hier sind oder die sich vielleicht vor einem misshandelnden Ex-Mann verstecken.«

»Fahren Sie fort«, sagte ich.

»Unter anderem fällt Emma Clemens unter diese Kategorie. Deshalb war ihr Name auch nicht im System. Ein Nachbar, den Dr. Henderson kannte, brachte sie zu ihm. Ich erinnere mich nicht an seinen Namen. Ich hätte es Ihren Kollegen sagen sollen, als sie hier waren, aber ich ... ich wollte es einfach nicht gefährden ...«

»Ist schon gut«, sagte ich. »Das ist verständlich. Aber nur, um das klarzustellen: Sie wollen mir sagen, dass Emma Clemens *doch* die Patientin von Dr. Henderson war?«

»J-ja.«

Darcys Stimme zitterte, während sie sprach.

»Das ist für mich äußerst interessant«, sagte ich. »Ich bin sehr froh, dass Sie mir das erzählt haben, Darcy. Denn das ist sehr wichtig für meine Ermittlungen. Es war richtig, okay? Sie haben ihn nicht verraten.«

In der Leitung wurde es still, während meine Worte in der Luft hingen. Ich war plötzlich hellwach und meine Wut vergessen. Darcy hatte mir eine Schlüsselinformation geliefert, die mir tatsächlich helfen konnte, und auch, wenn ich das große Ganze noch nicht sah, spürte ich, dass sich einige Puzzleteile an ihren Platz fügten. Das war die Verbindung, nach der ich gesucht hatte.

Sie brach das Schweigen: »Er war so ein guter Mensch. Ich verstehe einfach nicht, warum ihm jemand etwas antun wollte. Er wurde von allen gemocht.«

Ich kam nicht umhin, einen Anflug von Mitgefühl für Darcy zu empfinden, die ihrem Arbeitgeber offensichtlich so treu ergeben gewesen war. Ich erreichte die vorgelagerte Insel und bog auf die Atlantic Avenue in Richtung meiner Stadt und dem Polizeirevier ein, während ich leise sagte: »Wir werden unser Bestes tun, um diese Frage zu beantworten, Darcy. Dafür bin ich ja da.«

FÜNFUNDFÜNFZIG

BILLIE ANN

Als ich am nächsten Tag leichten Schrittes das Revier betrat, klopfte mir das Herz bis zum Hals. Ich musste die qualvolle Begegnung mit meinem ehemaligen Partner verdrängen, um mich auf den Fall zu konzentrieren.

Eine Stille schien sich über das gesamte Gebäude zu legen, als Chief Doyle aus seinem Büro eilte. Seine Schritte hatten etwas Dringendes an sich. Er gab mir ein Zeichen, ihm zu folgen, und ich gehorchte, wobei mich ein Gefühl der Angst beschlich, als ich über die Schwelle zu seinem Büro trat.

Was war los?

Das Büro war dunkel und roch nach abgestandenem Kaffee. Chief Doyle nahm hinter seinem großen Mahagonischreibtisch Platz und gab mir ein Zeichen, es ihm gleich zu tun.

»Chief, auf dem Rückweg hierher habe ich ein paar Neuigkeiten erfahren«, sagte ich. »Der Kinderarzt war der Arzt von Emma Clemens. Das ist unsere Verbindung. Cassandra war ihre Babysitterin, dieser Typ ihr Arzt. Ich werde den Eindruck nicht los, als wolle dieser Mörder jede Spur von Emma auslöschen. Ergibt das einen Sinn? So, wie wir zuerst nicht geglaubt haben, dass sie existiert, weil es keine Unterlagen von ihr gab, keine Geburtsurkunde und so weiter, und nun tötet jemand alle, die bestätigen könnten, dass es sie tatsächlich gibt.«

Er atmete aus und rieb sich die Stirn. »Es geht schon wieder los.«

Ich war verblüfft. »Ich dachte, wir wären uns einig. Was ist passiert?«, fragte ich ihn.

Er setzte sich aufrecht hin. »Ich habe Sie aus einem anderen Grund zu mir gerufen. Sie müssen mir zuhören, Wilde.«

Ich nickte und fühlte mich wie ein Kind im Büro des Schuldirektors. »Ja, Sir.«

»Wir haben einen DNA-Test gemacht«, sagte Chief Doyle mit ernster Miene.

Er öffnete eine Schublade, zog eine kleine Tüte heraus und legte sie vor mir auf den Schreibtisch. Sein Gesicht war von Sorge gezeichnet, so tief, dass es fast so aussah, als würde er vor meinen Augen altern. In der Tüte befand sich eine Haarsträhne.

»Es stimmt überein mit den Haaren von Pete Perez, Cassandras Vater.«

Mein Magen zog sich zusammen, als mir klar wurde, was er damit andeuten wollte. Einerseits wollte ich Pete im Zweifelsfall Recht geben, schließlich hatte er gerade seine einzige Tochter verloren. Aber dann war da auch noch die Verletzung in seiner Seite, die mich beunruhigte, und dass er deswegen log. Und die Tatsache, dass er Marissa mietfrei in seinem Haus wohnen ließ. Könnte er wirklich hinter dem Mord an Dr. Henderson stecken? Und warum?

Mit widersprüchlichen Gefühlen nahm ich die Tüte in die Hand und betrachtete sie genauer.

»Die Haare wurden in Hendersons Wohnung in der Nähe der Leiche gefunden. Man geht davon aus, dass er um sein Leben gekämpft und sie dabei aus dem Kopf seines Angreifers gerissen haben könnte.«

»Warum weiß ich davon noch nichts?«, fragte ich.

Er zuckte mit den Schultern. »Keine Ahnung, Wilde. Die Hälfte der Zeit weiß ich nicht, wo Sie sind. In seiner Wohnung wurde eine Menge gefunden, und ich kann es gar nicht mehr überblicken, aber das hier ist das Einzige, das mit jemandem übereinstimmt und als Beweis dienen kann. Wollen Sie sich deswegen mit mir anlegen? Bekommen wir hier ein Problem?«

Ich schüttelte den Kopf. »Nein, Sir. Natürlich nicht.«

»Okay, gut«, sagte er, lehnte sich in seinem Stuhl zurück und faltete die Hände über dem Bauch. »Dann bringen Sie ihn her.« Er starrte mich mit einem intensiven Blick an. »Es tut mir leid«, fügte er hinzu. »Ich weiß, dass er gerade seine Tochter verloren hat und dass das im Moment sehr viel ist. Aber es muss sein. Ich vermute, dass er sowohl Henderson als auch Cassandra getötet hat. Ihr Fall ist gelöst.«

»Warum sollte er seine eigene Tochter töten?«, fragte ich.

Er breitete seine langen Arme aus. »Wer weiß? Vielleicht hat sie etwas gesehen? Vielleicht hat sie gedroht, ihn zu verraten. Vielleicht war es auch andersherum. Vielleicht hat er seine Tochter missbraucht, und der Arzt hat etwas gesehen und gedroht, ihn anzuzeigen. Es gibt viele Möglichkeiten. Das müssen Sie ihn fragen.«

Ich nickte widerwillig, stand auf und machte mich auf, das Büro zu verlassen. Ich hatte kein gutes Gefühl bei der Sache, aber er hatte recht. Es musste sein. Ich konnte nur nicht erkennen, wie das Ganze mit Emma zusammenhing, oder ob das ein Beweis dafür war, dass es gar keinen Zusammenhang gab. Vielleicht würde Pete das beantworten, wenn wir ihn zum Reden brachten. Ich holte tief Luft, um die Fassung zu bewahren, und antwortete entschlossen: »Ja, Sir, ich verstehe. Ich werde alles tun, was nötig ist, um ihn herzubringen.«

Mit diesen Worten verließ ich das Büro.

SECHSUNDFÜNFZIG

BILLIE ANN

Am frühen Nachmittag des nächsten Tages erschien Pete Perez auf dem Revier. Glücklicherweise kam er freiwillig, nachdem eine örtliche Streife an seinem Haus vorbeigefahren war und ihn gebeten hatte, aufs Revier zu kommen. Tom und ich führten das Verhör durch. Wir fragten ihn stundenlang über den Mord an Bryan Henderson aus. Mithilfe der am Tatort gefundenen Haarsträhne, die mit seinem DNA-Profil übereinstimmte, konnten wir ihn überführen. Er blieb dennoch standhaft bei seinen Unschuldsbeteuerungen.

»Ich weiß nicht einmal, wer der Typ ist«, behauptete er. »Ich habe ihn noch nie in meinem Leben gesehen.«

»Ich weiß, dass das nicht stimmt«, sagte ich. »Ich habe mit der Arzthelferin von Dr. Henderson gesprochen, und sie sagte, dass Sie Marissa und Emma Clemens hergebracht hätten. Sie kannten ihn.«

Das brachte ihn zum Schweigen. Er starrte mich an und biss sich auf die Innenseite seiner Wange. »Okay, ich habe also von ihm gewusst. Ich bin selbst ein Sohn von Einwanderern ohne Papiere. Ich wusste, dass ich keine Fragen stellen durfte, als Marissa bei mir aufkreuzte. Ich wusste, dass sie einen

Kinderarzt brauchte, der ebenfalls keine Fragen stellen würde. Also habe ich mich umgehört, und so ist sein Name aufgetaucht. Aber das heißt nicht, dass ich jemanden umgebracht habe.«

Ich wusste, dass der Chief wollte, dass der Kerl gestand, damit wir mit der Verhaftung weitermachen konnten. Ich gab mein Bestes, zumal ich nun wusste, dass der Chief uns durch den halbdurchlässigen Spiegel beobachtete. Ich wollte ihn nicht enttäuschen und wusste, dass meine Karriere davon abhing, dass ich diesen Fall löste.

Ich beugte mich vor und sagte: »Pete, Sie können niemandem etwas vormachen. Erzählen Sie uns einfach, was passiert ist.«

Petes Blick huschte durch den Raum, als suchte er nach einem Fluchtweg. Schließlich murmelte er: »Ich weiß ehrlich gesagt nicht, wovon Sie reden. Ich habe mit der Sache nichts zu tun. Ich kann nur immer wieder dasselbe sagen. Sie müssen mir glauben.«

Tom mischte sich ein: »Lügen Sie uns nicht an, Pete. Die Beweise sprechen für sich. Sie können entweder jetzt gestehen oder sich später in eine noch schwierigere Lage bringen.«

Pete schüttelte energisch den Kopf und sagte: »Ich schwöre beim Tod meiner Mutter, dass ich es nicht getan habe. Warum glauben Sie mir nicht?«

Ich holte tief Luft. »Lassen wir den Scheiß, Pete. Hören Sie auf, Spielchen mit uns zu spielen, und sagen Sie uns die Wahrheit.«

Die Stille hing in der Luft wie eine Schlinge, die nur darauf wartete, zugezogen zu werden.

Schließlich ergriff Pete das Wort: »Ich sage Ihnen alles, was ich weiß! Ehrlich, ich bin unschuldig!«

Ich legte die Tüte mit den Haaren vor ihm auf den Tisch.

»Pete, Sie erzählen uns nicht alles. Was verheimlichen Sie?«

Pete rutschte unbehaglich auf seinem Stuhl hin und her. »Ich schwöre bei Gott, ich weiß nicht, wovon Sie reden«, sagte er wenig überzeugend. Er schaute auf die Tüte. »Ich weiß nicht einmal, was das ist.«

»Das sind Ihre Haare«, sagte ich und klopfte auf die Tüte. »Am Tatort gefunden. Eine ganze Strähne davon. Wir haben es mit der DNA-Probe verglichen, die Sie uns gegeben haben, und es war ein Treffer.«

Er schüttelte den Kopf. »Das kann nicht sein. Sind Sie sicher, dass es von mir ist?«

»Ja, wir sind uns sicher«, sagte ich. »Es stimmt überein.«

Er stöhnte verzweifelt. »Aber ich habe niemanden umgebracht, ich schwöre.«

»Kommen Sie!«, mischte sich Tom ein und schlug mit der Hand auf den Tisch. »Sagen Sie uns einfach die Wahrheit und dann werden wir eine Lösung finden.«

»Ich habe Ihnen schon gesagt, dass ich es nicht war!«, brüllte Pete zurück, wobei ihm Schweißperlen auf die Stirn traten.

»Okay, warum waren Sie dann in Bryan Hendersons Wohnung?«, fragte ich ruhig in dem Versuch, ein vernünftiges Gespräch mit ihm zu führen. Ihn aufzuheizen, schien nichts zu bringen. »Wir haben eindeutige Beweise, die belegen, dass Sie am Tatort waren.« Ich schnappte mir die Tüte und hielt sie hoch. »Das beweist, dass Sie dort waren.«

»Aber das war ich nicht«, sagte er wieder.

So kamen wir nicht weiter. »Okay, kommen wir zurück zu Ihrer Verletzung. Sie fassen sich ständig an die Seite und winden sich bei jeder Bewegung. Woher haben Sie die?«

»Ich sagte doch, ich bin vom Fahrrad gefallen.«

»Nun, neulich behaupteten Sie, es wäre bei der Gartenarbeit passiert. Also, woher stammt sie wirklich?«, fragte ich.

»Ich … Das … das kann ich Ihnen nicht sagen.«

»Das kommt ja gelegen«, rief Tom aus.

»Und warum können Sie es uns nicht sagen?«, fragte ich. »Liegt es daran, dass Sie mit der Frau, Ashley Wittman, aufeinandergetroffen sind, die in der Wohnung war, als Sie Bryan Henderson ermordet haben? Sie stach auf Sie ein, um von Ihnen wegzukommen, richtig? Wir haben die Glasscherbe und das Blut in ihrer Wohnung entdeckt. Wir müssen nur noch einen Abgleich mit Ihrer DNA durchführen, was in diesem Moment geschieht. Dann werden wir es mit Sicherheit wissen. Sie können es uns genauso gut auch jetzt sagen. Das spart uns Zeit. Wo ist Ashley? Wo ist Emma?«

Sein Blick fiel auf den Tisch. »Ich wurde angegriffen.«

»Sie wurden angegriffen?«, fragte ich. »Na, das ist ja interessant. Von Ashley Wittman, die halb so groß ist wie Sie?«

Er schüttelte den Kopf. »Nein, im Park. Ich war spätabends mit dem Hund spazieren. Jemand kam von hinten und hat mich niedergeschlagen. Ich habe versucht, mich zu wehren, und da hat er mich gepackt und mir eine Haarsträhne vom Kopf gerissen. Genau hier.«

Er drehte den Kopf und strich einige Haarsträhnen zu Seite, sodass eine kleine kahle Stelle zum Vorschein kam.

Ich runzelte die Stirn. »Und warum haben Sie diesen Angriff nicht bei der Polizei gemeldet?«

Er wich meinem Blick weiterhin aus. Das machte es schwer zu sagen, ob er log oder nicht. »Weil ... weil ich jemandem Geld schulde. Ich habe mir von ein paar üblen Leuten Geld geliehen und es nicht zurückgezahlt. Ich nahm an, dass sie es waren.« Er atmete kopfschüttelnd aus. »Meine Frau weiß nichts davon. Ich habe Schulden, vom Glücksspiel. Ich wusste nicht, dass das ein Problem ist, bis ich am Boden lag und zusammengeschlagen wurde. Ich habe versucht, davon loszukommen, aber es ist schwer. Meine Frau weiß überhaupt nichts davon. Ich habe erst vor ein paar Monaten unsere gesamten Ersparnisse verspielt und versucht, sie zurückzugewinnen. Wenn mir das nicht gelingt, müssen wir das Haus verkaufen, in dem Marissa wohnt.«

Die Verzweiflung in seiner Stimme war mit Händen zu greifen, und ich hatte das Gefühl, dass er die Wahrheit sagte. Wir bohrten immer tiefer nach, und bald merkten wir, dass wir nicht weiterkamen. Ich beschloss, ihn gehen zu lassen. Ich brauchte mehr Beweise.

Als er das Gebäude verließ und in die Dunkelheit hinausging, wurde ich das Gefühl nicht los, dass hinter dieser Geschichte mehr steckte, als es den Anschein hatte. Viel mehr.

Aber was hatte ich übersehen? Und warum kam es mir so vor, als wären wir ständig drei Schritte zu spät, als würde diese Person uns überlisten?

»Wilde, es gibt Neuigkeiten«, sagte Scott, als ich niedergeschlagen zu meinem Schreibtisch zurückkehrte.

»Was denn?«

»Es geht um Ashley Wittman«, sagte er, während er auf seinen Computerbildschirm starrte. Er schüttelte den Kopf. Dann sah er zu mir.

»Die Frau, die bei Henderson war?«, fragte ich.

»Ja. Sie ist ins Krankenhaus in Sebastian eingeliefert worden.« Er sah mich schockiert an. »Und hör dir das an: Sie kam in Begleitung eines Mannes, und der wurde tot in ihrem Krankenzimmer gefunden. Erwürgt.«

Ich schnappte mir meine Autoschlüssel und dachte gar nicht mehr an das Abendessen und die Hausaufgaben mit den Kindern. Darum würde sich Joe heute Abend kümmern müssen. Mein Mörder erhöhte das Tempo, und ich musste ihn aufhalten, bevor er erneut zuschlug.

SIEBENUNDFÜNFZIG

Damals

Kitty hielt das Neugeborene fest in ihren Armen. Sie war fasziniert von der Schönheit seines kleinen Gesichts und liebte es, die Wärme seines Körpers an ihrem zu spüren. Sogar sein Geruch war göttlich. Sie lächelte und fühlte sich zum ersten Mal seit langer Zeit wieder glücklich, während das Baby von ihr genährt wurde. Es war erst eine Woche her, und ihr Körper tat manchmal noch weh. Er sah anders aus, und sie war müde und erschöpft von der Sorge um ihren kleinen Engel.

Einen Moment lang dachte sie an ihre eigene Mutter, und sofort traten ihr Tränen in die Augen. Sie hätte ihr gerne das Baby, ihren Enkel, gezeigt. Sie könnte jetzt ihren Rat gebrauchen, wenn es darum ging, das Baby zum Schlafen zu bringen, und bei der Frage, ob es genug zu essen bekam. Sie vermisste es, mit ihr reden zu können.

Kitty schniefte und strich über das weiche schwarze Haar des Babys. Es war so unglaublich, dieses kleine Geschöpf. So wundervoll. Sie konnte jetzt nicht in der Vergangenheit verweilen und über ihre eigene Mutter nachdenken. Dafür war keine Zeit. Sie musste sich auf ihren kleinen Jungen konzentrieren und auf die gemeinsame Zukunft, die vor ihnen lag. Als Familie. Auch, wenn sie in diesem heißen kleinen Schuppen stattfand, war es jetzt ihr Leben, und solange sie ihn in ihren Armen hielt, war sie glücklicher denn je.

Allerdings vermisste sie die frische Luft. Damian ließ sie nicht mehr raus, wie er es getan hatte, als sie schwanger gewesen war. Er brachte ihr nur noch das Essen und verbrachte kaum Zeit mit ihr und dem Baby. Sie sahen auch nicht mehr gemeinsam fern.

Sie vermisste diese Zeit irgendwie.

Vielleicht ist er nur mit seiner Arbeit beschäftigt. Er rettet die Welt vor gefährlichen Kriminellen.

Kitty bewunderte ihn immer noch für sein Heldentum. Er erzählte ihr oft Geschichten von Verbrechern, die er aufgespürt und eingesperrt hatte. Sie mochte diese Geschichten. Davon, dass der Gerechtigkeit Genüge getan wurde. Vor allem, weil sie wusste, wie glücklich es ihn machte, sie zu erzählen. Er mochte es, wie sie ihn dann ansah, wie einen wahren Helden.

In ihrer Vorstellung war er genau das. Und sie liebte ihn dafür.

Plötzlich hörte sie, wie der Riegel zur Seite geschoben wurde, und schon öffnete sich die Tür zum Schuppen. Kitty sah erwartungsvoll auf. Damian und Linda traten ein. Zuerst freute sie sich, Damian zu sehen, aber die Freude nahm ab, als das Gesicht seiner Frau hinter ihm auftauchte. Irgendetwas an der Art, wie sie sie in letzter Zeit ansah, seit das Baby da war, erweckte in Kitty den Eindruck, als würde sie ihr das übel nehmen. Vielleicht, weil Kitty ein Baby haben konnte und sie nicht? Damian hatte ihr erzählt, dass es ihr nicht gelungen war, schwanger zu werden. Deshalb war er auch so überrascht gewesen, wie schnell Kitty schwanger geworden war. Und glücklich.

Er war so glücklich gewesen. Er habe immer davon geträumt, eine große Familie zu haben, hatte er ihr erzählt. Und sie hatte ihm dabei geholfen. Sie war stolz, das getan zu haben. Stolz darauf, zu ihm zu gehören.

Aber heute lag da etwas anderes in seinem Blick. Kitty erstarrte, als sie Damians Gesichtsausdruck sah.

Sie strahlten beide etwas beinahe Unheimliches aus. Das beunruhigte Kitty. Normalerweise war Damian so zuvorkommend und lächelte, wenn er sie sah. Heute war da keine Liebe in seinen Augen. Hatte er aufgehört, sie zu lieben? Wie konnte das passieren? Was hatte sich verändert? War sie nicht gut genug? War er nicht glücklich mit dem Baby?

Damian ergriff als Erster das Wort. Er trat auf sie zu.

»Wir brauchen das Kind«, sagte er.

Kitty spannte sich an, und ihr Griff um das Baby wurde fester. Sie konnte und würde nicht loslassen.

Was meinte er? Warum wollte er das Baby?

»Nein«, sagte sie mit zitternder Stimme. »Das ist mein Baby.«

Damians Frau trat vor und legte Kitty die Hand auf die Schulter.

»Es ist alles in Ordnung«, sagte sie mit beruhigender Stimme. »Du kannst uns vertrauen.«

Kitty sah der Frau in die Augen und sah darin Mitgefühl. Das ließ sie aufatmen. Langsam lockerte sie ihren Griff und überreichte ihnen das Baby, während ihr Herz raste und die Angst durch jede Faser ihres Körpers schoss. Damian nahm das Kind wortlos an sich, und seine Frau folgte ihm nach draußen.

»Wartet. Stopp. Wann kriege ich ihn zurück?«

Aber es war zu spät. Die Tür schlug zu, und sie hörte, wie der Riegel auf der anderen Seite vorgeschoben wurde.

Kitty schrie, ihr Herz schmerzte durch die plötzliche Abwesenheit des Babys. Sie brauchte ihn zurück; sie brauchte ihn in ihrer Nähe. Sie konnte ohne ihn nicht leben. Wussten sie das denn nicht? Weinend fiel Kitty im Schuppen auf die Knie.

Sie hatte geglaubt, diese Freude, dieser Moment des Glücks, wäre der Beginn eines neuen Lebens für sie und ihren Sohn. Doch stattdessen wurde sie in ihrem Gefängnis zurückgelassen, mit einzig ihren Erinnerungen an ihn.

ACHTUNDFÜNFZIG

BILLIE ANN

Ich hastete in das alte Krankenhausgebäude und begab mich direkt zur Rezeption. Draußen vor der Tür standen ein paar Polizeiautos und ich fragte mich, ob sie wegen des Mannes dort waren. Ich befürchtete, dass sie Ashley bereits befragten. Hoffentlich würde ich direkt mit ihr sprechen können.

»Wo finde ich das Zimmer von Ashley Wittman?«, fragte ich die Frau am Empfang.

Sie nannte mir die Zimmernummer, und ich eilte zum Aufzug. In der besagten Etage angekommen, stieg ich aus, wobei ich auf meinem Weg viele erschütterte Gesichter sah. Es wimmelte nur so von Polizisten, und das machte mich stutzig. Als mir eine Krankenpflegerin entgegenkam, hielt ich sie auf.

»Ich bin auf der Suche nach Ashley Wittman.«

Sie schlug die Hand vor den Mund und schüttelte den Kopf. »Sie sind ... Sie kommen zu spät.«

»Was soll das heißen, ich komme zu spät? Zu spät für was?«

Sie stieß einen spitzen Schrei aus. »Sie war ... Einer meiner Kollegen ist vor einer Stunde in ihr Zimmer gegangen und hat sie gefunden ...«

»Was meinen Sie mit, er hat sie gefunden?«, fragte ich, während mir das Herz bis zum Hals schlug. »Was ist passiert?«

Sie schüttelte den Kopf, die Angst stand ihr ins Gesicht geschrieben. »Sie ist tot.«

Meine Zuversicht schwand. *Tot?* Wie war das möglich? War ich zu spät? War ich verdammt noch mal zu spät?

Ich verbrachte den Großteil des Abends im Krankenhaus in Sebastian und sprach mit den verantwortlichen Ermittlern. Vom Rechtsmediziner erfuhr ich alle Einzelheiten, und ein kurzer Blick auf die Hälse der beiden Opfer reichte, um zu wissen, dass die Blutergüsse denen von Cassandra Perez und Bryan Henderson ein wenig zu ähnlich waren. Für mich bestand kein Zweifel, dass wir es mit demselben Mörder zu tun hatten.

Und möglicherweise mit demselben Mörder, der auch Cole Durham auf dem Gewissen hat, vergiss das nicht.

Ich rief Tom an und bat ihn, alles über diesen Alex herauszufinden, der sie begleitet hatte. Es dauerte nicht lange, bis er erfuhr, dass er in Sebastian gewohnt hatte, und wir kamen zu dem Schluss, dass Ashley bei ihm untergekommen sein musste, sich womöglich dort versteckt hatte, als der Mörder sie fand. Die Vorstellung schockierte mich.

Ich bat darum, dass die Akten an mich und meine Abteilung weitergeleitet wurden, damit wir weitere Nachforschungen anstellen konnten. Am meisten beunruhigte mich die Tatsache, dass Ashley noch gelebt hatte, als sie ins Krankenhaus kam, und später in ihrem Bett starb. Es war noch nicht klar, ob sie an ihren anfänglichen Verletzungen gestorben war und sich ihr Zustand nur verschlechtert hatte, oder ob sie ihren Mörder im Krankenhauszimmer wiedergetroffen hatte.

Ich befürchtete Letzteres.

Mir wurde berichtet, dass es leider keine Überwachungsaufnahmen gab, die zeigten, dass jemand ihr Zimmer seit Ankunft der Polizei betreten hatte, was mir seltsam vorkam. Es gab keine Aufzeichnungen darüber, dass jemand anderes dort hineingegangen war. Könnte der Mörder jemand aus dem Krankenhaus sein?

Es war schon nach Mitternacht, als ich endlich auf dem Heimweg nach Cocoa Beach war und in unsere Straße einbog. Erschöpft parkte ich in der Einfahrt und stieg aus. Das Haus lag in völliger Dunkelheit, und nur Zelda kam angerannt, um mich zu begrüßen, als ich eintrat. Ich ließ sie kurz raus, damit sie pinkeln konnte, ging dann wieder hinein und fand Joe in der Küche vor, wo er gerade dabei war, sich ein Glas Wasser zu holen.

Er nickte mir zur Begrüßung zu. »Hi«, sagte er.

Ich nahm die Leine ab, und die Hündin rannte zu ihrem Platz und ließ sich neben ihrem Lieblingsspielzeug nieder, einem ausgestopften Stachelschwein, an dem sie so doll genagt hatte, dass sie die gesamte Füllung herausgezogen hatte, und das nun völlig platt war. Aber sie liebte es immer noch mehr als jedes andere Spielzeug, das sie besaß.

»Hey«, sagte ich. »Alles gut?«

Er nickte. »Ja, ich konnte einfach nicht schlafen.«

»Wie war der Abend mit den Kindern?«

»Es lief gut. Das Übliche.«

»Hat Zack seine Hausaufgaben gemacht?«, fragte ich.

Er sah mich verärgert an. »Natürlich. Direkt nachdem er von der Schule nach Hause kam. Ich habe es sogar überprüft, auch wenn Freitag ist und er damit bis Sonntag warten könnte. Glaubst du etwa, ich kann mich nicht einen Abend lang allein um die Kinder kümmern?«

Ich zuckte mit den Schultern. »Ich frag doch nur. Zack neigt dazu, seine Hausaufgaben zu vergessen, wenn wir bis

Sonntag warten. Ich bin dankbar, dass du dich um sie kümmerst, während ich bei der Arbeit bin, das weißt du. Das war nicht so gemeint.« Er schwieg. Ich fuhr fort: »Und wie war das Abendessen? Was habt ihr gegessen?«

»Ich habe Chicken Alfredo gemacht«, sagte er. »Es ist noch was im Kühlschrank, falls du Hunger hast.«

Da fiel mir auf, dass ich noch gar nicht zu Abend gegessen hatte, aber ich war auch nicht wirklich hungrig. Ich war viel zu müde, um zu essen. Stattdessen schnappte ich mir eine Banane.

Joe warf einen Blick auf sein Handy und scrollte durch seinen Instagram-Feed. Wir hatten anscheinend genug geredet.

»Also gab's keine Probleme?«, fragte ich.

Er schüttelte den Kopf, dann ging er zur Treppe und stieg die Stufen hinauf. Ich sah ihm nach und fühlte mich einsamer denn je. Er hatte nicht einmal gefragt, wo ich gewesen war. Ich hatte ihm eine Nachricht geschickt, um ihm mitzuteilen, dass ich länger arbeiten würde, aber er hatte nur mit einem *OK* geantwortet. Normalerweise hasste er es, wenn ich Überstunden machte, und sagte immer, dass er glaubte, sie würden mich ausnutzen, und dass ich mehr freie Zeit mit meiner Familie verdiente. Er hasste es, wenn ich nicht zu Hause war. Aber jetzt schien es fast so, als würde es ihn nicht einmal interessieren.

Das ging schnell.

»Gute Nacht«, rief ich ihm nach, aber er war schon im Schlafzimmer verschwunden und hatte die Tür geschlossen. Ich sah Zelda achselzuckend an. »Dann sind wir wohl nur zu zweit.«

Sie war meine Schlafgefährtin geworden, und auch, wenn sie nachts viele Geräusche von sich gab, genoss ich ihre Gesellschaft sehr.

»Lass mich nur kurz nach den Kindern sehen«, sagte ich. »Ich gebe ihnen noch einen Gute-Nacht-Kuss. Warte hier auf mich. Ich bin gleich wieder da.«

NEUNUNDFÜNFZIG

MARISSA

Marissa war nun schon tagelang im Schuppen eingesperrt und musste hilflos mitansehen, wie Emma mit jeder Stunde schwächer wurde, ohne dass ihr jemand zu Hilfe kam.

Emma hatte immer noch hohes Fieber, das nicht sinken wollte, und war so apathisch, dass sie nicht einmal mehr aufwachte, sondern nur noch im Schlaf stöhnte. Verzweifelt versuchte Marissa, es ihrer Tochter möglichst angenehm zu machen und sie so kühl wie möglich zu halten, aber es war schwer in dem heißen Schuppen, auf den tagsüber die Sonne brannte. Sie befürchtete, dass es ohne Hilfe nicht mehr lange dauern würde, bis Emma der Krankheit erliegen und von ihr gehen würde.

»Bitte, so hilft uns doch jemand«, schrie sie und hämmerte mit den Fäusten gegen die Tür.

Aber es war sinnlos.

Sie hatte stundenlang gegen die Tür des Schuppens gehämmert, bis sie gezwungen gewesen war, eine Pause zu machen, weil ihre Hände bluteten. Doch niemand hatte ihre Hilfeschreie gehört. Die Stille ließ sie verzweifeln. Tränen liefen ihr über das Gesicht, während sie immer wieder mit den Fäusten gegen das Metall schlug und ihre letzte Hoffnung auf Hilfe alsbald dahinschwand. Sie schrie vor Verzweiflung, doch es kam niemand, um ihr zu helfen.

»Mein kleines Mädchen«, sagte sie und setzte sich zu ihr aufs Bett, wiegte sie in den Armen und hatte Mühe, die Tränen zurückzuhalten. Man hatte ihnen Wasser zu trinken gegeben, in Flaschen, aber langsam neigten sie sich dem Ende zu. Emma brauchte Wasser, um das Fieber zu bekämpfen. »Mein armes, armes Kind.«

So saß sie da, mit ihr in den Armen, und schaukelte vor und zurück, während ihr Herz schmerzte und verzweifelt nach Hilfe verlangte.

Was soll ich nur tun?

Sie konnte sich an niemanden wenden und hatte keine andere Wahl, als zu warten und zu hoffen, dass jemand ihre Schreie hörte und ihr zu Hilfe kam. Ob dies nun in Form eines Wunders oder einer Tragödie geschah, war Marissa egal.

Irgendetwas musste passieren. Alles, nur nicht diese verdammte Stille!

»Bitte!«, schrie sie.

Doch mit jeder Stunde, die verging, verlor Marissa mehr und mehr die Hoffnung. Sie spürte, wie sie in einen Nebel der Verzweiflung geriet, ihr Verstand setzte aus und ihre Gedanken waren ein einziges Durcheinander. Sie konnte sich nicht erinnern, wie lange sie schon eingesperrt oder wie lange Emma bereits krank war. Alles, was sie wusste, war, dass sie in diesem Schuppen gefangen waren, allein und hilflos.

Ihre Augenlider wurden schwer, aber sie weigerte sich, sie zu schließen, aus Angst davor, was passieren könnte, wenn sie es tat. Emmas Atmung wurde immer schwerfälliger, und Marissa wusste, dass ihr die Zeit davonlief. Sie sank zu Boden, mit dem Rücken an die Schuppentür gelehnt, und betete um einen Ausweg aus diesem Albtraum.

Spät am Abend des dritten Tages nickte sie fast ein, auch wenn sie es nicht zulassen wollte.

Plötzlich gab es ein knarrendes Geräusch, und die Tür öffnete sich langsam. Marissa blinzelte überrascht, während sich ihre Augen an den plötzlichen Lichteinfall von einer Lampe draußen zu gewöhnen versuchten. Im Türrahmen stand eine Gestalt, deren Gesichtszüge durch das grelle Licht hinter ihr verdeckt wurden.

Erschrocken rappelte sie sich auf und wagte nicht, allzu viel zu hoffen. Ihr Herz pochte vor Verzweiflung, während sic versuchte, die Gesichtszüge der Person zu erkennen.

Freund oder Feind. Das spielte zu diesem Zeitpunkt keine Rolle.

»Bitte«, flehte sie, ihre Stimme war heiser vom stundenlangen Schreien. »Emma ist krank. Sie braucht Hilfe. Du bist der Einzige, der ihr helfen kann.«

SECHZIG

BILLIE ANN

Langsam stieg ich die Treppe hinauf und spürte, wie sich die Erschöpfung eines sehr langen Tages in mir breit machte, als ich an Zacks Zimmer vorbeikam. Die Tür stand einen Spalt offen, und ich konnte seine kleine Gestalt sehen, die zusammengerollt im Bett lag, die Decke bis zum Kinn hochgezogen.

Vorsichtig schlich ich hinein, um ja kein Geräusch zu machen, das ihn wecken könnte. Ich strich ihm sanft das Haar aus der Stirn und drückte ihm einen federleichten Kuss auf die Schläfe. Er regte sich leicht, und ich erstarrte, hielt den Atem an. Nach ein paar Augenblicken lag er wieder ruhig da, und ich atmete erleichtert aus.

»Schlaf gut, mein Schatz«, flüsterte ich und schloss die Tür hinter mir.

Dann ging ich weiter den Flur hinunter zu Williams Zimmer und erwartete, ihn mit seinem Handy in der Hand schlafend vorzufinden. Und tatsächlich, als ich die Tür aufstieß, sah ich sein Handy auf dem Boden neben dem Bett liegen. William war eingeschlafen, ohne es wegzulegen, eine Angewohnheit, die ich ihm abzugewöhnen versuchte. Ich lächelte liebevoll, während ich beobachtete, wie sich sein

Brustkorb in einem friedlichen Rhythmus im Schlaf hob und senkte.

Die nächste Station war Charlenes Zimmer. Langsam stieß ich die Tür auf und erwartete, auch sie in ihrem Bett vorzufinden. Aber zu meiner großen Überraschung war ihr Zimmer leer.

Mir rutschte das Herz in die Hose.

Sie war nicht da.

»Charlene?«, rief ich.

Ich betrat den Raum. Mein Herz raste, während ich auf das leere Bett meiner Tochter starrte. Dann sah ich, wie sich der Vorhang bewegte, und bemerkte, dass das Fenster offen war. Ich streckte den Kopf hinaus und sah hinunter.

Ja, sie war definitiv aus dem Fenster geklettert, daran bestand für mich kein Zweifel. An der Hauswand lehnte eine Leiter. Sie hatte nicht einmal versucht, es zu verheimlichen. Aber wo war sie hin? Steckte sie vielleicht in Schwierigkeiten?

Mit plötzlicher Dringlichkeit und wachsender Wut eilte ich in Joes Schlafzimmer. Er schlief tief und fest. Ich rüttelte ihn wach. In meinem Kopf tobten Panik und Wut.

»Wo ist Charlene?«, fragte ich mit vor Aufregung zitternder Stimme. »Joe.«

Er starrte mich träge an, war sich der Situation noch nicht ganz bewusst. Er blinzelte.

»W-was?«

»Charlene? Sie ist nicht in ihrem Bett. Wo ist sie?«, fragte ich fieberhaft.

Joes Augen weiteten sich, während er langsam zu begreifen begann, was ich ihm sagte, und schoss hoch, als er endlich den Ernst der Lage verstand. Mit einem grimmigen Blick sah er mich an.

»Nicht? Aber ich dachte, sie wäre es. Zumindest war sie es, als ich sie zuletzt gesehen habe. Ich habe ihr um elf Gute Nacht gesagt.«

»Nun, jetzt ist sie jedenfalls nicht da.«

Ich verspürte einen plötzlichen Anflug von Besorgnis, während ich in meine Tasche griff und mein Handy herauszog. Mein Herz raste, während ich ihre Nummer wählte, und mein Daumen zitterte vor Anspannung. Wie ich erwartet hatte, ging sie nicht ran, und so hinterließ ich eine Nachricht, in der ich sie verzweifelt anflehte, mich zurückzurufen und mir zu sagen, wo sie war.

Ich probierte es erneut, aber immer noch keine Antwort. Ich versuchte, ihren Standort über die Funktion *Mein Gerät finden* aufzuspüren, aber sie hatte sie ausgeschaltet, obwohl ich ihr ausdrücklich gesagt hatte, sie wieder einzuschalten.

Mich überkam ein grauenhaftes Gefühl. Wo war sie? Und was war mit ihr passiert? Obwohl ich es nicht mit Sicherheit sagen konnte, wusste ich, dass das nichts Gutes bedeutete. Ich befürchtete, dass sie wieder betrunken Auto fuhr.

»Kannst du sehen, wo sie ist?«, fragte Joe und rieb sich die Augen. »In dieser App?«

»Nein«, sagte ich frustriert und besorgt zugleich. »Sie hat sie wieder deaktiviert. Sie verstößt gegen die Regeln. Sie hat Hausarrest, Joe. Sie darf nirgendwo hingehen.«

»Das weiß ich«, sagte er eingeschnappt. »Warum denkst du immer, ich wäre ein Idiot, der ...«

Ich schnippte mit den Fingern. Es war Freitag. Ja, natürlich.

»Peytons Party«, sagte ich.

»Was meinst du?«

Ich zeigte auf ihn. »Sie war wütend auf mich, dass ich ihr Hausarrest verpasst hatte, denn das bedeutete, dass sie die Geburtstagsparty, auf die sie sich gefreut hatte, verpasste. Ich schätze, sie hat sich entschieden, trotzdem hinzugehen.«

Joe schüttelte den Kopf. »Verstehe. Sie ist ein Teenager, also keine große Überraschung. Sie ist auf einer Party. Was soll's? Sie kommt schon klar.«

Ich starrte ihn an und war verwundert über seine Reaktion.

Warum war er nicht wütend? Warum sprang er nicht aus dem Bett und ins Auto, um sie abzuholen? Was war los mit ihm? Ich erkannte ihn kaum wieder. Es war, als hätte er aufgegeben.

»Wie meinst du das?«, fauchte ich. »Sie hat uns angelogen, Joe. Sie hat gegen die Regeln verstoßen, und du bist nicht einmal sauer darüber?«

Er atmete aus und rieb sich das Kinn. »Vielleicht sollten wir etwas nachsichtig mit ihr sein.«

Meine Augen wurden groß. »Nachsichtig? Was soll das heißen? Sie lügt und haut ab. Sie bricht jede Vereinbarung, die wir getroffen haben. Und du willst nachsichtig mit ihr sein?«

Er seufzte. »Sie macht gerade einiges durch. Das tun wir alle. Sie spielt verrückt.«

»Du hast verdammt recht, sie spielt komplett verrückt …«, begann ich, aber er legte mir eine Hand auf den Arm, um mich zu unterbrechen.

»Wegen dir. Wegen dem, was zu Hause vor sich geht«, sagte er und sah mir in die Augen. »Wegen dem, was du uns antust.«

Er hatte in gewisser Weise recht. Natürlich war das eine Reaktion auf das, was vor sich ging. Sie hatte mir ja selbst gesagt, dass sie es wusste und dass sie es … nun ja, fürchterlich fand, das ist wohl das schönere Wort dafür.

Charlenes und Joes Worte taten weh wie nichts anderes auf der Welt. Aber ich musste mich daran erinnern, was mein Therapeut mir geraten hatte: »Lassen Sie die Schuldgefühle los.« Ich konnte nicht immer alle retten. Ich war nicht für die Taten und Gefühle anderer Menschen verantwortlich, sondern nur für meine eigenen. Ich wusste, dass das, was zu Hause geschah, außerhalb meiner Kontrolle lag, und dennoch wollte ein Teil von mir die Verantwortung dafür übernehmen. Ich wollte die Heldin sein, die alles rettet. Ich war immer die Supermom gewesen. Aber jetzt musste ich einsehen, dass ich es nicht war. Dass ich nicht mehr alles wiedergutmachen konnte, indem ich auf Schrammen und blaue Flecken pustete und

Pflaster aufklebte, ihre Lieblingsgerichte kochte oder sie zum Eisessen einlud. Diese Zeiten waren vorbei.

Ich war nicht perfekt.

Ich wollte etwas tun, irgendetwas, um alles wieder in Ordnung zu bringen, aber ich wusste einfach nicht, wie. Ich konnte nur dastehen und zusehen, hilflos und allein. Ich seufzte und wandte mich ab, meine Augen waren schwer vor unvergossenen Tränen.

»Oje, danke, Joe. Das ist wohl alles meine Schuld. So fühle ich mich gleich besser.«

»Ich wusste nicht, dass es meine Aufgabe ist, dafür zu sorgen, dass es dir besser geht«, stöhnte er. »Schließlich tust du nicht gerade dein Bestes, damit ich mich gut fühle, oder? Die letzten Wochen waren die schlimmsten meines Lebens. Aber vermutlich ist dir das egal. Denn das bin ja nur ich, richtig? Dein Mann. Ein Mann. Und du magst Männer nicht mehr.«

Ich schnaubte und schüttelte den Kopf, die Hände in die Hüften gestemmt. Natürlich bezog er es wieder auf sich. »Du bist einfach ... du bist ... Das ist zu viel. Ich kann das jetzt nicht. Ich muss meine Tochter finden.«

Mit diesen Worten stürmte ich aus dem Zimmer, schluckte meine Tränen hinunter und ersetzte sie durch Frustration und Wut auf meine Tochter, die mich – wieder einmal – respektlos behandelte.

Es würde unschön werden. Ich war es leid, entgegenkommend zu sein.

EINUNDSECHZIG

Damals

»Kommt zurück. Bringt mir mein Baby zurück.«

Kitty konnte nicht aufhören zu weinen. Ihr Herz schmerzte, jede Faser ihres Körpers tat ihr weh, weil sie ihr neugeborenes Baby vermisste. Es war, als wäre ein Teil von ihr herausgerissen worden. Sie konnte nicht glauben, dass Damian und Linda ihr ihren neugeborenen Sohn weggenommen hatten.

Hatte sie es nicht gut genug gemacht? Hatte sie es irgendwie verbockt?

Kitty wischte sich die Tränen weg und setzte sich aufs Bett, in der Hoffnung, dass sie ihr den Jungen vielleicht zurückbringen würden. Es dauerte einfach nur etwas. Vielleicht brachten sie ihn nur zum Arzt, um sicherzustellen, dass er gesund war? Ja, das war es wahrscheinlich. Er musste untersucht werden. Sie atmete tief ein, um sich zu beruhigen, legte sich hin und starrte an die Metalldecke über ihr. Dann schlief sie endlich ein. Erschöpft vom Weinen und Schreien.

Sie wusste nicht, wie viel Zeit vergangen war, als das Geräusch des zur Seite geschobenen Riegels sie weckte. Sie richtete sich auf, ihr Kopfkissen war vom Weinen im Schlaf durchnässt. Keuchend blinzelte sie die Tränen weg.

»W-wer ist da?«

Es war Linda. Sie sah Kitty nicht an, sondern kam einfach mit Wasser und Essen herein. Sie stellte es an der Tür ab und wandte sich dann zum Gehen.

»Wie geht es meinem Baby? Wie geht es Oliver?«, fragte sie, obwohl sie nicht wussten, dass sie ihn so genannt hatte. Er war nach ihrem Großvater benannt, der gestorben war, als sie noch klein gewesen war, den sie aber so sehr geliebt hatte. »Geht es ihm gut?«

Linda hielt inne, blickte aber nicht auf. Sie starrte auf ihre Füße, dann machte sie sich auf den Weg nach draußen.

»Nein, warte«, sagte Kitty. »Bitte?«

Linda hielt erneut inne.

»Kann ich ihn sehen? Bitte! Ich vermisse ihn.«

Linda schüttelte den Kopf.

»Bitte?«, flehte Kitty. Sie stand vom Bett auf und fiel auf die Knie, die Hände ineinander verschränkt. »Bitte?«

Aber Linda schüttelte nur wieder den Kopf, trat hinaus und schloss die Tür hinter sich.

»NEIN!«, schrie Kitty und rannte darauf zu. Sie ballte die Fäuste und hämmerte dagegen, während sie vor Hilflosigkeit weinte. »Bitte, bitte. Nur für ein paar Sekunden? Darf ich ihn wenigstens halten?«

Aber sie erhielt nur eine endlose Stille als Antwort.

Mit jedem weiteren Tag wurde Kitty verzweifelter. Wenn man ihr Essen brachte, was inzwischen nur noch von Linda erledigt wurde, flehte sie die Frau an, ihn halten und stillen zu dürfen, aber all ihr Flehen wurde ignoriert. Sie war kurz davor, verrückt zu werden, gefangen in diesem Schuppen, in dem es niemanden gab, mit dem sie reden konnte, außer den Kakerlaken, die in den Ecken herumkrabbelten.

Aus Tagen wurden Wochen, und Kitty verbrachte ihre Zeit damit, zu schluchzen und sich ihr Baby zurückzuwünschen. Manchmal redete sie sich ein, ihn sogar weinen hören, und das brach ihr das Herz.

Sie verstand nicht, warum sie ihn ihr weggenommen hatten. Und so begann sie, die Hoffnung zu verlieren, ihr Kind jemals wiederzusehen. Sie fragte sich auch, warum Damian nicht mehr kam. Hatte er genug von ihr? Hatte er das Interesse an ihr verloren? War sie nicht mehr gut genug für ihn?

Hat er mich vergessen?

Eines Nachts, als sie auf dem Boden lag, wo es in dem heißen Schuppen am kältesten war, hörte sie ein Geräusch von draußen. Zuerst war es nur schwach, aber dann wurde es immer lauter, bis sie Schritte vernahm, die sich näherten. Ihr Herz begann, hoffnungsvoll zu klopfen.

Sie wusste, dass es wahrscheinlich nur Linda war, die ihr wie immer das Essen brachte, aber die Schritte schienen schwerer und entschlossener als sonst. Könnte es jemand anderes sein?

War es ... er?

Knarrend öffnete sich die Tür und das schwache Licht von der nun so geheimnisvollen Außenwelt fiel herein. Das Gesicht, das sie im Türrahmen begrüßte, ließ ihr Herz schneller schlagen.

Sie lächelte und richtete sich auf.

»Damian!«

Er kam herein und schloss die Tür hinter sich, dann nahm er sie in die Arme. Sie klammerte sich so fest an ihn, wie sie konnte. Er hob sie hoch und trug sie zurück zum Bett. Sie weinte und genoss es so sehr, gehalten zu werden, dass sie ihn nicht mehr loslassen wollte. Sie hatte sich in den letzten

Wochen so allein gefühlt. Als hätte die ganze Welt sie vergessen. Als würde sie einfach in diesem Schuppen verrotten.

Aber jetzt spürte sie wieder einen Hauch von Glück. Nun, da er zurück war. Er liebte sie und hatte es immer getan. Dessen war sie sich sicher. Er würde sie nie vergessen.

»Ich habe gute Neuigkeiten für dich, Kitty«, sagte er mit einem Lächeln, das ihre Magengrube zum Flattern brachte.

»Gute Neuigkeiten?«, fragte sie, in der Hoffnung, es hatte mit ihrem Baby zu tun. Würde sie ihn wiedersehen? Ihn halten dürfen? Würde man sie ins Haus lassen, damit sie bei ihm sein konnte? Sie könnte schwören, nie etwas Böses zu tun. Das würde sie nie. Sie wollte sie nicht verärgern.

»Du wirst wieder Mutter.«

Kittys Herz setzte für einen Moment aus. »Was meinst du? Was ist mit meinem Baby passiert? Wo ist Oliver?«

»Mach dir keine Sorgen um ihn«, sagte er. »Es geht ihm gut.«

»Aber ... wie?«

Sein Lächeln wurde noch breiter, er strich ihr eine Haarsträhne aus dem Gesicht und steckte sie ihr hinters Ohr. Dann streichelte er ihre Wange.

»Du weißt, wie. Genau wie beim letzten Mal.«

»Genau wie beim letzten Mal?«, wiederholte sie verwirrt. All ihre Gedanken galten Oliver. Ihrem Baby. Warum ließen sie sie nicht einfach zu ihm? Warum durfte sie ihn nicht halten? Warum sprach er von einem weiteren Baby, davon, dass sie wieder Mutter werden würde? Sie war bereits Mutter.

»Ich verstehe nicht?«

Er brachte sie zum Schweigen, indem er sich vorbeugte und ihr eine Hand auf den Mund legte und sie so am Reden hinderte.

Dann flüsterte er: »Doch, ich glaube schon.«

ZWEIUNDSECHZIG

BILLIE ANN

Auf dem Weg zu Peytons Haus klopfte mir das Herz bis zum Hals. Sie und Charlene kannten sich seit vielen Jahren, und sie wohnte nur zwei Straßen entfernt. Peytons Mom war eine jener Mütter, die ihre Teenager schon vor Jahren abgeschrieben hatten und sie oft allein zu Hause ließen, wo alles Mögliche passieren konnte – und es auch tat.

Ich hatte nicht vor, Charlene auch nur eine Minute länger dort zu lassen. Mir war bewusst, dass ich im Begriff war, sie zu demütigen, aber das war auch nötig. Sie hatte Hausarrest und sollte zu Hause sein. Sie hatte sich das selbst zuzuschreiben.

Und ich war wütend. Nicht nur, weil es respektlos war, sondern auch, weil Charlene wusste, wie wichtig mein Job war. Wie wertvoll meine Zeit war. Eigentlich sollte ich Emma oder Marissa suchen, und nicht meine eigene Tochter.

Als ich dort ankam, wurden meine Befürchtungen wahr. Draußen versammelten sich Teenager, einige rauchten oder kifften, andere lachten. Von drinnen dröhnte Musik, der Bass ließ die Wände beben. Ich ging zur Haustür und klopfte laut, aber sie war nicht verschlossen und glitt auf, als ich mit der Faust dagegen schlug.

Mein erster Blick fiel auf Charlene, die an der Wand lehnte. Ich eilte zu ihr, aber sie bemerkte mich kaum. Dann trafen sich unsere Blicke, und ich erschrak. Sie hatte glasige Augen, und ich spürte eine Welle von Wut und Enttäuschung über mich hereinbrechen. Ich packte ihren Arm und zerrte sie nach draußen.

»Mo-o-m! Was tust du da?«

»Du bist high, Charlene. Was glaubst du, was du da tust? Dachtest du etwa, ich würde nicht merken, dass du weg bist?«

»Das ist mir egal, Mom. Du kannst nicht einfach herkommen und ... und ... Schau, sie lachen mich alle aus.«

»Das ist mir egal, Charlene. Das ist nicht in Ordnung.«

Sie befreite ihren Arm aus meinem Griff. »Na und?«

»Wir fahren jetzt nach Hause.«

»Nein, tun wir nicht.«

»Oh doch, das tun wir.«

Ich streckte den Arm aus, um sie zu packen, aber sie wich zurück. »Wenn du mich anfasst, schreie ich. Ich werde allen erzählen, dass du eine Entführerin bist. Oder noch schlimmer, dass du ... eine Lesbe bist.«

Ist das wirklich Charlene? Wo ist mein kleines Mädchen?

»Charlene, du kommst auf der Stelle mit.«

Sie schüttelte den Kopf. Überall standen Leute in Gruppen zusammen und starrten uns an, und das Letzte, was ich wollte, war, dass sie die Polizei riefen. Theoretisch war ich die Polizei, aber ich wollte nicht, dass diese Kinder in Schwierigkeiten gerieten. Und das würden sie, sobald die Polizei hier aufkreuzte. Auch Charlene.

Wir standen auf dem Rasen, der Geruch von Marihuana und Schweiß hing in der Luft. Wir starrten uns an, keiner von uns wollte nachgeben. Am liebsten hätte ich geschrien, sie für ihre Rücksichtslosigkeit ausgeschimpft, aber ich biss mir auf die Zunge. Zumindest versuchte ich es. Doch ich konnte nicht anders, und ein Teil meiner Wut bahnte sich seinen Weg.

»Wie konntest du nur so leichtsinnig sein?«, zischte ich mit zitternden Händen.

Sie senkte den Blick und seufzte leise.

»Lass mich einfach gehen.«

Ihre Stimme war ruhig, aber entschlossen. Energisch schüttelte ich den Kopf. »Auf keinen Fall. Du bist meine Tochter und wir fahren jetzt nach Hause.«

Schweigend standen wir da, berührten uns fast. Ich öffnete den Mund, um sie anzuschreien, schloss ihn aber schnell wieder. Sie verengte die Augen, als wollte sie mich herausfordern, etwas zu sagen, aber ich weigerte mich, nachzugeben. Stattdessen entrang sich meiner Kehle nur ein verzweifeltes Stöhnen.

Wir starrten einander an, keiner von uns war bereit, klein beizugeben. Am liebsten hätte ich sie angebrüllt, sie für ihr rücksichtsloses Verhalten und ihre Respektlosigkeit bestraft, aber sie hatte mich da getroffen, wo es wehtat. Tief in mir drin wusste ich, dass das alles meine Schuld war. Joe hatte recht, sie führte sich meinetwegen so auf. Wie konnte ich sie dafür bestrafen?

»Lass uns nach Hause fahren«, sagte ich und führte sie zum Auto. Charlene stolperte, während ich sie am Arm zog, und sie schwankte bei jedem Schritt. Ich hatte geahnt, dass es schwierig sein würde, aber ich war fest entschlossen, sie auf jeden Fall nach Hause zu bringen. Auf dem Weg zum Auto hörte ich die Teenager hinter uns kichern. Ich ignorierte sie, fragte mich aber insgeheim, ob sie die Bemerkung, dass ich lesbisch war, gehört hatten. Ich kannte die meisten Eltern, und diese Neuigkeit konnte sich schneller verbreiten, als mir lieb war.

Zurück im Auto atmete ich erleichtert auf. Charlene plumpste auf den Beifahrersitz und ließ den Kopf zur Seite fallen. Ich holte tief Luft und startete den Motor, wobei ich darauf achtete, meine Bewegungen langsam und gleichmäßig auszuführen.

Als wir aus der Einfahrt fuhren, spürte ich Charlenes Blick auf mir. Er war eindringlich, und ich wusste, was sie dachte. Sie war wütend, sogar zornig, dass ich ihr den Spaß verdorben hatte. Aber das war mir egal. Ich war ihre Mutter, und es war meine Aufgabe, sie zu beschützen.

Wir fuhren ein paar Minuten schweigend, bis Charlene endlich das Wort ergriff. »Du ruinierst mein Leben, Mom«, lallte sie, ihre Worte waren kaum zu verstehen. »Ich hasse dich.«

Autsch, das tat weh.

Ich holte tief Luft, bevor ich antwortete. »Das meinst du nicht so, Charlene. Ich liebe dich und versuche nur, dich zu beschützen.«

»Beschützen vor was? Spaß zu haben? Du bist so langweilig«, spottete Charlene, ihre Worte waren scharf wie die Klinge eines Messers. »Aber ich schätze, alle Lesben sind so. Langweilig.«

Ich blieb ruhig und weigerte mich, ihre Worte an mich heranzulassen. »Spaß sollte nicht bedeuten, dass man die Regeln bricht und sich in Gefahr begibt«, sagte ich nachdrücklich.

Charlene rollte mit den Augen und sank tiefer in ihren Sitz. »Wie auch immer, Mom. Du verstehst es einfach nicht.«

In unserer Einfahrt angekommen, stellte ich den Motor ab und seufzte. Ich drehte mich zu Charlene und nahm ihre Hand in meine. »Hör zu, Süße. Ich weiß, dass das, was gerade passiert, sehr schwer zu verkraften ist, aber ich möchte, dass du nicht ...«

»Wie konntest du das nicht wissen?«, unterbrach sie mich und klang plötzlich beinahe nüchtern. »Wieso bist du auf einmal lesbisch?«

Ich schluckte. Ich wollte dieses Gespräch führen, das wollte ich wirklich, aber war dies der richtige Zeitpunkt dafür? Der richtige Ort?

Ich beschloss, dass die richtige Zeit und der richtige Ort

wahrscheinlich nie kommen würden.

»Ich war schon immer lesbisch«, sagte ich.

»Aber wie ist das möglich?«, fragte sie. »Was ist mit Dad?«

»Ich habe mich in deinen Vater verliebt, und wir wollten Kinder. Ich wünschte mir ein Leben wie alle anderen, und da, wo ich herkomme und wie ich erzogen wurde, war es einfach keine Option, homosexuell zu sein.«

»Du liebst Dad also nicht. Ist das so? Könnt ihr euch nicht einfach scheiden lassen wie normale Leute?«

»Ich liebe deinen Vater, das tue ich immer noch. Nur anders. Ich kann nicht länger mit einer Lüge leben.«

»Es war also alles nur ein Versehen? Ich? William? Zack?«

Ich ergriff ihren Arm und zwang sie, mir in die Augen zu sehen. »Nein! Ich bereue es kein bisschen. Es war nie ein Versehen, nichts davon. Ich konnte einfach nicht länger ignorieren, wer ich bin. Eines Tages wirst du es verstehen.«

Hoffentlich.

Sie zog ihren Arm zurück. »Ich glaube nicht, dass ich das jemals verstehen werde. Ich kann nicht glauben, dass du uns das antust, und Dad. Wegen dir werden alle über uns reden. Jeder.«

Charlene stieg aus, bevor ich etwas erwidern konnte, knallte die Tür hinter sich zu und stürmte ins Haus. Ich sah ihr nach und fühlte eine Mischung aus Traurigkeit und Frustration. Sie war meine Tochter, und ich liebte sie mehr als alles andere, aber das tat wirklich weh.

Ein paar Minuten blieb ich noch im Auto sitzen, um mich zu beruhigen, bevor ich mich auf den Weg ins Haus machte. Als ich eintrat, hallte das Geräusch von zuschlagenden Türen durch die Flure. Ich seufzte und wusste, dass wir einen langen Weg vor uns hatten. Aber ich war fest entschlossen, für sie da zu sein und ihr zu helfen, das durchzustehen. Das war meine Aufgabe. Es würde nicht einfach sein, aber das waren die wichtigen Dinge nie.

DREIUNDSECHZIG

MARISSA

Marissa konnte nicht länger warten. Es war einfach unerträglich. Auch, wenn sie wusste, dass sie keine andere Wahl gehabt hatte, als sich von ihr trennen zu müssen, wieder einmal, überkam sie das Grauen darüber noch immer. Marissa war nun schon seit Stunden allein in dem schwülen Schuppen gefangen, ihr Geist und ihr Körper verlangsamten sich, während die brütende Hitze sie schwächte. Sie hatte Emma ihrem Entführer freiwillig übergeben und darum gebeten, dass sie zu einem Arzt gebracht wurde, und seitdem war die schreckliche Stille ihr einziger Begleiter, die sie langsam mit einem wachsenden Gefühl der Verzweiflung erfüllte. Erneut ohne ihre geliebte Tochter zu sein, fühlte sich an, als würde die Welt untergehen.

Wo ist sie? Wo ist mein kleines Mädchen? Geht es ihr gut?

Gerade als sich Marissa der Verzweiflung hingeben wollte und weinend auf die Knie fiel, öffnete sich mit einem lauten Knarren die Tür zum Schuppen. Instinktiv wich sie vor Angst zurück, ihr Herz raste. Im Türrahmen stand der Mann, den sie Emma hatte mitnehmen lassen, ohne zu wissen, ob er ihr helfen würde oder nicht. Er war groß und kräftig, sein Gesicht blieb teils im Schatten der Tür verborgen.

Er betrachtete sie mit leidenschaftslosem Blick, ein Hauch von Belustigung umspielte seine Lippen.

Würde sie es überhaupt wagen, mit ihm zu sprechen?

Marissa hatte nichts zu sagen, ihr fehlten die Worte, um für sich oder die Sicherheit ihrer Tochter zu kämpfen. Sie konnte ihn nur anstarren und auf das Schicksal warten, das er für sie bereithielt. Nach einer gefühlten Ewigkeit ergriff der Mann endlich das Wort.

»Es ist erledigt«, sagte er, seine Stimme tief und hohl wie das Grollen eines fernen Donners. »Deine Tochter wurde zum Arzt gebracht. Jetzt ist es an der Zeit für dich zu gehen.«

»Wo ist sie?«, brachte sie mit vor Angst zitternder Stimme hervor.

Er antwortete nicht, nahm seinen Gürtel und legte ihn ihr mit einer schnellen Bewegung um den Hals.

Mit einem Ruck spürte Marissa, wie das Leder in ihre Haut schnitt, und bevor sie überhaupt begriff, was geschah, zog der Mann den Gürtel um ihre Kehle fester und knurrte mit zusammengebissenen Zähnen: »Du wirst deine Tochter nie wiedersehen.«

»Bitte!«

Tränen schossen Marissa in die Augen, während sie verzweifelt den Kopf schüttelte und versuchte, den Gürtel zu erwischen und daran zu ziehen. Während sie nach Luft rang, flehte sie ihn an, wenigstens das Leben ihrer Tochter zu verschonen. Wohlwissend, dass es sie selbst das Leben kosten könnte, flehte sie verzweifelt zwischen Schluchzern:

»Bitte! Sie ist doch noch ein Kind! Bitte tu ihr nicht weh!«

Aber der Mann zog den Gürtel nur noch fester, bis Marissa vor lauter Luftmangel ohnmächtig wurde.

VIERUNDSECHZIG

BILLIE ANN

Am nächsten Morgen traf ich etwas verspätet auf dem Polizeirevier ein. Ich hatte etwas Schlaf gebraucht, denn davon hatte ich in der Nacht zuvor nicht viel bekommen. Ich wusste, dass etwas im Busch war, als ich Big Tom an der Tür auf mich warten sah. Sein Gesichtsausdruck war grimmig, während er auf mich zukam und sagte: »Pete Perez wurde verhaftet.«

»Was? Warum?«, fragte ich. »Ich habe ihn doch laufen lassen.«

Tom zuckte mit den Achseln. »Frag den Chief. Er hat es angeordnet. Er will dich in seinem Büro sehen, sobald du da bist.«

Ich war schockiert. Was war passiert? Warum war Cassandras Vater verhaftet worden? Ich wusste um die Haarsträhne, aber ich war davon überzeugt, dass er nicht unser gesuchter Mörder war. Ich hatte diese Entscheidung getroffen. Als Leiterin der Mordkommission. Ich stürmte den Flur hinunter und in das Büro des Chiefs. Mit ernstem Blick bedeutete er mir, mich zu setzen.

Es war mein Fall, ich leitete die Mordkommission, und eine Entscheidung wie diese sollte mir vorbehalten sein. Warum hatte er mich nicht wenigstens vorgewarnt? Das war nicht in Ordnung. Ich kochte vor Wut, sah den Chief an und fragte: »Warum haben Sie Pete Perez verhaftet?«

Der Chief seufzte schwer. »Wegen der Haare am Tatort in Hendersons Wohnung – sie stimmen mit seiner DNA überein. Das genügt mir. Das sollte auch für Sie gelten. Es wurde eine ganze Haarsträhne auf dem Boden gefunden, und ein Teil davon lag noch in den Händen des Opfers. Er hat ihm an den Haaren gezogen, damit er den Gürtel loslässt, er hat um sein Leben gekämpft. Ich sollte also eher Sie fragen, warum Sie ihn laufen gelassen haben. Sie haben sich offensichtlich nicht an die Vorschriften gehalten. Er hätte eingebuchtet werden müssen, das wissen Sie. Die Haare sind ein stichhaltiger Beweis. Das reicht für eine Verurteilung.«

»Aber ... ich habe erst heute Morgen den Bericht aus der Rechtsmedizin erhalten, und das Blut auf der Glasscherbe und das Blut, das in Ashleys Wohnung gefunden wurde, stimmen nicht mit seiner DNA überein, auch wenn es sich um dasselbe Blut handelt.«

Er verengte die Augen. »Ich denke, die DNA, die am Tatort gefunden wurde, fällt ein bisschen mehr ins Gewicht.«

Ich schüttelte ungläubig den Kopf. »Seine Haare am Tatort bedeuten nicht, dass er Bryan Henderson ermordet hat! Und es reicht erst recht nicht aus, um zu beweisen, dass er seine eigene Tochter getötet hat«, rief ich aus. »Es könnte ein Indiz sein! Hinter dieser Geschichte muss mehr stecken.«

Der Chief nickte grimmig. »Ja, es gibt noch mehr – ein Zeuge hat gesehen, wie jemand, auf den seine Beschreibung passt, das Haus von Alex Johnson in Sebastian betreten hat, in dem Ashley und er sich kurz vor ihrem Tod aufhielten. Wir sind überzeugt, dass das ausreicht, um zu beweisen, dass Pete Perez, Cassandras Vater, der Mörder ist.«

Er hielt inne, bevor er mit trauriger Stimme fortfuhr: »Die Menschen haben Angst, Billie Ann. Alle Eltern in unserer

Stadt sind verängstigt. Wir mussten ihn von der Straße holen. Aber deshalb habe ich Sie nicht hergebeten.«

Ich starrte den Chief ungläubig an. Irgendetwas stimmte nicht an der Art, wie er mich ansah. Ich wurde unruhig. Er faltete die Hände auf seinem Schreibtisch, und das machte mich nervös. Er verhielt sich anders als sonst.

»Worum geht's dann?«

Der Chief nickte feierlich und überreichte mir ein Foto, das einen Pickup zeigte. Mein Herz schlug augenblicklich schneller.

»Was ist das?«

»Sagen Sie es mir«, sagte er. »Erkennen Sie ihn wieder?«

Mir rutschte das Herz in die Hose. »Ja, das ist der Pickup meiner Tochter. Sie hat ihn zu ihrem sechzehnten Geburtstag bekommen.«

»Das mag sein, aber er ist auf Ihren Namen zugelassen.«

»Und?«

»Das ist derselbe Wagen, von dem Travis Walker, Ihr ehemaliger Partner, angefahren wurde«, sagte der Chief mit ernster Stimme. »Er ist seit dem Unfall vor sechs Monaten querschnittsgelähmt. Es gab eine Untersuchung, und die hat uns hierher geführt. Zu Ihnen.«

Er hielt inne, ehe er fortfuhr. Ich konnte kaum noch klar denken. Was sollte das? Was war hier los?

»Sie haben ein Motiv, ihn tot sehen zu wollen, Wilde. Gegen Sie wird wegen versuchten Mordes an Ihrem ehemaligen Partner ermittelt«, sagte er seufzend. »Und in der Zwischenzeit sind Sie suspendiert. Ich habe keine andere Wahl.«

Eine Welle der Panik überkam mich, während ich meine Gedanken zu sammeln versuchte. Ich wollte, dass dieser Albtraum aufhörte – aber es schien, als würde jedes Mal, wenn ich mich umdrehte, etwas Neues auftauchen, das die Sache noch schlimmer machte.

»Suspendiert? Aber ...«

»Ich brauche Ihre Dienstmarke und Ihre Waffe.«

Ich konnte nicht glauben, was gerade geschah. Ich war jahrelang eine gute Polizistin gewesen – nein, eine ausgezeichnete Polizistin und Detective –, und jetzt stand mein Ruf auf dem Spiel. Mehr als das, ich könnte im Gefängnis landen. Es fühlte sich an wie in einem Albtraum, aus dem ich nicht aufwachen konnte.

»Chief, bitte. Sie verstehen das nicht. Ich habe nichts falsch gemacht. So etwas würde ich nie tun. Jemand muss mich irgendwie reingelegt haben, indem er meinen Pickup benutzt hat. Lassen Sie mich das wenigstens untersuchen«, flehte ich ihn an.

Der Chief seufzte und lehnte sich in seinem Stuhl zurück. »Ich verstehe, warum Sie das wollen, aber ich muss die Vorschriften befolgen. Sie sind suspendiert, bis die Ermittlung abgeschlossen ist.«

Mir stiegen die Tränen in die Augen, als ich meine Marke und meine Waffe abnahm und sie auf den Schreibtisch des Chiefs legte. Es war, als würde ich einen Teil von mir selbst verlieren, und ich wusste nicht, wie ich damit umgehen sollte.

Als ich das Revier verließ, war mir, als würden mich alle anstarren. Ich fühlte mich wie ein Verbrecher, obwohl ich wusste, dass ich unschuldig war. Ich musste meinen Namen reinwaschen, aber ich hatte keine Ahnung, wie.

Draußen traf mich das grelle Sonnenlicht wie eine Wand. Ich hatte das Gefühl, nicht atmen zu können, als würde die ganze Welt auf mich einstürzen. Ich lehnte mich an die Wand und versuchte, wieder zu Atem zu kommen, und da sah ich ihn.

Er saß in einem Rollstuhl, geschoben von Betty. Zuerst dachte ich, es handle sich um einen Traum, einen schrecklichen Albtraum. Aber er war es tatsächlich. Mein Herz raste, als er näherkam, und ich war kurz davor, ohnmächtig zu werden.

»Detective Wilde«, sagte er mit tiefer, angestrengter

Stimme. »Oder warte, wenn ich mich richtig entsinne, bist du gar keine Detective mehr, habe ich recht? Ich hatte gehofft, dich heute zu sehen.«

Ich fand keine Worte, konnte nicht einmal denken. Ich starrte ihn nur wie versteinert an.

»Ich kann nicht behaupten, dass es mich überrascht hat, als ich erfuhr, dass du es warst«, sagte Travis. »Es hat sich aber gut angefühlt, es deinem Chef zu berichten.«

Ich konnte immer noch nicht sprechen, mich nicht bewegen. Es fühlte sich an, als wäre ich unter Wasser, alles bewegte sich in Zeitlupe.

»Ich war es nicht ... jemand muss mich reingelegt haben.«

In diesem Moment kam mir ein Gedanke, ich hielt inne. Ein großes Puzzleteil fiel an seinen Platz. Was, wenn ich nicht reingelegt wurde, wie zuerst gedacht. Was, wenn?

Was, wenn es Charlene war?!

Was, wenn sie mich und Joe über die Vergewaltigung reden gehört hatte, so wie sie auch anderes gehört hatte, und dann beschlossen hat, Travis zu verletzen? Was, wenn das der Grund war, warum sie sich im Moment so daneben benahm? Weil sie wusste, was sie getan hatte.

Die Vorstellung war mehr als erschreckend und machte mich sprachlos.

Ich trat einen Schritt vor.

Travis grinste.

»Bitte«, sagte ich. »Bitte erstatte keine Anzeige. Ich glaube ...«

Das brachte ihn zum Lachen. »Siehst du das, Betty? Schau mal, wer da endlich bei mir angekrochen kommt. Wer da um Gnade bettelt. Das ist ein wunderbarer Moment.« Er gab Betty ein Zeichen, ihn näher zu mir zu rollen. »Okay. Wir erstatten keine Anzeige, unter einer Bedingung.«

»Ich tue alles.«

»Ich will, dass du deine Aussage über die Vergewaltigung zurückziehst.«

»Wie bitte?«

Er beugte sich vor und verengte die Augen. »Wasch meinen Namen rein.«

Ich schüttelte den Kopf und wich zurück. Ich hatte gelogen. Ich würde nicht alles tun. Das nicht. Niemals.

»Nein, nein. Das kann ich nicht. Wir wissen beide, was passiert ist, und was du mir angetan hast.«

Er zuckte mit den Schultern. »Das hängt von dir und deinem Gewissen ab.«

Damit gab er Betty ein Zeichen, ihn weiterzuschieben. Während sie seinen Rollstuhl wendete, warf sie mir einen Blick zu, voller Abscheu und Verachtung, der mir die Nackenhaare aufstellte. Ich sah ihnen hinterher, und es fühlte sich an, als wäre ich gerade von einer Tonne Ziegelsteine getroffen worden.

Auf dem Weg zurück zu meinem Auto wurde ich das Gefühl nicht los, beobachtet zu werden. Ich sah mich um, aber ich konnte niemanden entdecken. Ich zuckte mit den Schultern, stieg ein, ließ den Motor an und fuhr vom Parkplatz des Reviers, ohne zu wissen, wann oder ob ich jemals wieder einen Fuß dort hinein setzen würde.

FÜNFUNDSECHZIG

Damals

Sanft strich Kitty mit einer Hand über ihren Bauch und spürte die kleine Wölbung, die mit jedem Tag größer zu werden schien. Sie wusste schon seit Wochen, dass in ihr ein neues Leben heranwuchs. Sie konnte spüren, wie sich das Baby bewegte. Als würden tausend kleine Fische in ihr herumschwimmen. Es fühlte sich seltsam an, und gleichzeitig auf eine eigenartige Weise tröstlich.

»Beruhige dich, kleines Baby«, sagte sie, als sie einen gewaltigen Tritt spürte.

Kitty verspürte eine Welle der Freude, die jedoch schnell von einer Welle der Angst abgelöst wurde. Als sie das letzte Mal schwanger gewesen war, hatte man ihr das Baby weggenommen. Sie fürchtete, dass das wieder passieren könnte. Aber dieses Mal war sie entschlossen, es anders zu machen. Sie war sich sicher, etwas falsch gemacht zu haben, deshalb hatten sie ihr Oliver weggenommen. Sie wusste nur nicht, was. Aber dieses Mal, so schwor sie sich, würde es anders sein. Diesmal würde sie alles richtig machen. War es die Art, wie sie gestillt hatte? War es die Geburt gewesen und wie sehr sie dabei geschrien hatte? Vielleicht hatte sie es falsch gemacht? Es war schwer für das Baby gewesen, richtig anzudocken. Vielleicht hatten sie ihn mitgenommen, weil er nicht ausreichend getrunken hatte?

Oder vielleicht stimmte etwas nicht mit ihm. Was, wenn er krank war? Vielleicht wollten sie sie schützen und verhindern, dass sie es erfuhr. Nein, Damian hatte gesagt, es ginge ihm gut. Oder? Er sprach kaum von ihm und wechselte jedes Mal das Thema, wenn sie sich nach ihm erkundigte. Würde er ihr sagen, wenn er krank oder etwas Schreckliches passiert war?

Nein, das konnte sie nicht glauben. Sie spürte es. Er lebte.

Es musste also an ihr gelegen haben. Sie hatte etwas falsch gemacht. Und es würde nicht wieder vorkommen. Dieses Mal würde sie es besser machen. Sie war jetzt älter, reifer. Sie hatte es schon einmal gemacht. Sie konnte es anders angehen. Wenn sie nur wüsste, was sie beim ersten Mal falsch gemacht hatte. Als sie Damian danach gefragt hatte, hatte sie keine Antwort erhalten. Sie würde es selbst herausfinden müssen. Irgendwie.

»Diesmal werde ich alles richtig machen«, flüsterte sie Monate später, als eines Nachts die Wehen einsetzten. Sie kannte sie noch vom letzten Mal und ließ sie geschehen. Sie ließ ihren Körper die Kontrolle übernehmen. Sie schrie vor Schmerzen und gebar ganz allein. Die Nacht war lang und kräftezehrend, aber schließlich war es geschafft. Kitty hielt ihr winziges Baby in den Armen, wiegte seinen zerbrechlichen Körper und spürte eine tiefe Liebe, die stärker und tiefer war als alles, was sie je zuvor erlebt hatte. Sie schaute in die kleinen Augen des Neugeborenen und versprach, es zu beschützen und zu nähren.

»Ich werde nicht zulassen, dass sie dich auch mitnehmen, kleines Baby«, flüsterte sie und strich ihrer Tochter sanft über das Gesicht.

Kitty hatte sich noch nie mit jemandem so verbunden gefühlt. Abgesehen von Oliver, natürlich. Obwohl sie erschöpft war, blieb sie die ganze Nacht mit dem Baby wach, hätte am liebsten die Zeit angehalten. Sie vergoss Tränen der Freude und Erleichterung, es geschafft zu haben.

Als am nächsten Morgen draußen langsam die Sonne aufging und die ersten Strahlen den Schuppen erwärmten, kam Damian herein und fand Kitty und das Baby in derselben Position vor. Bei dem Anblick riss er seine Augen vor Überraschung und Verwunderung auf. Als Damian sich ihr näherte, bemerkte er die Blutflecken auf dem Bett. Er sah zu ihr, ihre Blicke trafen sich, bevor er das Neugeborene in ihren Armen ansah.

»Ist alles in Ordnung?«, fragte er mit einem Hauch von Sorge in der Stimme.

Sie nickte, Tränen liefen ihr über das Gesicht. Er ging langsam zu ihr, ohne den Blick von dem Baby abzuwenden, und kniete sich neben sie.

»Du hast es geschafft«, sagte er leise und voller Bewunderung.

Sie sah zu ihm auf und ein kleines Lächeln breitete sich auf ihrem Gesicht aus.

»Wir haben es geschafft«, antwortete sie und wendete den Blick zurück zu dem kleinen Bündel in ihren Armen.

Damians Augen weiteten sich vor Schreck und Glück. Er streckte die Arme aus hob das Baby hoch, und obwohl es sie mit Angst erfüllte, wehrte sich Kitty nicht dagegen. Sie war einfach zu müde. Er hielt das Baby in seinen Armen und betrachtete seine winzigen Züge.

»Sie ist wunderschön«, sagte er lächelnd.

Sie sah zu, wie Damian ihr kleines Mädchen hielt, fürchtete, dass er sie nicht zurückgeben würde, war aber zu müde, um sich dagegen zu wehren. Schon bald holte sie die Erschöpfung ein und sie spürte, wie sie in den Schlaf sank, so sehr sie sich auch bemühte, wach zu bleiben. Das Letzte, woran sie sich erinnerte, war, dass Damian ihr das Baby wieder in die Arme legte und sie auf die Stirn küsste. Dann konnte sie endlich loslassen und einschlafen.

Als sie erwachte, fand sie sich allein in dem Schuppen wieder. Sofort machte sich Panik breit. Das Gefühl schoss durch ihren Körper, während sie sich aufsetzte und sich umsah. Wo war Damian? Und was noch viel wichtiger war, wo war das Baby? Sie stand auf und stolperte zur Tür, ihre Beine fühlten sich schwach und unsicher an.

»Damian? Damian?«

Nein, nein, nein! Das darf nicht sein. Es darf nicht wieder passieren!

Sie hämmerte gegen die verriegelte Tür, die Fäuste fest geballt, während sich ihr Bauch vor Angst zusammenzog. Nach einigen Minuten vergeblichen Hämmerns hörte sie auf, weil sie begriff, dass niemand sie hören konnte. Sie war schon lange genug da drin, um das zu wissen.

Angst packte sie, und sie brach auf dem Betonboden zusammen. Während sie schluchzend dasaß, versuchte sie zu begreifen, was passiert war. Hatte Damian ihr das Baby weggenommen? Würde sie ihr Kind jemals wiedersehen?

Was hatte sie getan, um das zu verdienen?

Was hatte sie falsch gemacht?

SECHSUNDSECHZIG

BILLIE ANN

Als ich durch unsere Haustür trat, beschlich mich langsam das Grauen. Meine Füße trugen mich in die Küche, um mir ein Glas Wein einzuschenken, und bald führte eins zum anderen, während ich zu vergessen und den ganzen Ärger zu betäuben versuchte. Doch mit jedem Glas kam ich einer quälenden Entscheidung näher. Einer, die ich nicht zu treffen bereit war. Durch das Fenster sah ich das ruhige Wasser des Kanals, Boote, die friedlich vorbeischipperten, ihre Laternen, die sie wie Glühwürmchen durch die Nacht führten. Doch trotz dieser Ruhe brodelte es in mir – sollte ich meine Vergewaltigungsaussage gegen Travis widerrufen? In meinem Kopf überschlugen sich eine Million Gedanken. Was würde es für Konsequenzen haben, wenn ich meine Geschichte änderte? Würde er es jemand anderem antun? Auch, wenn er an den Rollstuhl gefesselt war, war er aufgrund seines sadistischen Wesens mehr als fähig, einer anderen unschuldigen Seele Schaden zuzufügen. Es war ein harter Kampf gewesen, für Gerechtigkeit einzutreten. Konnte ich es ertragen, meine Aussage jetzt zu widerrufen? Sie waren wie eine Familie für mich gewesen. Travis, Betty, alle beide. Zu erzählen, was passiert war, war das Schwerste, was ich je hatte tun müssen. Nein, ich konnte es nicht rückgängig machen, ich wollte es nicht.

Aber was würde mit Charlene passieren, wenn ich es nicht tat? Ihr Leben drohte, ruiniert zu werden. Ihre Zukunft. Wie könnte ich damit leben?

Ich begann zu weinen. Ich verbarg mein Gesicht in den Händen und ließ den Tränen freien Lauf.

Joe war schon im Bett, aber er kam nach unten, als er mich weinen hörte.

»Bist du das, Billie Ann?«, fragte er schlaftrunken. Er kam die Treppe hinunter und starrte mich an, musterte mich. »Hast du getrunken?«

Ich schluchzte als Antwort, meine Beine gaben unter mir nach und ich sackte auf der Couch zusammen. Joe kam zu mir und setzte sich neben mich, seine blassblauen Augen waren groß vor Sorge, aber auch wütend.

»Was ist mit dir los?«, fragte er. »Ich erkenne dich kaum noch wieder.«

»Ich hatte ein paar Gläser Wein, ich brauchte das.«

»Oh, verstehe«, sagte er, lehnte sich zurück und wandte sich von mir ab. Er verschränkte die Arme vor der Brust.

»Was soll das heißen?«

Er schüttelte seufzend den Kopf. »Nichts. Ich bin nur ... Ach, ich will jetzt keinen Streit anfangen. Es ist spät und ich bin erschöpft, also ...«

»Es ist etwas passiert, Joe«, sagte ich. »Etwas Schreckliches.«

Er sah mich an, den Kopf leicht geneigt, die Augen schmal. »Was denn?«

»Travis«, sagte ich und schluchzte leise.

Ein Runzeln bildete sich zwischen seinen Augen. »Dein Ex-Partner? Was hat er jetzt wieder angestellt?«

»Ich wurde heute suspendiert.«

Er schüttelte erschrocken den Kopf. »Was? Warum?«

»Wegen Travis. Sie glauben, dass ich ihn mit meinem Pickup angefahren und ihn in den Rollstuhl gebracht habe. Sie ermitteln. Sie glauben, dass ich einen Rachefeldzug gegen ihn führe.«

»Ich bin verwirrt. Du hast keinen Pickup«, sagte er.

»Ich weiß. Das ist es, was mir Sorgen macht.«

»Ich kann dir nicht folgen.«

»Charlene hat einen Pickup. Er ist auf meinen Namen zugelassen. Wegen der Versicherung, verstehst du?«

Er starrte mich an und biss sich auf die Lippe. »Nein, nein, das ist ...«

Ich legte ihm eine Hand auf den Arm. »Es stimmt. Ich glaube, sie war es. Aber er hat mir einen Deal angeboten.«

»Wirklich? Was für einen?«

Ich sah auf meine Finger hinunter. Der Rausch vom Wein ließ plötzlich nach, und die Realität traf mich wieder wie eine Backsteinmauer. »Wenn ich meine Aussage zurückziehe. Über die Vergewaltigung.«

Er richtete sich auf. »Was?«

»Er will, dass ich sage, ich hätte gelogen. Er will, dass ich seinen Namen reinwasche.«

Joe starrte mich an, seine Nasenlöcher blähten sich. »Aber ... das kannst du nicht tun.«

»Das habe ich auch gesagt, aber ich sehe keine andere Lösung. Charlene ist wichtiger. Sie denken, ich war es, aber ich war es nicht, und wenn sie es war ... Ich muss sie beschützen. Sie ist doch noch ein Kind.«

Joe stand auf und begann, auf und ab zu laufen. »Ich kann das nicht glauben. Ich kann es einfach nicht glauben.«

»Ich werde es tun«, sagte ich. »Ich muss. Meiner Tochter zuliebe. Es wird ihr Leben ruinieren, wenn sie verurteilt wird.«

Er schüttelte immer wieder den Kopf und rieb sich den Nacken. »Nein, nein. Es muss einen anderen Weg geben. Der

Kerl hat dich vergewaltigt. Wir können ihn nicht ungestraft davonkommen lassen. Das geht einfach nicht.«

»Aber es gibt keine andere Möglichkeit, Joe.«

Er hielt inne und verbarg sein Gesicht zwischen den Händen. Es war schwer zu sagen, ob er weinte oder vor Wut tobte.

»Joe?«

Er hob den Kopf und sah mich an. In diesem Moment wurde es mir klar. Ich sah es in seinen Augen. Ich stand auf und fühlte mich plötzlich stocknüchtern.

»Du warst es, oder? Du hast es getan? Du hast Travis mit Charlenes Pickup angefahren?«

Er atmete tief aus, sagte aber nichts. Das brauchte er auch nicht. Ich wusste es bereits.

»Willst du mich verarschen?!« Ich war kurz davor zu schreien. »Warum hast du das getan? Warum, Joe?«

Seine Nasenflügel blähten sich auf, Tränen liefen ihm über die Wangen. »Ich ... ich war so wütend. Jahrelang aufgestaute Wut hat mich einfach ... ausflippen lassen. Ich habe mir immer wieder vorgestellt, wie er dir wehtut, und konnte nachts deswegen nicht schlafen. Also hab ich mir eines Tages Charlenes Pickup geschnappt und bin nach Ridge Manor gefahren. Ich habe gewartet, bis er sein Haus verließ, und bin ihm dann in die Stadt gefolgt. Es war nicht geplant, das schwöre ich. Es ist einfach passiert. Ich sah ihn über die Straße gehen, und da bin ich ausgeflippt. Ich konnte nicht glauben, dass er, nachdem er dir wehgetan hatte, noch immer als freier Mann herumlaufen durfte. Ich habe ihn mit dem Auto erwischt. Das war nicht geplant, versprochen. Ich habe einfach die Kontrolle verloren.«

Ich starrte Joe schockiert an, unfähig zu begreifen, was er mir gerade gestanden hatte. Er hatte Travis mit Charlenes Pickup angefahren und dabei alles riskiert, nur um sich für das zu rächen, was Travis mir angetan hatte. Ich streckte die Hand aus und nahm seine Hand in meine.

»Joe, warum hast du mir das nicht erzählt?«, fragte ich, meine Stimme war kaum mehr als ein Flüstern.

»Ich hatte Angst«, antwortete er, während ihm immer noch die Tränen über das Gesicht liefen. »Ich hatte Angst davor, was mit uns, mit unserer Familie passiert, wenn es jemand herausfindet. Ich wollte dich nicht verlieren, Billie Ann. Ich liebe dich so sehr. Und jetzt verliere ich dich trotzdem, was für eine Ironie, oder?«

Mir traten die Tränen in die Augen, als ich Joe ansah, den Mann, mit dem ich seit achtzehn Jahren zusammen war, den Mann, von dem ich dachte, alles über ihn zu wissen. Aber in diesem Moment kam er mir wie ein Fremder vor.

»Wir müssen die Polizei informieren«, sagte ich entschieden, während ich seine Hand noch immer umklammert hielt.

»Nein, Billie Ann, das geht nicht«, antwortete Joe und schüttelte den Kopf. Er löste sich von mir. »Man wird mich verhaften, und das wird unsere Familie ruinieren. Ich werde meinen Job verlieren, und wir verlieren alles.«

»Aber Joe, du hast ein Verbrechen begangen«, sagte ich mit fester Stimme. »Du musst Verantwortung für deine Taten übernehmen. Und sie wissen es bereits – sie denken, dass ich es war, und sie könnten denken, dass Charlene es war.«

Joe seufzte schwer und rieb sich mit den Händen das Gesicht. »Ich weiß. Ich weiß nur nicht, was ich tun soll. Ich konnte ihn einfach nicht damit durchkommen lassen, Billie Ann. Ich konnte es nicht.«

»Das verstehe ich, Joe«, sagte ich leise. »Aber wir müssen das Richtige tun. Wir müssen die Wahrheit sagen.«

Seine Stimme zitterte jetzt. »Ich werde ins Gefängnis gehen. Und was ist mit unseren Kindern? Sie brauchen uns.«

»Aber Joe, wir können das nicht einfach verheimlichen.«

»Ich weiß«, sagte er mit gesenktem Kopf. »Aber bitte gib mir noch etwas Zeit zum Nachdenken.«

Ich nickte langsam, immer noch geschockt von dem, was

gerade ans Licht gekommen war. Ich konnte nicht glauben, dass uns das passierte. »Okay, aber es ist nur eine Frage der Zeit, bis sie mich verhaften oder Charlene beschuldigen.«

»Ich weiß«, sagte er, während er meine Hand erneut fest umklammerte. »Ich werde mir etwas einfallen lassen. Ich verspreche es. Lass uns jetzt einfach ins Bett gehen.«

Ich sah ihm nach, wie er die Treppe zu unserem Schlafzimmer hinaufging, und plötzlich beschlich mich der Eindruck, dass alles noch viel schlimmer werden würde, bevor es besser wurde. Ich hatte kein gutes Gefühl dabei, und es war unmöglich für mich, mit diesem Wissen einzuschlafen. Es quälte mich eine Stunde lang, und dann traf ich die Entscheidung. Es würde das Richtige sein, auch wenn es sich schrecklich anfühlte. Es war meine Pflicht. Ich hatte geschworen, das Gesetz zu achten. Ich war suspendiert, während ein Mörder frei herumlief – ich war die Einzige, die noch nach Emma und Marissa suchte. Und ich musste meine Tochter beschützen.

Ich schnappte mir mein Handy und rief auf dem Revier an.

Kurze Zeit später trafen sie ein.

SIEBENUNDSECHZIG

BILLIE ANN

»Sind Sie sicher, dass Sie das tun wollen?« Officer Steele stand vor unserer Tür und sah mich aus traurigen Augen an. Er und Officer Craig hatten an diesem Abend Bereitschaftsdienst. Ich hatte ihm und dem Chief die Situation am Telefon erklärt, und wir waren uns alle einig gewesen, dass Joe festgenommen werden musste.

Auch, wenn es mir das Herz brach.

Ich nickte und ließ ihn und Officer Craig herein.

»Er ist im Schlafzimmer. Die Treppe hoch und dann rechts.«

»Wird er feindselig sein?«, fragte Steele.

Ich seufzte. »Möglicherweise.«

Officer Craig legte mir eine Hand auf die Schulter und wippte mit dem Kopf. »Wir übernehmen jetzt, Wilde. Es tut mir leid, dass es so weit gekommen ist.«

»Mir auch«, sagte ich. »Mir auch.«

Ich sah zu, wie sie die Treppe hinauf und in unser Schlafzimmer marschierten, dann schloss ich die Augen und machte mich auf die Reaktion gefasst. Sie kam prompt.

»Was ist hier los?«, schrie mein Mann.

Ich konnte nicht verstehen, was sie sagten, aber ich wusste, dass sie ihn aufforderten, friedlich mitzukommen. In meiner Anfangszeit hatte ich das selbst oft getan, aber noch nie mit dem Ehepartner eines Kollegen. Jemand, den sie bei unserem jährlichen Memorial-Day-Picknick sahen oder der mich regelmäßig an unserem Jahrestag oder meinem Geburtstag mit Blumen von der Arbeit abholte. Sie kannten Joe, was es sicher schwer machte. Zumindest war es das für mich.

Ich sah sein Gesicht, als sie ihn die Treppe hinunterführten. Er war vollständig angezogen; das hatten sie ihm erlaubt. Er war vor Wut rot angelaufen, seine Augen funkelten mordlustig. Als er mich sah, fing er an, zu schreien und mich anzubrüllen, seine Stimme dröhnte plötzlich durch das Haus.

»Warum, Billie Ann? Ich dachte, wir waren uns einig. Warum hast du das getan? Warum tust du mir das an?«

Ich wollte es ihm erklären, ihm sagen, dass mir keine andere Wahl geblieben war, aber mir fehlten die Worte. Tränen traten mir in die Augen und liefen mir über die Wangen. Ich konnte sie nicht aufhalten, egal wie sehr ich mich bemühte. Als ich sah, wie der Mann, den ich liebte, in Handschellen abgeführt wurde und mich währenddessen anschrie und beschimpfte, brach ich zusammen. Ich versuchte, seinem Blick auszuweichen, aber er kam dicht auf mich zu und zischte: »Das ist noch nicht das Ende. Das ist noch nicht vorbei.«

»Das reicht, wir gehen, komm schon«, sagte Steele und schob Joe von mir weg.

Er knurrte mich an, dann ließ er sich abführen. Ich sah zu, wie er hinten ins Fahrzeug gesetzt wurde, ehe sie losfuhren.

Ich schloss die Tür und ließ mich schluchzend zu Boden gleiten.

»Mom?«

Ich sah auf und erblickte Charlene am oberen Ende der Treppe. Hinter ihr standen Zack und William.

»Was ist los?«, fragte sie mit zitternder Stimme. »Warum hat Dad so geschrien?«

Ich schüttelte den Kopf, unfähig, mich jetzt damit zu befassen. »Geht wieder ins Bett.«

»Aber Mom? Warum wurde Dad von der Polizei abgeführt? Warum hat er dich angeschrien? Was hast du mit ihm gemacht?«

Ich starrte sie an und atmete dann erschöpft und ausgelaugt aus. »Geht einfach alle drei zurück ins Bett, bitte.«

»Aber Mo-om ...«

»JETZT!«

Kaum hatte ich es geschrien, bereute ich es sofort. Aber es war zu spät. Die Kinder hasteten in ihre Zimmer, gefolgt vom Geräusch ihres Schluchzens.

ACHTUNDSECHZIG

Damals

Kittys Schwangerschaft neigte sich fast dem Ende zu, als der Gedanke an Flucht in ihrem Kopf Gestalt annahm. Sie war dreimal schwanger gewesen, und drei Kinder waren ihr beinahe unmittelbar nach der Geburt weggenommen worden. Jahre waren vergangen, seit sie entführt und in den Schuppen gesperrt worden war. Sie war müde und körperlich am Ende, aber sie war älter und weiser geworden. Nach dem dritten Mal war sie in eine tiefe Depression verfallen und hatte sich geweigert, zu essen oder gar ihr Bett zu verlassen. Und Damian hatte sie eine Zeit lang in Ruhe gelassen und sie nicht berührt, zumindest nicht sehr oft. Aber schon bald hatte er wieder damit angefangen, ohne sich darum zu scheren, dass sie seine Nähe nicht aushielt. Und sie ließ ihn gewähren. Sie wehrte sich nicht einmal gegen ihn. Es war ihr einfach egal. Doch als sie bemerkte, dass sie zum vierten Mal schwanger war, veränderte sich etwas in Kitty. Sie wusste, dass sie es nicht überleben würde, ein weiteres Kind zu verlieren. Sie war fest entschlossen, dieses Kind zu behalten.

Ich halte das nicht nochmal aus.

Allen Widrigkeiten zum Trotz schöpfte sie einen Funken Hoffnung. Sie begann, ihre Flucht ernsthaft zu planen, und sah einen Ausweg aus ihrer Situation. Mit dem wachsenden Babybauch wuchsen auch ihre Ideen. Aber ihr fehlte der Mut, eine davon in die Tat umzusetzen.

Werden sie mich bei dem Versuch umbringen, wenn ich es nicht schaffe? Werden sie den Kindern etwas antun?

Sie wusste inzwischen, dass alle ihre Kinder in dem Haus lebten. Immer, wenn sie sie draußen im Garten spielen hörte, legte sie ihr Ohr an die Tür, nur um ihren fröhlich kreischenden Stimmen zu lauschen, während ihr die Tränen über die Wangen liefen. Sie wusste instinktiv, dass sie es waren. Sie würde ihre Kinder immer und überall erkennen. Und das gab ihr die Kraft, weiterzumachen.

Kitty wusste, dass sie schnell sein musste, wenn sie erfolgreich fliehen wollte. Sie wusste, dass die Tür zum Schuppen nur einmal am Tag geöffnet wurde, wenn man ihr Essen brachte und den Eimer wechselte. Das war ihre einzige Chance, wenn sie mit ihrem Baby lebend von dort wegkommen wollte.

Die Tage vergingen, und Kitty wurde immer unruhiger. Sie wusste, dass das Baby sich bald auf den Weg machen würde. Da erinnerte sie sich an den kleinen rostigen Nagel, den sie unter dem Bett gefunden hatte. Sie hatte ihn vor ein paar Monaten ganz hinten an der Wand gefunden. Er hatte im Holz gesteckt, sich mit der Zeit aber langsam gelöst und war locker genug gewesen, dass sie ihn hatte herausziehen können. Bisher hatte sie nicht gewusst, was sie damit anfangen sollte. Doch jetzt erkannte sie sein Potenzial.

Kitty wartete geduldig, bis sie kurz vor der Geburt stand. Sie legte sich ins Bett und tat so, als würde sie schlafen, während sie die Ohren spitzte, um jede Regung draußen zu hören. Sie wusste, dass man sich keine Sorgen um sie machte –

ihr Bauch war so groß, dass sie ihr nicht viel zutrauten. Sie hörte, wie der Riegel zurückgeschoben wurde, und die Scharniere knarrten, als die Tür geöffnet wurde. Die leisen Schritte von Damian waren kaum zu vernehmen, aber sie hörte sie trotzdem. Sie spähte durch ihre halbgeschlossenen Augenlider und sah ihn, dann schloss sie sie schnell wieder.

In dem Glauben, dass sie schlief, stellte er das Tablett mit dem Essen ab und begann, den Eimer auszutauschen. Während er seiner Routine nachging, griff Kitty unter das Bett und holte den Nagel hervor. Sie hielt ihn fest in der Hand und wartete auf den richtigen Moment, um zuzuschlagen. Und dann war es so weit. Als Damian sich ihr näherte und sich bückte, um den neuen Eimer hinzustellen, stürzte sich Kitty mit dem Nagel in der Hand auf ihn.

Mit einer schnellen Bewegung rammte sie den Nagel tief in Damians Hals. Er keuchte, riss die Hände nach oben, um sich an die Wunde zu fassen, aber es war zu spät. Kitty war bereits auf den Beinen und stürzte durch die offene Tür hinaus in die frische Luft und die Freiheit, von der sie seit Jahren nur geträumt hatte. Während sie rannte, spürte sie das Gewicht ihres ungeborenen Kindes in sich und sie zuckte vor Schmerz zusammen. Aber sie hielt nicht an. Das konnte sie sich nicht erlauben. Sie hatte es geschafft.

Sie war frei.

NEUNUNDSECHZIG

BILLIE ANN

Ich hatte die ganze Nacht kein Auge zugetan, und am nächsten Morgen sprachen die Kinder kaum ein Wort mit mir. Ich machte ihnen Pfannkuchen, weil es Sonntag war und ihr Vater nicht da war, um das zu tun, und sie aßen, ohne etwas zu sagen. Zumindest nicht zu mir. Sie starrten auf ihr Essen oder auf ihr Handy, und ausnahmsweise ließ ich sie am Tisch gewähren. Denn das machte es für mich einfacher. Auf diese Weise gab es weniger Fragen.

Während ich die Küche aufräumte, überlegte ich, wie ich es bei meinen Kindern wiedergutmachen konnte. Wie ich ihnen erklären konnte, was passiert war und warum es das Beste war. Aber ihr Vater war ihr Fels in der Brandung, ihr Beschützer. Er war stets da gewesen, um sie aufzufangen, wenn sie fielen, und jetzt war er weg. Und es war alles meine Schuld.

Doch ihr Schweigen wurde im Laufe des Tages immer ohrenbetäubender. Es war eine ständige Erinnerung daran, dass ich unsere Familie zerstört hatte. Ich wollte mit ihnen reden, ihnen erklären, warum ich so gehandelt hatte, aber jedes Mal, wenn ich den Mund öffnete, kam nichts heraus. Ich konnte mich einfach nicht dazu durchringen, die Worte auszusprechen. Ich konnte nicht zugeben, dass ich ihren Dad bei der Polizei verpfiffen hatte.

Um den Kopf freizubekommen, beschloss ich, einen Spaziergang zu machen. Ich musste mich neu konzentrieren. Es galt, ein Kind zu finden und einen Mörder aufzuhalten. Ich fuhr an den Strand, dem einzigen Ort, der mir stets Frieden verschaffte. Dort angekommen, setzte ich mich in den Sand und sah zu, wie die Wellen gegen das Ufer schlugen. Es war ein friedlicher Anblick, aber meine Gedanken waren alles andere als das.

Ich konnte nicht aufhören, an Emma zu denken, an das Kind, das nirgendwo zu existieren schien. Warum sollte jemand sein Kind verstecken? Aus Angst, natürlich. Aus Angst, es zu verlieren oder dass jemand es findet. Es könnte ein missbrauchender Ex-Mann oder Vater oder beides sein. Aber was, wenn mehr dahinter steckte?

Ich musste herausfinden, vor wem Marissa Clemens weglief und warum.

Ich stand auf, ging zurück zu meinem Auto und fuhr zu ihrem Haus. Dort klopfte ich an ihre Tür, aber niemand öffnete. Ich klopfte erneut. Immer noch keine Antwort. Ich drückte probehalber die Klinke herunter, und zu meiner Überraschung war die Tür nicht verschlossen. Ich spähte hinein. Das Haus war spärlich beleuchtet, und in der Luft lag ein modriger Geruch. Ich rief Marissas Namen, aber es kam keine Antwort.

»Hallo? Marissa? Emma?«

Nichts. Ich stellte fest, dass schon sehr lange niemand mehr im Haus gewesen war. Das Brot auf der Theke war schimmelig, das Obst, das draußen lag, verdorben und die Milch im Kühlschrank roch fürchterlich, als ich sie öffnete.

Wo steckte sie nur? Ich betrat ihr Schlafzimmer und warf einen Blick in ihren Kleiderschrank. Sie hatte ein Paar Ohrringe auf der Kommode liegen lassen und ihre Zahnbürste nicht mitgenommen. Wenn sie gegangen war, hatte sie es eilig gehabt. Sie hatte nichts mitgenommen, wie es schien.

Es war seltsam. Zurück zu Hause, rief ich Tom an.

»Das ist in der Tat sehr merkwürdig«, sagte er. »Was schließt du daraus?«

»Ich bin mir nicht sicher«, antwortete ich. »Wir wissen, dass sie vor etwas oder jemandem weggelaufen ist. Und sie war auf jeden Fall schon eine Weile nicht mehr zu Hause. Ich weiß, dass Perez wie unser Mörder aussieht, aber das bedeutet nicht, dass hier nicht noch etwas anderes vor sich geht. Selbst, wenn ihr Kind nicht existieren sollte, schwebt diese Frau in Gefahr.«

Es herrschte einen Moment lang Schweigen, bevor Tom wieder das Wort ergriff: »In Ordnung, wir werden uns das ansehen müssen. Aber sei vorsichtig, wir wissen nicht, womit wir es hier zu tun haben.«

»Ich weiß.«

Ich beendete das Gespräch und lehnte mich in meinem Stuhl zurück, überwältigt von dem Geheimnis, das sich vor mir auftat. Ich wurde das Gefühl nicht los, dass ich mich auf etwas eingelassen hatte, das mir über den Kopf wuchs. Ich starrte auf die weißen Wände vor mir, die definitiv bald gestrichen werden mussten, und nippte an meinem Kaffee, als es mir wie Schuppen von den Augen fiel.

Emma.

Ich wusste, dass dieser Name mir bekannt vorkam. Warum hatte ich nicht schon früher daran gedacht?

Ach du lieber Gott!

Mit klopfendem Herzen stand ich auf, kippte fast meine Kaffeetasse um, schnappte mir die Autoschlüssel und stürmte aus der Haustür.

SIEBZIG

BILLIE ANN

Hoch über mir brannte die Sonne von einem strahlend blauen Himmel und es wurde langsam heiß draußen, als ich in die einzige Wohnwagensiedlung von Ridge Manor einbog. Ich stellte den Motor ab und betrachtete den Wohnwagen vor mir, dessen weiße Fassade einen starken Kontrast zu dem tiefblauen Himmel bildete. Plötzlich wurde mir schlecht, und mein Magen zog sich zusammen. Ich hasste es, wieder hier zu sein, ich hasste es so sehr. Ich konnte es nicht ertragen, an diese Zeit in meinem Leben erinnert zu werden.

Dennoch war es schwer, nicht daran zu denken, nun da ich wieder dort war. So wie beim ersten Mal, als wir zusammen dort gewesen waren, um mit der Mutter zu sprechen. Travis hatte mich auf den Fall angesetzt und wollte, dass ich ihm wie ein Schatten folge. Um mich auszubilden, wenn man so will. Er hatte ganz bewusst darum gebeten, dass der Chef *mich* mit ihm zusammen auf den Fall ansetzte. Ich war so aufgeregt gewesen. Vollkommen aus dem Häuschen. Das war der Beginn meiner Karriere. Mein erster großer Fall. Ein Fall, der landesweit für Schlagzeilen sorgte. Das Verschwinden eines jungen Mädchens auf dem Weg zur Schule. Es hatte mir sehr viel bedeutet, dass er ausgerechnet mich bat, an den Ermittlungen teilzunehmen. Dass er an mich glaubte. An *mich*. Eine junge Frau ohne Erfahrung. Ich war so stolz gewesen. Hatte das Gefühl gehabt, ihm alles zu verdanken, weil er mir diese Chance gab.

Und offenbar war es ihm genauso gegangen.

Ich stieg aus dem Auto aus und atmete tief ein, in der Hoffnung, dass sich meine Nerven dadurch beruhigten. Die Luft war feucht und schwer und roch schwach nach frisch gemähtem Gras, aber das trug nicht zu meiner Beruhigung bei. Ich merkte, wie die Erinnerungen aufstiegen und mich zu überwältigen drohten.

Mein Mund wurde trocken und mein Herz raste, als ich die Stufen zur Eingangstür hinaufstieg. Ich hörte das deutliche Echo meiner Schritte, eine unwillkommene Erinnerung an die Frustration, die ich empfunden hatte, als ich sie das letzte Mal hochgegangen war.

Ich holte erneut tief Luft, öffnete das Fliegengitter und klopfte an die Tür dahinter. Es war so heiß, während ich auf der Veranda stand und wartete. Am liebsten wäre ich davongelaufen, zurück in mein Auto gestiegen und weggefahren, aber ich tat es nicht. Das Äußere des Wohnwagens war verblasst und abgenutzt, und die Farbe war im Laufe der Zeit abgeplatzt, sodass nur noch hier und da vereinzelte Blau- und Grautöne zu erkennen waren. Die Fenster waren trüb und rissig, und es war offensichtlich, dass sich seit Jahren niemand mehr um irgendetwas gekümmert hatte.

Hinter dem Wohnwagen hing eine hölzerne Kinderschaukel an einem verwilderten und zugewucherten Baum, die seit vielen Jahren nicht mehr benutzt worden war.

Knarrend öffnete sich die Tür, und ein schmales Gesicht erschien. Sie sah erschöpft aus. Als wäre sie des Lebens müde. Ihre Wangen waren eingefallen, und um die Augen herum hatten sich tiefe Furchen gebildet. Sie wiederzusehen, ließ mein Herz schwer werden. Ich erinnerte mich noch genau an diese Augen. Wie sie mich anflehten, ihr bei der Suche nach ihrer Tochter zu helfen.

Sie erkannte mich zuerst nicht.

»Ja?«

Doch als sich unsere Blicke trafen, wusste sie, wer ich war, und ihre Schultern fielen in sich zusammen. »Ach, Sie sind es. Was wollen Sie denn hier? Ich dachte, Sie hätten die Stadt verlassen.«

Ich schluckte und versuchte, den Kloß in meinem Hals loszuwerden. Das Gesicht dieser Frau hatte mich so oft in meinen Albträumen verfolgt. Ihre Augen, ihre tiefliegenden, verheulten Augen.

»Bitte finden Sie meine Tochter. Bitte helfen Sie mir, Kitty zu finden.«

»Darf ich reinkommen?«, fragte ich, kaum in der Lage zu sprechen. Ich hatte diese Frau im Stich gelassen. Ich hatte ihre Tochter nicht gefunden, obwohl ich es versprochen hatte. Stattdessen war ich weggelaufen. Wegen dem, was passiert war. Ich hatte getan, was ich tun musste, um zu überleben, aber dabei meine Verantwortung hinter mir gelassen. Ich war ihre einzige Chance gewesen, Kitty zu finden. Das wusste ich. Und doch war ich gegangen. Hatte mich aus dem Staub gemacht. Und seither hatte niemand Kitty gefunden. Ich wusste nicht einmal, ob sie es überhaupt noch versucht hatten, nach dem, was passiert war. Das Letzte, was ich gehört hatte, war, dass sie den Fall als *ungelöst* zu den Akten gelegt hatten. Man hatte ihr gesagt, Kitty sei einfach weggelaufen. Das taten viele Kinder. Es war nicht ungewöhnlich. Und es war kein Verbrechen.

»Sicher«, sagte sie und trat zur Seite, um mich hereinzulassen.

Ich lächelte und ging an ihr vorbei.

Als ich den Wohnwagen betrat, kamen Erinnerungen hoch, die ein beklemmendes Gefühl in meiner Brust verursachten. Das beengte Wohnzimmer war mit billigen Möbeln ausgestattet, die man nur kauft, wenn man nichts anderes hat. Es hatte sich nichts verändert, seit ich das letzte Mal hier gewesen war. Dieselbe zerschlissene Couch, dieselben ausgeblichenen Vorhänge und der gleiche Geruch von abgestandenen Zigaretten und Verzweiflung.

Sie führte mich in die Küche, wo sie mir einen Platz an dem kleinen Tisch anbot. Ich setzte mich und sah mich um, erfasste die Leere des Raumes. Die Wände waren kahl und in der Spüle stapelte sich das schmutzige Geschirr. Es war eindeutig ein Ort, an dem nichts gedieh, an dem nichts Gutes geschah. Ein Ort, an dem die Hoffnung gestorben war.

»Wie ist es Ihnen ergangen?«, fragte ich in dem Versuch, etwas Smalltalk zu führen, um die Spannung im Raum abzubauen.

Sie spottete: »Was denken Sie, wie es mir ergangen ist? Sie sind abgehauen, und meine Tochter ist immer noch verschwunden. Dieses Jahr sind es vierzehn Jahre.«

Ich zuckte bei ihren Worten zusammen und spürte, wie mich die Schuldgefühle übermannten. »Es tut mir leid«, sagte ich leise, »ich hätte nicht weggehen dürfen. Ich hätte Ihnen helfen müssen, Kitty zu finden.«

Sie sah mich mit einer Mischung aus Wut und Schmerz an. »Denken Sie, ja?«, spuckte sie aus. »Sie haben mir versprochen, dass Sie sie finden, und dann sind Sie einfach verschwunden. Sie haben nicht einmal Lebewohl gesagt. Sie waren einfach weg. Und jetzt, vierzehn Jahre später, kommen Sie hierher zurück? Warum? Um mir unter die Nase zu reiben, dass Sie versagt haben?«

Ich schüttelte den Kopf und mir stiegen die Tränen in die Augen. »Nein, ich bin zurückgekommen, weil ich helfen will. Ich arbeite gerade an einem anderen Fall und glaube, er könnte mit dem, was Kitty passiert ist, zusammenhängen. Ich glaube, ich habe eine Spur.«

Ihr Ausdruck verhärtete sich, als sie das hörte. »Und wie

kommen Sie darauf, dass ich Ihnen helfe? Nach dem, was Sie getan haben?«

»Ich erwarte nicht, dass Sie mir verzeihen«, sagte ich, und meine Stimme brach ab. »Aber ich brauche Ihre Hilfe. Und wenn dieser neue Fall etwas mit dem zu tun hat, was Kitty zugestoßen ist, dann kann ich Ihnen vielleicht endlich die Antworten liefern, die Sie verdienen.«

Sie starrte mich für einen langen Moment an, suchte meinen Blick. Dann seufzte sie schwer und lehnte sich in ihrem Stuhl zurück.

»Okay, was wollen Sie wissen?«

»Was ist mit Cole, Kittys Stiefvater, passiert?«, fragte ich.

Sie schüttelte schniefend den Kopf und zündete sich eine Zigarette an. Ihre Hände zitterten, als sie sie an ihre Lippen führte.

»Was gibt es da zu sagen? Er hat sich umgebracht. Hat sich mit einem Gürtel im Hinterzimmer erhängt. Ich habe ihn gefunden, als ich eines Tages nach Hause kam. Ich gehe da nur noch selten rein. Ich verabscheue es zu sehr. Er war am Boden zerstört, als Kitty verschwand. Er hat sich so schuldig gefühlt und überall nach ihr gesucht. Er und seine Freunde. Einer von ihnen war Polizist, und er hat uns so sehr geholfen. Ich glaube, Cole konnte nicht damit leben«, sagte sie und blies den Rauch aus. Dann zuckte sie mit den Schultern. »Zumindest hat man mir das im Nachhinein erzählt.«

Ich notierte es mir auf meinem Notizblock und sah dann wieder zu ihr auf. »Standen Cole und Kitty sich so nah?«

Sie zuckte wieder mit den Schultern. »Ich erinnere mich nicht wirklich an viel von damals. Ich habe viel getrunken. Jetzt bin ich trocken. Seit drei Jahren.«

Ich lächelte, als sie mir ihre Münze von den Anonymen Alkoholikern zeigte.

»Ich weiß, es tut weh, darüber zu sprechen«, fuhr ich fort, »aber ich möchte, dass wir noch einmal alle Menschen in

Ihrem Leben durchgehen. Alle, die mit Kitty in Kontakt standen.«

Sie nickte. »Das schaffe ich. Glaube ich.«

»Ich erinnere mich, dass Sie von einem Freund der Familie sprachen, jemand, der oft herkam, aber er war nie ein Verdächtiger.«

Sie nickte. »Ich habe Ihrem Partner von ihm erzählt und wie sehr er sich um Kitty gekümmert hat, aber – wie hieß er noch gleich?«

»Travis.«

»Ja, Travis sagte, er sei kein Verdächtiger.«

»Wirklich? Hm, das ist seltsam«, sagte ich. »Er war derjenige, der ihr diese Puppen geschenkt hat, richtig? Ich erinnere mich, dass Sie uns erzählt haben, wie sehr sie diese Puppen liebte, so sehr, dass sie ihnen Namen gab. Wie hießen sie noch gleich?«

Sie dachte kurz nach und sagte dann: »Oliver war der Junge und Emma war das Mädchen.«

EINUNDSIEBZIG

BILLIE ANN

Ich verließ Ridge Manor mit einem Gefühl des Unbehagens und des Grauens. Ich hatte Teile des Puzzles zusammengefügt, und es ergab allmählich einen Sinn. Ich folgte der alten, kurvenreichen Straße durch die Dunkelheit zurück nach Cocoa Beach. Die Straßenlaternen flackerten auf, als ich um die letzte Kurve bog, und ich war erleichtert, gleich zu Hause zu sein. Aber ich war nicht auf dem Weg zu unserem Haus. Ich wollte noch einen Zwischenstopp einlegen. Einen wichtigen.

Ich bog in die vertraute Straße ein und drosselte das Tempo, als mein Ziel vor mir auftauchte. Ich hielt in der Einfahrt an und betrachtete das zweistöckige Haus mit Unbehagen. Es hatte eine blassblaue Fassade, eine umlaufende Veranda und ein großes Erkerfenster.

Als ich aus dem Auto stieg, schoss mir das Blut durch die Adern. Ich holte tief Luft und ging langsam auf die Veranda zu, als würde ich ins Ungewisse laufen. Vor der Tür angekommen, zögerte ich.

Dann nahm ich all meinen Mut zusammen und klopfte.

Die Tür wurde geöffnet und vor mir stand der Chief. Sein Gesicht war wettergegerbt und faltig, aber in seinen Augen lag ein weiser und freundlicher Glanz. Er betrachtete mich mit Neugierde, was mich noch nervöser werden ließ. Er war sehr groß, und ich hatte ihn immer als ziemlich einschüchternd empfunden, wahrscheinlich wegen seines hohen Dienstgrades, aber der Grund meiner Nervosität lag vielmehr daran, weshalb ich hier war. Schließlich war ich suspendiert und wusste, dass ich in diesem Fall hoch gepokert hatte, selbst als ich noch im Dienst gewesen war.

Ich war schon öfter hier gewesen und hatte gemeinsam mit dem Team an seinem Pool gegrillt. Er lud uns für gewöhnlich zum Tag der Arbeit und manchmal zu Ostern ein. Ich hatte sein Haus immer als warm und einladend empfunden. Es sah viel größer aus, als ich es in Erinnerung hatte. Das Haus schien mich zu beobachten und darauf zu warten, dass ich etwas unternahm. Es stand auf einem großen Grundstück, zweieinhalb Hektar groß, und erstreckte sich weiter, als das Auge reichte. Es war von hohen Bäumen und wilden Sträuchern umgeben. Mein Lieblingsbaum war die große Magnolie in der Mitte des Gartens. Sie war über hundert Jahre alt, hatte er erzählt, und mit Louisianamoos bedeckt, das von ihren langen, gewundenen Ästen herabhing. Sie war prächtig. Er hatte auch Pferde auf dem Grundstück, und seine Kinder liebten es, auf ihnen zu reiten und sich um sie zu kümmern, erzählte er uns oft. Seine Tochter hatte an vielen Reitwettbewerben teilgenommen und vor einigen Jahren, also noch vor meiner Zeit in seiner Abteilung, sogar einmal eine Landesmeisterschaft gewonnen.

»Darf ich reinkommen?«, fragte ich zögernd. »Oder ist das ein schlechter Zeitpunkt?«

»Natürlich«, sagte er mit einem Nicken, öffnete die Tür weiter und bedeutete mir, einzutreten. Er führte mich in sein Arbeitszimmer, ein kleiner Raum, dessen Wände von Bücherregalen gesäumt waren. Er setzte sich in einen bequemen Sessel und gab mir ein Zeichen, es ihm gleich zu tun.

Der Chief schaute mich mit ruhigem Blick an, und ich sah, wie er mich auf ein Zeichen meiner Absichten hin musterte. Ich räusperte mich und begann zu sprechen.

»Sir, ich habe mich gefragt, ob ich ein paar Minuten Ihrer Zeit stehlen könnte. Ich muss mit Ihnen über etwas Wichtiges sprechen. Es geht um den Fall.«

»Welcher Fall?«, fragte er.

Ich starrte ihn an, überrascht über seine Reaktion. »Hören Sie, ich weiß, ich bin suspendiert, aber jetzt, wo Joe ... na ja, Sie wissen schon, ich dachte, ich könnte wieder zurückkommen.«

Er räusperte sich und schüttelte den Kopf. »Ich befürchte, das ist nicht möglich.«

»Warum nicht?«

»Das ist eine heikle Angelegenheit, Wilde, aber es ist nun einmal so, dass es Ihr Mann ist. Solange die Ermittlungen laufen, kann ich Ihnen Ihre Dienstmarke nicht zurückgeben.«

»Aber warum nicht?«

»Wie ich schon sagte, er ist Ihr Ehemann.«

»Denken Sie, ich habe ihn dazu gebracht, Travis mit dem Auto anzufahren? Ist es das, was Sie sagen wollen?«, fragte ich verblüfft.

»Wie ich bereits sagte, auch Ihre Rolle wird bei diesem Vorfall untersucht, ja.«

Ich lehnte mich zurück. Daran hatte ich gar nicht gedacht. »Oh.«

Der Chief nickte verständnisvoll.

»Ich werde Ihnen natürlich helfen, wo ich kann.«

»Ja, natürlich, und das weiß ich zu schätzen. Das tue ich wirklich«, sagte ich.

»Sie müssen verstehen, dass mir die Hände gebunden sind«, fuhr er fort.

»Natürlich. Das leuchtet mir ein.«

Er lächelte. »Also gut.«

Er schien begierig darauf zu warten, dass ich wieder ging,

aber ich hatte nicht vor, aufzugeben. Ich stand auf und trat näher an ihn heran. Er ließ mich nicht aus den Augen, bis ich vor ihm stehen blieb.

»Ich glaube aber wirklich, dass ich an etwas dran bin. Wollen Sie gar nicht wissen, was es ist?«

Er holte tief und verärgert Luft und breitete die Arme aus. »Sie geben einfach nicht auf, was?«

»Nein. Erst, wenn Sie mich anhören.«

Er rollte mit den Augen. »Na schön, also dann. Was ist so wichtig, dass Sie zu mir nach Hause kommen und es mir unbedingt erzählen müssen?«

Ich hielt inne, dann machte ich einen weiteren Schritt auf ihn zu. »Ich glaube, Marissa Clemens ist Kitty Durham.«

»Wer ist noch mal Kitty Durham?«, fragte er.

»Das Mädchen, das verschwunden ist, als ich vor vierzehn Jahren bei der Polizei in Ridge Manor meine Ausbildung zum Detective gemacht habe. Unter Travis Walker.«

»Ach ja, richtig«, sagte er und schnippte mit den Fingern. »Daran erinnere ich mich. Sie verschwand auf dem Weg zum Schulbus und wurde nie gefunden, richtig?«

»Genau. Ich war an dem Fall dran, aber ... na ja, ich musste weg.«

»Wegen der Geschichte mit Ihrem Partner, ja. Daran wurde ich kürzlich erinnert.«

Geschichte. Es war keine Geschichte. Seine Worte brachten mich in Verlegenheit, als hätte ich ihn in Schwierigkeiten gebracht, indem ich mir etwas ausgedacht hatte. So eine Bemerkung hatte er noch nie gemacht. Das war mir unangenehm. Doch ich fuhr unvermindert fort.

»Ich weiß, das klingt weit hergeholt, aber hören Sie mir zu«, sagte ich.

»Ich habe den Eindruck, als hätte ich keine andere Wahl«, sagte er und wand sich in dem Ledersessel.

Ich setzte mich ihm gegenüber und begann zu erklären:

»Hier ist meine Theorie. Was, wenn derjenige, der Kitty Durham entführt hat, aus unserer Stadt oder der näheren Umgebung stammt? Was, wenn er hier in Cocoa Beach lebt?«

»Und wie kommen Sie zu diesem Schluss?«, fragte er und sah mich an, als wäre ich verrückt geworden.

»Ich glaube, sie konnte ihren Entführern irgendwie entkommen. Aber sie ist nicht sehr weit gelaufen.«

ZWEIUNDSIEBZIG

Damals

Kitty wusste, dass sie schnell handeln musste. Ihre Verzweiflung verlieh ihr eine Energie, die sie seit Monaten nicht mehr verspürt hatte. So schnell es ihr mit ihrem gewölbten Bauch möglich war, flüchtete sie aus dem Schuppen, und ihre Füße rutschten auf dem nassen Gras aus, als sie durch den Garten rannte. Ihr Herz raste, als sie die Stufen des Haupthauses hinauflief und nach ihren drei Kindern suchte.

Als sie sie schließlich schlafend in ihren Betten fand, brach sie in Tränen aus. Sie wollte sie mitnehmen, aber es war keine Zeit. Sie musste eine Entscheidung treffen, und zwar sofort.

In diesem Moment trat eine Gestalt aus dem Dunkeln hervor. Sie kam auf Kitty zu, ihre Stimme war voller Hohn.

»Du wirst diese Kinder nirgendwohin mitnehmen«, spuckte sie aus. »Es sind meine Kinder.«

Kittys Brust zog sich vor Angst zusammen, aber sie ließ sich nicht einschüchtern. Sie wich zurück. Und da sah sie sie. Die Waffe in Lindas Hand. Sie keuchte und starrte sie an. Dann fasste sie einen Entschluss. Sie lehnte sich vor und stürzte sich mit dem Kopf voran in Lindas Bauch, während sie ihren eignen umklammerte und schützte, wodurch die Waffe zu Boden fiel. Und dann kämpften sie. Schläge prasselten nieder, einer davon erwischte Kitty am Kinn, der ihren ganzen Körper durchzuckte, und mehrere weitere ihre Wangen und Nase. Sie grunzte verhalten, packte die Frau an der Kehle und drückte sie mit ihrem Gewicht zu Boden.

»Es sind *meine* Kinder«, zischte sie, während sie den Griff um Lindas Kehle verstärkte und zudrückte. Das war für all die Jahre, die sie in diesem Schuppen verloren hatte; für all die Male, die Damian sie dort vergewaltigt hatte. Und nicht zuletzt für all die Kinder, die man ihr weggenommen hatte, was ihr nichts als Trauer und Schmerz beschert hatte.

»Das ist für alles, was du mir je angetan hast«, flüsterte sie. »Und dafür, dass du es zugelassen hast, obwohl du es hättest verhindern können.«

Dann reckte sie sich, nahm die Waffe vom Boden auf, hob sie hoch und feuerte. Sie schoss ihr direkt in die Stirn und Kitty starrte keuchend auf das Loch in Lindas Kopf. Sie war fasziniert davon, wie einfach es gewesen war und wie klein das Loch war. Lindas leere Augen starrten sie an, und ihr Körper erschlaffte unter ihr.

»Was habe ich getan?«, rief sie aus und stand auf. »Was habe ich getan?«

In ihrer Verzweiflung öffnete sie das Fenster und warf die Pistole hinaus. Die Kinder waren durch den Knall aufgewacht, starrten sie an und lagen sich zitternd in den Armen. Sie sah sie an, und sie sahen sie an.

»Nein, nicht weinen«, sagte sie. »Ich bin … ich bin …«

Aber es war zwecklos. Die Kinder hatten keine Ahnung, wer sie war. Sie weinten und zitterten, und dann schrie eines von ihnen. Sekunden später hörte sie, wie die Haustür aufgerissen wurde und jemand laut stöhnend hereinkam.

»Wo bist du?«

Es war Damian.

Kitty wusste, dass sie fliehen musste, aber sie hatte keine Ahnung, wohin, und sie konnte die Kinder nicht zurücklassen. Das wollte sie nicht. Doch es gab keine andere Möglichkeit. Zumindest nicht in diesem Moment. Sie würde später zurückkommen und sie holen müssen.

Das Letzte, was sie sah, bevor sie aus der Tür stürzte, waren die Kinder, die sich vor Angst aneinanderklammerten. Sie stürmte durch die Hintertür hinaus und hörte Damian knurren, der die Treppe hinaufeilte. Und dann rannte sie. Gegen alle Widerstände, gegen die Schwere ihres Bauches und die Schmerzen, die von den einsetzenden Wehen herrührten, rannte und rannte sie, durch die Dunkelheit der Nacht, während der Regen wie kleine Sterne vom Himmel fiel, und sie hielt nicht an, ehe sie bis auf die Haut durchnässt war.

Kitty sah sich um und stellte fest, dass sie von Bäumen umgeben war. Sie ließ sich auf einen Baumstamm sinken und blickte in den Nachthimmel, wobei sie sich mit der Hand den Bauch stützte, während der Schmerz kam und ging. Sie saß da und lauschte dem Klang der Laubfrösche und Zikaden. Der Himmel schien endlos zu sein, auch wenn er mit Wolken bedeckt war und der Regen unaufhörlich auf ihr Gesicht prasselte. Es war ein Gefühl und ein Anblick, von dem sie jahrelang nur geträumt hatte.

»Was habe ich getan?«, keuchte sie, schloss die Augen und weinte. »Ich habe jemanden umgebracht.«

Kitty holte tief Luft und stand auf, um wieder zu Kräften zu kommen. Sie stieß einen Schrei aus und rannte los, weg von dem Wahnsinn und der Aufregung, und ließ ihre Vergangenheit hinter sich.

Sie hielt erst an, als sie ein kleines Viertel erreichte, in dem sie ein Haus entdeckte, aber noch viel wichtiger, einen kleinen Schuppen in dessen Garten. Von Müdigkeit übermannt, öffnete sie das Tor und betrat den Garten, dann rannte sie zum

Schuppen und schlüpfte hinein. Vor lauter Erschöpfung brach sie auf dem Boden zusammen.

Einige Minuten später hörte sie ein Geräusch an der Tür und hob keuchend den Kopf.

Ein Mann. Er war klein und schaute sie aus der Dunkelheit mit vor Schreck geweiteten Augen an.

»W-wer sind Sie?«

DREIUNDSIEBZIG

BILLIE ANN

Der Chief saß mit gesenktem Kopf in seinem Arbeitszimmer, während ich vor ihm auf und ab ging und meine Worte nur so aus mir heraussprudelten. Er nickte gelegentlich mit aufmerksamer Miene, während ich meine Theorie darlegte.

»Pete Perez hat uns erzählt, dass Marissa – oder Kitty, wie sie, glaube ich, wirklich heißt – schwanger bei ihm auftauchte und in den Wehen lag. Er fand sie im Schuppen und half ihr bei der Geburt des Babys, Emma.«

Ich hielt inne, um sicherzugehen, dass er noch zuhörte. Das tat er. Er nickte und sagte: »Interessant.«

Ich fuhr fort: »Sie floh vor ihren Entführern, konnte aber nicht weit kommen, weil sie, nun ja, kurz vor der Entbindung stand. Deshalb denke ich, dass unser Mörder und Entführer irgendwo in der Nähe lebt, in unserer Gegend.«

»Das ergibt Sinn«, sagte er und lehnte sich in seinem Stuhl zurück.

»Pete beschloss daraufhin, ihr zu helfen, und ließ sie in dem Haus wohnen, das ihm gehört und zu der Zeit leer stand. Sie blieb dort und hat sich nie weiter von dem Ort entfernt, an dem sie festgehalten wurde. An dieser Stelle wird es ein wenig unklar, aber hören Sie mir zu. Vielleicht blieb sie hier, in der Nähe ihres Entführers, weil sie noch andere Kinder hatte. Ich bin mir da nicht sicher, aber überlegen Sie mal: Kitty wurde vor vierzehn Jahren gekidnappt. In dieser Zeit könnte sie mehr als ein Kind bekommen haben. Vielleicht blieb sie in der Nähe, um sie im Auge zu behalten, sie ab und an zu sehen. Ich denke – bin mir aber nicht sicher, das ist nur eine weitere Vermutung –, aber was ist, wenn sie eine Prostituierte wurde? Wir haben erfahren, dass öfter ein Mann zu ihr kam. Ein Nachbar hat uns das erzählt. Vielleicht kam er, um sie abzuholen. Vielleicht gab es mehr als einen. Vielleicht hat sie so ihren Lebensunterhalt verdient. Weil sie keine andere Arbeit finden konnte. Und sie war so oft vergewaltigt worden, dass es das Einzige war, was sie konnte, so traurig das auch ist. Wir wissen mit Sicherheit, dass sie entgegen ihrer Behauptung nicht im Krankenhaus gearbeitet hat. Und sie hat oft nachts gearbeitet. Sie verfügt definitiv über keine Sozialversicherungsnummer, keinen Ausweis und nicht einmal ein Bankkonto. Heutzutage ist es schwer, ohne diese Dinge Arbeit zu finden. Sie lebte völlig im Verborgenen, ebenso ihr Kind. Bis der Entführer sie fand. Wer auch immer Kitty damals auf dem Weg zur Schule entführt hat, er ist derjenige, den wir suchen. Er hat den Stiefvater, Cole, getötet, er hat Cassandra Perez ermordet, die Emmas Babysitterin war, und Bryan Henderson, Emmas Kinderarzt. Er hat Ashley umgebracht, weil sie mit ihm in einem Raum war, als er Henderson getötet hat, und sie sein Gesicht gesehen hat oder ihn zumindest hätte erkennen können. Er hat Alex Johnson ermordet, weil er mit Ashley zusammen war und wahrscheinlich ebenfalls gesehen hat, wer er war. Er hat Pete Perez angegriffen und eine Haarlocke von ihm in der Wohnung deponiert, damit er als Verdächtiger infrage kommt, da er inzwischen mit Cassandra, Emma und Henderson in Verbindung steht. Und das bringt mich zum wichtigsten Teil, der mir erst vor ein paar Stunden klar geworden ist.«

Chief Doyle hob den Blick und sah mir in die Augen. Er wirkte müde. Aber das war mir egal. Ich hatte gerade einen Lauf.

»Und das wäre?«

Ich hielt inne und sammelte meine Gedanken, dann sagte ich: »Er ist einer von uns.«

Ein Runzeln bildete sich zwischen seinen Augen. »Was meinen Sie?«

»Überlegen Sie mal. Das Deponieren der Haare, das Verschwinden von Ashleys Habseligkeiten aus der Wohnung. Und hören Sie sich das an: Sie haben mir erzählt, dass jemand, auf den die Beschreibung von Pete Perez passt, vor Alex Johnsons Haus gesehen wurde, aber als ich mir die Akten noch einmal angehsehen habe, konnte ich keine Aussage finden, die das belegt. Ich glaube, das war gelogen.«

Doyle biss sich auf die Lippe und sah mich an. »Das glaube ich nicht. Das ist für meinen Geschmack ein bisschen zu weit hergeholt.«

»Das dachte ich zuerst auch, aber dann habe ich mit Kittys Mutter gesprochen, und wissen Sie was?«

Er seufzte. »Was?«

»Der Stiefvater, Cole, hatte einen guten Freund, der oft zu Besuch war und ihnen geholfen hat, Suchtrupps für Kitty aufzustellen, und er hat einen großen Teil der Suche nach ihr geleitet. Er war Polizist. Officer Damian war sein Name. Sie sagte, dass er auch Travis Walker, meinen alten Partner, kannte, und dass ihn deshalb nie jemand überprüft hat. Weil er von der Polizei war. Weil er den Chefermittler kannte.«

Der Chief verharrte für einen Moment, nachdem ich geendet hatte, schien meine Worte schweigend zu überdenken. Ein Kribbeln der Vorfreude schoss durch mich hindurch, als er langsam den Blick hob, um mich anzusehen.

»Sehr interessant«, sagte er, seine Stimme wog schwer vom

Gewicht seiner Jahre. »Sie haben einen scharfen Verstand, und ich muss zugeben, ich bin sehr beeindruckt.«

»Das ist alles, was ich bis jetzt habe«, sagte ich hoffnungsvoll, denn er schien mir zu glauben. »Würden Sie mich jetzt wieder mit dem Fall betrauen?«

Er überlegte ein paar Sekunden und stand dann auf. »Kommen Sie mit.«

Er ging zur Tür, hielt sie mir auf, und ich betrat die Diele, immer noch auf seine Antwort wartend. Ich hatte tatsächlich das Gefühl, hier auf etwas gestoßen zu sein.

Vor der Haustür blieben wir stehen. Er legte mir eine väterliche Hand auf die Schulter. »Hören Sie zu«, sagte er. »Ich merke, dass Sie wirklich hart an dieser Theorie gearbeitet haben, und ich will nicht sagen, dass ich Ihnen nicht glaube, das tue ich wirklich. Ich denke, Sie sind auf jeden Fall an etwas dran. Sie haben einige stichhaltige Argumente.«

»Warum habe ich dann das Gefühl, dass gleich ein *Aber* kommt?«

»Weil es eins gibt. Wilde, gegen Sie wird wegen Ihrer Verwicklung in den versuchten Mord an Ihrem Ex-Partner ermittelt. Wenn das Ergebnis zu Ihren Gunsten ausfällt, werden wir Sie auf jeden Fall wieder an den Fall heranlassen, falls er bis dahin nicht aufgeklärt ist.«

»Aber ... das kann Monate dauern«, sagte ich. »Ich mache mir Sorgen um Marissa.«

Er schüttelte den Kopf. »Ich hab jetzt genug davon.«

Ein kleines Mädchen tauchte hinter ihm in der Tür auf. Ich lächelte sie an. »Hallo, Kleine.«

Doyle drehte sich mit einem Keuchen um. »Wie bist du hier reingekommen?«

Er stürzte auf sie zu, nahm das Mädchen auf den Arm, brachte es ins Arbeitszimmer und schloss die Tür. Ich starrte ihn verwirrt an. Er schien aufgeregt, geradezu außer sich.

»Sie war krank«, sagte er. »Hohes Fieber. Streptokokken.

Zum Glück geht es jetzt zurück, nachdem ich ihr einige Antibiotika besorgt habe.«

»Hm«, sagte ich verwundert. Ich wollte gerade gehen, als ich innehielt. »Ich wusste nicht, dass Sie ein kleines Kind haben. Ich dachte, Ihre Frau sei schon vor Jahren gestorben.«

»Das ist sie«, sagte er. »Sie hat das Baby bekommen, kurz bevor sie starb. Wenn Sie mich jetzt entschuldigen würden, ich habe Wichtigeres zu tun.«

Er hatte mich schon fast zur Tür geschoben, als mein Blick auf ein gerahmtes Diplom an der Wand fiel. Ich hielt inne.

Ich las seinen Namen: Jake Damian Doyle.

Ich drehte mich um und schaute ihn erschrocken an. In diesem Moment sah ich die Waffe in seiner Hand. Sie war auf mich gerichtet. Ohne nachzudenken, stürzte ich nach vorne und packte mit einem lauten Schrei seinen Arm, aber er war schneller. Er stieß mich zurück und hob die Waffe, aber anstatt zu schießen, schlug er mir mit dem Griff ins Gesicht. Um mich herum wurde es schwarz und ich stürzte zu Boden. Ich hörte noch, wie er aufgebracht nach Luft schnappte, dann spürte ich einen stechenden Schmerz in meinem Kopf, bevor ich in die Vergessenheit abdriftete.

VIERUNDSIEBZIG

MARISSA

Marissa öffnete langsam die Augen und blinzelte gegen die pechschwarze Dunkelheit an. Was war das? Was hatte sie geweckt? Hatte jemand geschrien? Oder war das nur ein Traum gewesen? War es Emma?

Emma!

Der raue Teppich um sie herum kratzte an ihrer Haut, und sie bemerkte, dass ihre Arme eingeengt waren. Jeder Muskel in ihrem Körper bebte, als die Angst wie ein elektrischer Stromstoß durch ihre Adern schoss.

Wo bin ich? Warum kann ich mich nicht bewegen?

Sie hörte, wie ein Motor ansprang, und Sekunden später nahm sie eine Bewegung wahr. Sie musste sich in einer Art Fahrzeug befinden. Da war der schwache Geruch nach Motoröl und sie hörte es rumpeln. Sie blinzelte, und bald hatten sich ihre Augen an die Dunkelheit gewöhnt. Sie versuchte, sich zu erinnern, was passiert war.

Sie erinnerte sich an ihn. Er war da gewesen, im Schuppen.

Damian.

Ihr Entführer. Der Mann, der ihr alles genommen hatte. Der Vater ihrer vier Kinder. Er hatte versucht, sie mit einem

Gürtel zu erwürgen, aber irgendwie – durch Glück oder ein Wunder – hatte sie es geschafft, ihn auszutricksen. Sie hatte ihren Körper erschlaffen lassen und er hatte sie losgelassen. Sie war ohnmächtig geworden.

Er muss gedacht haben, ich sei tot, dachte sie und das Grauen überkam sie erneut. *Ich muss hier raus.*

Verzweifelt versuchte Marissa, den Teppich von sich zu schieben und ihre Glieder zu bewegen, aber er war zu eng gewickelt. Ihr Atem ging flach, Panik stieg in ihr auf.

Wo bringt er mich hin?, fragte sie sich verzweifelt, während ihr Herz raste.

Sie warf sich in der Dunkelheit hin und her und suchte vergeblich nach einem Lichtschimmer. Während das Fahrzeug weiterrumpelte, versuchte Marissa, sich zu beruhigen und einen vernünftigen Gedanken zu fassen. Sie schloss die Augen, atmete tief ein und versuchte, sich auf ihre Umgebung zu konzentrieren. Sie hörte die Geräusche anderer vorbeifahrender Autos und gelegentliches Hupen. Sie mussten in der Stadt sein, stellte sie fest. Vielleicht hatte sie Glück und ein Polizeiauto würde einen Grund finden, sie anzuhalten.

Doch als das Fahrzeug sich weiter durch die Straßen schlängelte, verlor Marissa die Hoffnung. Bald hörte sie kaum noch Autos an ihnen vorbeifahren, und alles um sie herum schien still zu werden, bis auf den Motor des Wagens, in dem sie festsaß. Sie hatte keine Ahnung, wo sie war oder wohin sie fuhren. Es war, als würde sie sich durch einen dunklen, nicht enden wollenden Tunnel bewegen, ohne zu wissen, was sie erwartete.

Sie war allein, gefangen und hilflos, und hatte niemanden, an den sie sich wenden konnte. Sie musste ruhig bleiben und nachdenken, wenn sie überleben wollte.

Während sie sich zu befreien versuchte, spürte sie einen Hoffnungsschimmer. Ihr Entführer hatte sie unterschätzt. Er hatte sie für tot gehalten und war unvorsichtig geworden. Das galt es auszunutzen.

Marissa schloss die Augen, konzentrierte sich auf ihre Atmung und bemühte sich, ruhig zu bleiben. Sie musste einen Ausweg aus dieser Situation finden. Sie durfte Damian nicht gewinnen lassen.

Schließlich bemerkte Marissa, wie das Fahrzeug zum Stehen kam und der Motor abgeschaltet wurde. Schritte näherten sich, und sie hielt den Atem an.

FÜNFUNDSIEBZIG

BILLIE ANN

Ich erwachte mit einem brennenden Gefühl. Ein Schmerz, der sich durch meinen Körper zog, während ich über den Boden geschleift wurde. Ich blinzelte, spürte getrockneten Schlamm und Dreck auf meinem Gesicht, und als ich die Augen öffnete, sah ich die untergehende Sonne hinter den Wolken hervorlugen.

In meinem Kopf drehte sich alles, und von der Schläfe, wo mich der Griff der Pistole getroffen hatte, strahlte ein stechender Schmerz aus.

Ich kenne diesen Ort, dachte ich, als es mir gelang, meine Umgebung in Augenschein zu nehmen. Die Luft fühlte sich feucht an auf meiner Haut, und die üppigen Büsche um mich herum erinnerten mich an einen sehr vertrauten Ort.

Damian hatte mich zum Sumpf gebracht, und mir wurde klar, was er vorhatte. Es war der perfekte Plan. Er hatte mich hierhergebracht, um mich zu töten. Niemand würde mich jemals finden, und meine Leiche würde von Alligatoren und Geiern gefressen werden, bevor sie überhaupt merkten, dass ich weg war.

Der Boden unter mir war feucht, und der Geruch des

nahen Sumpfes überwältigend. Meine Kräfte schwanden mit jeder Minute und ich würde auf innere Reserven zurückgreifen müssen, wenn ich das hier überleben wollte. Ich versuchte zu schreien, brachte aber nur ein leises Stöhnen hervor. Ich war verängstigt. Verrückt vor Angst. Mir wurde klar, dass ich gegen ihn würde kämpfen müssen, dass ich mich würde wehren müssen, mir den Weg aus dieser Situation heraus würde erkämpfen müssen. Ich musste zurück zu meinen Kindern.

Meine Kinder brauchen mich!

Damian hielt an und legte mich ab, und ich wusste, dass ich schnell sein musste. Ich wählte den richtigen Moment und kniete mich hin. Er war erschöpft, weil er mich geschleppt hatte, und das verschaffte mir einen Vorteil. Ich stürzte nach vorne und stieß ihn mit meinem ganzen Gewicht um. Er fiel nach hinten, und ich kroch von ihm weg, rannte los, wobei der Schlamm und die Vegetation an meinen Füßen zerrten. Ich hörte seine Flüche hinter mir, seine Drohungen, mich zu erledigen.

»Ich werde Sie finden, Wilde. Sie können mir nicht entkommen.«

Aber ich drehte mich nicht um. Ich rannte einfach weiter, so schnell mich meine Füße trugen. In diesem Moment ertönte ein Schuss. Ich spürte einen stechenden Schmerz in meiner rechten Schulter und stürzte zu Boden, wobei mein Gesicht im schlammigen Wasser landete. Ich rang nach Luft, sodass das Wasser in meine Nase und meinen Mund eindrang und ihn mit dem Geschmack von Dreck erfüllte. Meine Sicht trübte sich, und ich sah die Welt wie durch einen verschwommenen Filter. Der Schmerz in meiner Schulter war gewaltig, aber ich durfte nicht aufgeben. Ich musste weitermachen. Ich versuchte, mich aufzurichten, aber ich hatte keine Kraft mehr.

Ich konnte nicht atmen, mich nicht bewegen. Der Schmerz war unerträglich, und ich wusste, dass ich dagegen ankämpfen musste. Ich musste weiterlaufen. Mein Überlebensinstinkt setzte ein, und ich begann zu kriechen, schleppte meinen verwundeten Körper durch den Schlamm.

Der Sumpf erschien mir endlos, das trübe Wasser reichte mir bis zur Hüfte. Ich stolperte und fiel hin, während der Schmerz in meiner Schulter Schockwellen durch meinen Körper sandte. Ich biss die Zähne zusammen und stemmte mich wieder hoch, das Adrenalin pumpte durch meine Adern. Ich erreichte wieder festen Boden und kroch weiter.

Das Geräusch von Damians Schritten kam näher, und ich wusste, dass mir die Zeit davonlief. Ich musste mir einen Plan einfallen lassen, und zwar schnell. Auf der Suche nach etwas, das mir helfen konnte, sah ich mich um und mein Blick fiel auf einen dicken Ast in der Nähe. Ich streckte die Hand aus, ergriff ihn und hievte mich hoch, wobei ich den Ast als Krücke benutzte.

»Das war's«, sagte er hinter mir, die Waffe auf mich gerichtet. »Weiter werden Sie nicht kommen. Es ist vorbei. Es gibt keinen Ausweg mehr.«

Als Damian sich näherte, holte ich tief Luft und schwang den Ast mit aller Kraft in seine Richtung. Er traf ihn seitlich am Kopf und er stürzte zu Boden. Er war noch bei Bewusstsein, aber nur noch schwach. Ich musste schnell handeln, bevor er wieder zu Kräften kam.

Ich stolperte zu ihm hinüber und hob die Waffe auf, die er fallen gelassen hatte. Mit stark zitternden Händen richtete ich sie auf ihn.

»Nein, *mit Ihnen* ist es vorbei, Doyle«, stotterte ich durch den Schmerz hindurch und biss die Zähne zusammen. »Weiter werden *Sie* nicht kommen.«

Er lachte. »Sie werden nie aus diesem Sumpf herausfinden. Die Sonne geht gleich unter. Wir sind zu weit drin. Sie werden sterben, ehe Sie den Weg nach draußen gefunden haben. Das werden wir beide.«

Das brachte mich zum Lächeln. »Da liegen Sie falsch«,

sagte ich und kniete mich vor ihn. »Ich bin hier aufgewachsen und habe jeden Zentimeter dieses Sumpfes erkundet. Ich kenne jeden Baumstamm und jeden See. Ich weiß genau, wo wir sind.«

Das war die Wahrheit. Dieser Ort war für mich wie ein Zuhause. Ich wusste, in welche Richtung ich abbiegen und welchen Weg ich einschlagen musste, und ich verließ mich darauf, dass dieses Wissen mein Leben retten würde.

SECHSUNDSIEBZIG

MARISSA

Marissa war erschöpft. Ihre Muskeln schmerzten vom stundenlangen Eingesperrtsein im hinteren Teil des Wagens. Ihre Haut war von Schmutz bedeckt, seit sie sich zu befreien versucht hatte und ihre Augen fühlten sich vor lauter Weinen schwer und geschwollen an. Sie hatte ihr Bestes getan, um ruhig zu bleiben, und vielleicht war es ihr auch gelungen, denn die Schritte waren gekommen und gegangen. Sie hatte ein Geräusch gehört, und etwas, das mit einem dumpfen Schlag zu Boden fiel. Sie war mucksmäuschenstill geblieben und hatte kaum geatmet, damit Damian nicht bemerkte, dass sie kurz davor war, sich aus dem Teppich zu befreien, in den sie gewickelt war. Sie hatte vorsichtig darin gestrampelt und sich von einer Seite zur anderen gewälzt, nachdem sie sicher gewesen war, dass die Schritte sich entfernt hatten, und hatte es schließlich geschafft. Außer Atem hatte sie ihre Beine aus dem Teppich befreit und die Tür des Wagens geöffnet. Als sie nach draußen sah, hörte sie einen Schuss, und sie fiel vor Schreck zurück in den Wagen. Es dauerte einige Zeit, bis sie sich endlich traute, erneut hinauszuspähen.

Da bemerkte sie, dass sie sich am Rande des Green Swamp

befand. Ihr war sofort klar, dass Damian ihre Leiche im Sumpf loswerden wollte. Das musste der Grund sein, warum er sie dorthin gebracht hatte. Hier würde man die Leiche niemals finden, und sie würde unkenntlich sein, noch bevor der Morgen graute. Die Tiere würden sie in Stücke reißen. Sie schluckte schwer und erschrak angesichts dessen, dass das fast zu ihrem Schicksal geworden wäre. Dann kletterte sie eilig nach draußen und rannte los. Sobald ihre Füße den Asphalt berührten, wusste sie, dass irgendwo am Ende der Straße die Zivilisation zu finden war.

Aber die Straße war dunkel, es gab keine Straßenlaternen weit und breit. Verzweifelt folgte Marissa der Straße, wohin auch immer sie sie führen mochte. Sie hielt Ausschau nach Lebenszeichen, einem Haus oder einem Auto, aber sie sah nichts als Dunkelheit. Bis sie plötzlich zwei Scheinwerfer auf sich zukommen sah. Es war ein Auto. Es fuhr die Straße hinunter, und sie traf eine blitzschnelle Entscheidung. Sie stellte sich mitten auf die Straße, winkte mit den Armen und schrie um Hilfe.

Die Fahrerin des Wagens hielt sofort an, als sie Marissa mitten auf der Straße stehen sah, ihr Gesicht von Tränen übersät. Die Frau ließ das Fenster herunter.

»Was ist los? Was machen Sie hier draußen ganz allein?«

Marissa näherte sich dem Auto. »Ich brauche Hilfe«, sagte sie. »Jemand versucht, mich zu töten. Ich bin entkommen, aber ... Können Sie mich nach Cocoa Beach bringen? Zum Polizeirevier?«

»J-ja, natürlich, steigen Sie ein«, sagte die Frau und nickte verständnisvoll. Sie stellte keine weiteren Fragen. Stattdessen entriegelte sie die Türen und gab Marissa ein Zeichen einzusteigen. Mit großer Erleichterung stieg Marissa eilig ins Auto, und die Frau fuhr los.

»Ich heiße Clara, wie heißen Sie?«, erkundigte sie sich,

während sie die Straße hinunterfuhren und Marissa endlich die Lichter einer Stadt am Horizont ausmachen konnte.

»Ich bin … Mar…« Sie hielt inne und sah die Frau an, bevor sie fortfuhr. Unter Tränen sagte sie mit Stolz:

»Mein Name ist Kitty. Kitty Durham.«

SIEBENUNDSIEBZIG

BILLIE ANN

Vielleicht habe ich mich überschätzt, dachte ich. Es war immerhin Jahre her, dass ich das letzte Mal in diesem dichten Sumpf gewesen war. Es war schwieriger, den Weg zu finden als gedacht. Der Boden war aufgeweicht unter meinen Füßen, und es lag eine hohe Feuchtigkeit in der Luft. Die Bäume waren in Schatten gehüllt, und die unheimliche Stille des Sumpfes ließ mein Herz rasen. Wir waren schon seit Stunden unterwegs, aber die Sonne ging schnell unter, und bald würde es zu dunkel sein, um den Weg nach draußen zu finden.

Komm schon, Billie Ann, das kannst du besser.

»Ich habe es Ihnen gesagt. Hier kommen Sie nie wieder raus.« Ich hielt die Waffe fest in der Hand, während Doyle mich verhöhnte, und mit jedem Schritt, den wir machten, wurde er lauter. Seine Worte hallten von den Bäumen wider wie eine Alarmglocke, aber ich konzentrierte mich darauf, den Weg zu finden, den ich so gut kannte. Mit jedem Schritt wuchs in mir die Bedrängnis, denn ich wusste, wie gefährlich es werden konnte, wenn wir es nicht schafften, ehe die Dunkelheit hereinbrach.

»Sie werden hier drin sterben«, sagte er. »So stark, wie Sie aus der Wunde in Ihrer Schulter bluten. Ich gebe Ihnen etwa eine Stunde, bis Sie das Bewusstsein verlieren. Dann werde ich Ihnen die Waffe abnehmen und Sie hier sterbend zurücklassen.«

Ich beschloss, ihn zu ignorieren. So gut ich konnte. Aber er hatte recht. Was, wenn ich es nicht schaffte? Was, wenn ich zu viel Blut verloren hatte? Wer würde Emma finden, allein in diesem Haus, in das Doyle zurückkehren würde? Und was war mit Kitty? Ich fühlte mich bereits schwach und mir wurde schwindelig. Ich hörte ein Rascheln im Gebüsch neben uns. Um diese Zeit konnte das alles Mögliche sein. Rehe, wilde Truthähne, vielleicht Schweine, aber auch Alligatoren oder sogar Schwarzbären lebten in dieser Gegend.

Die Moskitos waren mit voller Kraft unterwegs und summten einen unaufhörlichen Chor aus wütendem Brummen um uns herum. Meine Schulter schmerzte angesichts meiner Verletzung, und die Erschöpfung breitete sich in meinen Knochen aus, sodass jede Bewegung schwer und steif war. Trotzdem lief ich weiter, den Blick nach vorn gerichtet und nur darauf bedacht, ein Zeichen zu finden, das mich der Sicherheit näherbrachte.

Die Dunkelheit nahm mit jeder Minute zu, und die Angst vor dem Unbekannten wuchs mit ihr. Doyles Atem war ein mühsames Röcheln und entsprach meiner eigenen steigenden Anspannung, während wir verzweifelt nach dem Weg suchten. Wir liefen weiter – Schulter an Schulter durch die raue Natur –, bis schließlich ein Hoffnungsschimmer am Horizont auftauchte.

Es sah aus wie ein kleines Haus. In der Dämmerung war es schwer zu erkennen. Ich benutzte jedes Fünkchen Energie, das ich noch hatte, um mich weiter darauf zuzubewegen. Je näher wir kamen, desto höher schlug mein Herz, in der Hoffnung auf Sicherheit und Rettung, auch wenn Doyles Spott lauter wurde.

»Ich habe es Ihnen gesagt, Billie Ann. Sie kommen hier nicht lebend raus.«

Aber ich weigerte mich, auf seine Worte zu hören, und ließ das Adrenalin und die Entschlossenheit meinen Körper vorantreiben.

Als wir durch die Bäume auf eine Lichtung stießen, sah ich eine kleine Jagdhütte zwischen den Bäumen stehen. Erleichterung durchströmte mich, als mir klar wurde, dass wir es vielleicht doch noch lebend hier herausschaffen würden. Doyles Atmung war rau und unregelmäßig. Ich wurde langsamer, und das war mein Fehler. Er drehte sich um und stürzte sich auf mich.

»Ich werde diesen Sumpf nicht verlassen, solange Sie noch leben!«

Panik ergriff mich, als ich das wahre Ausmaß seiner Absichten erkannte. Ich musste schnell handeln. Ohne zu zögern, richtete ich die Waffe auf ihn. Für den Bruchteil einer Sekunde waren wir beide wie versteinert und starrten uns mit tödlichen Blicken an. Dann stürzte er sich erneut auf mich, um nach der Waffe in meiner Hand zu greifen, und ich drückte ab.

Der Schuss hallte durch den Sumpf, und einen Moment lang war alles still, bis auf das Klingeln in meinen Ohren und die Vögel, die aus den Baumkronen aufflogen. Doyle stolperte rückwärts, Blut befleckte sein Hemd. Er fiel zu Boden und rang nach Luft. Ich stand wie gelähmt da und starrte ihn schockiert an. Es war ein intensives Gefühl, eine Mischung aus Erleichterung und Entsetzen. Aber ich hatte keine Ahnung, ob er es schaffen würde, wieder aufzustehen.

Ich drehte mich um und stolperte auf die verlassene Hütte zu. Sie war sehr klein, glich eher einem Schuppen, und als ich sie betrat, sank ich müde und erschöpft auf den Holzboden, unfähig, mich noch länger auf den Beinen zu halten. Ich hatte das Gefühl, als würde die Welt sich um mich herum drehen, und ich schloss für ein paar Sekunden die Augen.

Als ich sie wieder öffnete, war die Hütte in vollkommene Dunkelheit gehüllt. Das Adrenalin hatte meinen Körper verlassen und die Erschöpfung mich endgültig eingeholt. Ich lag auf dem schmutzigen Boden der Hütte, mein Atem war rau und unregelmäßig. Meine Schulter pochte vor Schmerz, und ich spürte das klebrige Blut durch mein Hemd sickern. Aber vor allem machte ich mir Sorgen um Emma und Kitty.

Die Dunkelheit war allumfassend. Es gab keine Lampe, kein Licht, und ich konnte nichts sehen. Ich wusste nicht, ob Doyle noch da draußen war oder nicht. Würde er hinter mir her sein? Ich hatte nur noch eine Patrone im Magazin. Eine letzte Möglichkeit, mich vor ihm zu schützen.

ACHTUNDSIEBZIG

BILLIE ANN

Ich riss die Augen auf und schnappte nach Luft. Ein grelles Licht traf mich und blendete mich für ein paar Sekunden. Es bewegte sich. Nein, das tat es nicht. *Ich* bewegte mich.

Wo bin ich?

Ich stellte fest, dass ich auf einer Bahre lag, mein Körper war vollkommen regungslos, als hätte mein Geist ihn verlassen. Ich verspürte ein überwältigendes Gefühl der Erleichterung, als würde ich nach einer langen Reise nach Hause zurückkehren. Meine Sicht war zunächst verschwommen, bis ich ein Gesicht ausmachen konnte. Es war Big Tom, sein Ausdruck eine Mischung aus Sorge und Entschlossenheit. Er hielt sanft meinen Arm, als wollte er sicherstellen, dass ich ruhig blieb.

»Du bist jetzt in Sicherheit«, sagte er sanft, er war angesichts der Hektik im Krankenhaus kaum zu hören. »Wir sind hier, um dir zu helfen. Bleib einfach bei mir, okay?«

Erschrocken versuchte ich, mich zu erinnern, wie ich dorthin gekommen war, aber es gelang mir nicht. Alles war verschwommen. Aber Tom war da, und das machte mich glücklich. In diesem Moment wusste ich, dass ich in Sicherheit war. Ich wusste, dass Big Tom da sein würde, egal was passierte, und dass ich, egal wie viel Angst ich hatte, durchhalten und es überstehen konnte. Er war mein Freund und im Moment mein Fels in der Brandung.

Ich dachte an Emma, und mein Herz begann wieder zu rasen. Ich driftete ab. In der Ferne hörte ich Stimmen, als würden sie schreien.

»Wir verlieren sie. Beeilung!«

Und dann hörte ich nichts mehr. Ich spürte nur, wie ich schwerelos wurde und in einen schwarzen, weiten Raum abdriftete. Ich fühlte nichts als Glück und Erleichterung, und mir wurde alles vollkommen gleichgültig.

Während ich in die schwarze Leere glitt, spürte ich einen plötzlichen Ruck, der mich aufweckte. Meine Augen flogen auf, und ich war zurück im Krankenhauszimmer, umgeben von piependen Monitoren und dem Geruch von Antiseptika. Mein Kopf dröhnte, meine Kehle war trocken. Ich suchte nach Big Tom, aber er war nirgends zu sehen. Panik machte sich breit, und ich versuchte aufzustehen, aber ich war zu schwach. Mein Körper gab wieder einmal nach, und ich verlor das Bewusstsein.

Als ich zum dritten Mal aufwachte, war Big Tom der Erste, den ich sah. Er saß auf einem Stuhl neben meinem Bett. Als ich meine Augen öffnete, atmete er erleichtert auf.

»Da bist du ja. Verdammt, ich dachte, wir hätten dich verloren.«

Ich schüttelte den Kopf. Mein Mund fühlte sich trocken an, meine Stimme klang heiser, als ich zu sprechen begann.

»Nein, so leicht wirst du mich nicht los.«

Ich stieß einen Atemzug aus, den ich unbewusst angehalten hatte, und sank zurück in die Kissen. Die Erinnerungen an das, was passiert war, kamen zurück und mein Herzschlag beschleunigte sich. Ich erinnerte mich an den Angriff, die Angst und den Schmerz. Ich erschauderte bei dem Gedanken. »Was ist passiert?«

Er räusperte sich. »Marissa Clemens, oder Kitty, kam spät

in der Nacht aufs Revier. Der Sergeant konnte den Chief nicht erreichen, also riefen sie mich an, da sie wussten, dass ich noch an dem Fall arbeitete. Ich sprach mit ihr, und sie erzählte mir ihre ganze Geschichte. Sie sagte mir, dass der Mann, der sie entführt hatte, von der Polizei war, und als sie Doyles Bild im Flur sah, fing sie an zu zittern. Da wurde mir klar, wie alles zusammenhing. Ich fragte sie, ob das der Mann sei, und sie bejahte. Er hatte versucht, sie in den Sumpf zu bringen und ihre Leiche dort zu entsorgen. Sie erzählte, dass er da drin gewesen war, als sie geflohen ist. Von dir wusste sie nichts. Aber ich fuhr sie zu seinem Haus, und wir fanden Emma. Kitty zeigte mir den Schuppen, in dem sie vierzehn Jahre lang gelebt hatte, bevor sie geflohen ist. Es war scheußlich, kann ich dir sagen. Er hatte das Ding schallisoliert. Überleg mal, wie oft Leute bei ihm ein und ausgingen. Sie war dort, in diesem Schuppen am Ende seines Grundstücks, und niemand konnte sie hören.«

Ich zitterte.

»Stell dir das vor. Das Grundstück ist so groß, dass man den Schuppen vom Haus aus nicht sehen kann. Er ist von hohen Bäumen verdeckt. Ich habe dann das Jugendamt gerufen, um die drei anderen Kinder abzuholen, und sie sind jetzt in ihrer Obhut, bis wir wissen, was mit ihnen passieren wird. Dann habe ich dein Auto in der Einfahrt bemerkt, und ich wurde misstrauisch. Ich ließ mich von Kitty dorthin bringen, von wo aus sie geflohen ist. Ich rief ein Such- und Rettungsteam, das die ganze Nacht unterwegs war, bis wir dich schließlich in der kleinen Hütte fanden. Du warst ohnmächtig, und die Waffe lag auf dir. Du lagst in einer Blutlache, und zuerst dachte ich, du wärst tot.«

Er atmete aus, um sich zu beruhigen, während ihm Tränen in die Augen stiegen.

Ich drückte seine Hand und flüsterte dann: »Du hast mir das Leben gerettet. Ich danke dir.«

Er schniefte und wischte sich über die Wangen.

»Du hast das kleine Mädchen gerettet. Doyle hat sich auf dich konzentriert, und das hat Kitty die Chance gegeben, zu entkommen, Hilfe zu holen und ihre Tochter zu retten.«

Ich spürte, wie sich Tränen in meinen Augen sammelten.

Er fuhr fort: »Wir fanden Doyles Leiche draußen vor der Hütte. Er war von Tieren halb aufgefressen worden und sah schrecklich aus. Ich gehe davon aus, du hast ihn aus Notwehr erschossen.«

Er schüttelte erneut den Kopf und verbarg sein Gesicht in den Händen. »Was er getan hat ... Ich kann es nicht glauben. Es ist ... so furchtbar. Ich habe mit Kitty gesprochen, sie in den letzten zwei Tagen befragt, und ich kann es mir nicht ... ich kann es mir nicht einmal vorstellen. Wie soll sie nach dieser Sache jemals ein normales Leben führen können?«

Ich lächelte, auch wenn es mich meine letzte Kraft kostete. »Immerhin hat sie jetzt die Möglichkeit dazu.«

»Das stimmt.« Er lächelte schwach. »Sie hat mir erzählt, dass sie sich nicht getraut hat, zur Polizei zu gehen, nachdem sie geflohen ist, weil der Mann, der sie gefangen gehalten hat, Polizist war und sie uns nicht vertraut hat. Und weil sie Doyles Frau getötet hatte. Sie fürchtete, dafür ins Gefängnis zu kommen. Sie nahm den Namen Marissa Clemens an, den sie auf einem Grabstein auf dem Weg zum Haus der Perezes auf dem Friedhof gesehen hatte. Sie dachte, sie könnte unter dem Radar leben, ohne gefunden zu werden, aber dennoch in der Nähe ihrer anderen Kinder bleiben. Sie wollte sie nicht verlassen. Doch als Emma verschwand, geriet sie in Panik. Sie hat so verzweifelt nach ihr gesucht, dass sie nicht wusste, was sie sonst tun sollte, und ging schließlich zur Polizei, was sie später bereute, weil sie herausfand, dass Doyle der Polizeichef war und sie Angst bekam. Oh, und da ist noch was. Ich möchte dich nicht überfordern, aber ich denke, das solltest du wissen.«

»Worum geht's?«

»Travis Walker ist weg. Er ist abgehauen.«

Meine Augen wurden groß. »Er ist weg?«

»Ja. Er war mit Doyle befreundet. Vielleicht wusste er zu viel und bekam Angst, als er hörte, was passiert ist.«

»Hm. Ich frage mich, ob er wusste, dass Doyle Kitty entführt hat.«

»Du glaubst, er hat ihn gedeckt?«

Ich atmete aus. »Ich weiß es nicht. Und jetzt werden wir es wohl nie erfahren. Was ist mit Betty? Sie könnte es wissen.«

»Seine Frau ist auch weg. Ist aus ihrem Haus verschwunden. Sie hat Kleidung, persönliche Gegenstände, Pässe und so weiter mitgenommen.«

Ich atmete aus. Dass Travis entkommen war, gefiel mir nicht. Ich hatte das ungute Gefühl, dass er weitaus mehr wusste, als er zugegeben hatte.

»Wir werden natürlich nach ihm suchen«, sagte Tom. »Oh, und Doyle trug einen Gürtel, von dem wir annehmen, dass es sich dabei um die Mordwaffe handelt. Wir haben ihn als Beweismittel gesichert und ins Labor geschickt, wo sie ihn überprüfen.«

»Dieser kranke Mistkerl«, sagte ich. »Ich kann nicht glauben, dass er die ganze Zeit direkt vor unserer Nase war.«

»Ich weiß. Und als du ihm zu nahe kamst, hat er dafür gesorgt, dass du suspendiert wurdest. Aber die gute Nachricht ist, dass Joe im Laufe des Tages entlassen wird, denn Travis hat nie Anklage erhoben, und jetzt, da er weg ist, hat der Staatsanwalt beschlossen, Joe laufen zu lassen. Es gibt keinen Grund mehr, ihn festzuhalten.«

Ich nickte und dachte an meinen Mann. Ich fragte mich, wohin er nach dieser Sache gehen würde. Würde er zurück nach Hause kommen? Ich würde ihm sagen müssen, dass er sich eine eigene Bleibe suchen muss. Wir mussten uns trennen. Es war an der Zeit.

»Das sind gute Neuigkeiten, danke.«

Ich hörte Stimmen auf dem Flur, und Sekunden später stürmten meine Kinder ins Zimmer. Big Tom schlich sich hinaus, um uns Privatsphäre zu geben, während sie auf mein Bett sprangen, und ich zuckte vor Schmerz zusammen, aber das war es wert. Sogar Charlene war gekommen, aber sie blieb ein paar Schritte zurück und wich meinem Blick aus. Ich umarmte Zack und William, so fest ich konnte, ohne vor Schmerz aufzuschreien, dann sah ich meine Tochter an. Ich streckte meine Hand nach ihr aus.

»Willst du nicht Hallo sagen?«, fragte ich, meine Stimme angestrengt und heiser. »Deine Mom wäre fast gestorben und du schenkst ihr keine Umarmung?«

Sie warf mir einen zögernden Blick zu. Ich konnte sehen, dass sie geweint hatte.

»Komm her, du«, sagte ich.

Sie kam näher, und ich ergriff ihre Hand und zog sie das letzte Stück zu mir heran.

»Bist du wirklich fast gestorben?«, fragte sie.

»Wie du siehst, bin ich noch quicklebendig«, sagte ich. »Mich kann so schnell nichts unterkriegen.«

»Das war ziemlich cool, wie du das Kind und seine Mutter gerettet hast, die vor Jahren entführt wurde. Es ist überall in den Nachrichten.«

Ich lächelte. »Du denkst, das war cool, hm?«

»Ja. Alle reden darüber.«

»Also reden sie nicht mehr davon, dass ich lesbisch bin?«

Sie zuckte mit den Schultern.

Meine Mutter kam zur Tür herein. Sie sah unbeholfen aus.

»Ich wollte nur … Ich habe sie nur hierhergebracht, damit sie dich sehen, und ich dachte, ich könnte einfach …«

Ich unterbrach sie: »Danke, dass du das gemacht hast, Mom.« Wir hatten zwar unsere Differenzen und es fiel ihr schwer, mich so zu akzeptieren, wie ich war, aber im Moment war ich einfach nur froh, sie zu sehen. Manchmal braucht man einfach seine Mom.

»Dein Dad ist auch hier«, sagte sie. »Er wartet draußen. Die Kinder waren bei uns, während du dich erholt hast.«

»Ja«, rief Zack aus. »Und ich muss Grandpa helfen, das alte Auto zu reparieren. Er bringt mir alles bei, was ich wissen muss.«

»Das ist wunderbar«, sagte ich und küsste meinen Sohn, als er von meinem Bett heruntenglitt. William setzte sich auf die Kante, und ich ergriff seine Hand. »Hallo, Kumpel. Geht es dir gut?«

Er nickte und atmete aus. »Du weißt, dass es mir egal ist, oder?«

»Was?«

»Dass du eine Lesbe bist und so.«

Das brachte mich zum Lachen. »Das ist gut, Kumpel, das freut mich, denn es wird sich nicht ändern.«

Er zuckte mit den Schultern. »Was soll's?«

Mein Blick traf den meiner Mutter und mir wurde klar, dass er recht hatte. *Was soll's?* war die Antwort. Für uns beide. *Was soll's, wenn wir nicht einer Meinung sind?* Wir waren immerhin eine Familie.

Sie kam näher.

»William hat recht«, sagte sie, als hätte sie meine Gedanken gelesen. »Was geht mich das an, was geht es andere an? Hauptsache, du bist glücklich, mein Liebes.«

Sie klopfte mit ihrer Hand leicht auf meinen Handrücken, und ich konnte sehen, dass sie mit den Tränen kämpfte.

»Danke, Mom. Ich weiß das wirklich zu schätzen.«

Sie schniefte und strich mir übers Haar. »Wirst du bald entlassen?«

Ich nickte. »Ich hoffe es. Ich hab genug von diesem Bett.«

»Das ist gut«, sagte sie und räusperte sich. »Ich sage deinem Dad Bescheid, dass du wach bist. Er wartet schon seit Stunden.

Er wird sich freuen, dass es dir besser geht. Er hat sich große Sorgen gemacht.«

Sie drehte sich um und verließ den Raum. Ich wusste, dass sie nicht nur von meinem Vater gesprochen hatte. Ich verstand jetzt, dass ich ihre Tochter war und sie mich liebte. Und ich wusste, dass sie die ganze Zeit über hier gewesen war. Dessen war ich mir sicher.

Und es gab noch etwas, dessen ich mir in diesem Moment sicher war: Es würde uns allen gut gehen.

Weil wir einander hatten. Und das war alles, was zählte.

MEHR VON BOOKOUTURE DEUTSCHLAND

Für mehr Infos rund um Bookouture Deutschland und unsere Bücher melde dich für unseren Newsletter an:

deutschland.bookouture.com/subscribe/

Oder folge uns auf Social Media:

facebook.com/bookouturedeutschland
x.com/bookouturede
instagram.com/bookouturedeutschland

EIN BRIEF VON WILLOW

Lieber Leser:innen,

ich möchte mich ganz herzlich dafür bedanken, dass ihr euch entschieden habt, *Lass sie nicht los* zu lesen. Wenn es euch gefallen hat und ihr über all meine Neuerscheinungen auf dem Laufenden bleiben möchtet, meldet euch einfach über den nachfolgenden Link an. Eure E-Mail-Adresse wird niemals weitergegeben, und ihr könnt euch jederzeit wieder abmelden.

deutschland.bookouture.com/subscribe/

Ich hoffe, dass euch *Lass sie nicht los* gefallen hat, und wenn ja, wäre ich euch sehr dankbar, wenn ihr eine Rezension schreiben könntet. Mich interessiert, was ihr denkt, und es hilft neuen Leser:innen, eines meiner Bücher zum ersten Mal zu entdecken. Das Schreiben dieses Buches hat sich sehr persönlich angefühlt. Ich habe selbst kürzlich eine Scheidung hinter mir, weil mir klar wurde, dass ich homosexuell bin. Es hat viele Jahre gedauert, bis ich in der Lage war, offen darüber zu sprechen und es mir und meinem Umfeld einzugestehen. Aber jetzt bin ich es. In vielerlei Hinsicht ist die Geschichte von Billie Ann also auch meine Geschichte. Zu erkennen, dass ich einen wichtigen Teil von mir selbst geheim gehalten habe, die Reise, herauszufinden, was das bedeutet, und schließlich der Welt meine Wahrheit zu sagen, waren das Schwierigste und zugleich Lohnendste, was ich je in meinem Leben getan habe. Jetzt ergibt alles Sinn für mich. Und zum ersten Mal kann ich mich selbst erkennen, wenn ich in den Spiegel schaue. Es fühlt sich richtig und gut an. Jetzt bin ich *ich*. Voll und ganz ich. Und zum Glück habe ich von meiner Familie und meinen Freunden nichts als Unterstützung erfahren.

Die Geschichte von Kitty Durham wurde von einer wahren Begebenheit inspiriert, auf die ich gestoßen bin. Und ich wusste sofort, dass ich über die Entführung von Jaycee Dugard schreiben musste, die eines Morgens auf dem Weg zum Schulbus entführt wurde. Sie wurde erst achtzehn Jahre später gefunden, nachdem sie zwei Kinder mit ihrem Entführer bekommen hatte und in einem Schuppen im Garten lebte. Die Frau des Entführers spielte ebenfalls eine große Rolle dabei und wurde später zusammen mit ihm für ihre Beteiligung verurteilt. Es ist eine scheußliche Geschichte, aber zutiefst faszinierend. Mehr darüber könnt ihr hier erfahren.

Wie immer möchte ich euch für all eure Unterstützung und das Lesen meiner Bücher danken. Ich liebe es, von meinen Leser:innen zu hören – ihr könnt mich auf meiner Facebook-Seite, über X/Twitter, Instagram, Goodreads, meine Website oder per E-Mail an madamewillowrose@gmail.com kontaktieren. Gerne könnt ihr mir auch auf BookBub oder Amazon folgen.

Abschließend möchte ich meiner wunderbaren Lektorin Jennifer Hunt ein großes Dankeschön dafür aussprechen, dass sie an mich geglaubt und mir geholfen hat, diese Buchserie zu entwickeln.

Passt auf euch auf,

Willow

BLEIB IN KONTAKT MIT WILLOW ROSE

www.willow-rose.net

facebook.com/willowredrose

x.com/madamwillowrose

instagram.com/willowroseauthor